徳間文庫

拵屋《こしらえや》銀次郎半畳記

汝《きみ》 想《おも》いて斬《ざん》（二）

門田泰明

徳間書店

四十六

丁度《ちょうど》その頃、表三番町に在る**大番頭**《おおばんがしら》六千石旗本**津山近江守忠房**《つやまおうみのかみただふさ》の屋敷前に、二台の**引戸駕籠**《ひきどかご》がしずしずと下ろされた。引戸駕籠は権門《けんもん》駕籠とも称されて、一般武家で用いられることが多い。

ここでは駕籠と表現したが、正しくは**乗物**《のりもの》と称すべきものであって、元和《げんな》元年（一六一五）七月に発布された『**武家諸法度**《ぶけしょはっと》』の〝雑人恣不可乗輿事〟の定めにあるように**町駕籠**（辻駕籠とも）とは厳然と区別されている。

いま、その二台の引戸駕籠が、十名近い供侍《ともざむらい》と四、五人の腰元《こしもと》風に護《まも》られるようにして津山近江守邸の表門の前に下ろされ、それを察知したかのように閉じられていた大扉が微《かす》かな軋《きし》み音を発してゆっくりと静かに開いていった。

十名近い供侍のうち白髪混じりの初老の一人が三段の石段を上がって、左右に開きつつある大門に向かって丁重に頭を下げた。

首席目付千五百石和泉長門守《いずみながとのかみ》家の用人**山澤真之助**《やまざわしんのすけ》ではないか。

見ると引戸駕籠に張り付くようにして立っている供侍たちの中に、今枝流剣法を心得る和泉家の次席用人**高槻左之助**《たかつきさのすけ》（四十八歳）、その息《そく》で矢張り今枝流剣法の達者でいささか小柄な**高槻仁平次**《にへいじ》、そして念流の達者**室瀬仁治郎**《むろせじんじろう》らの姿もあった。

二台の引戸駕籠の前に女物の高級な草履《ぞうり》が揃《そろ》えられ、腰元の手を借りて先に姿を現わしたのは和泉長門守の妻**夏江**《なつえ》、続いて駕籠の外に出たのは何と、大坂・天王寺に在《あ》る月祥院《げっしょういん》の若き美貌《びぼう》の尼僧、**彩艶**《さいえん》であった。二人が揃って三段の石段の前まで進んだところで、表門の大扉が完全に左右に開き切って殿舎および前庭が訪ねてきた皆の目に触れた。

夏江と彩艶が石段を上がり出すと表門大扉の左手方向から恰幅《かっぷく》のよい一人の人物がにこやかに現れた。

この屋敷の主人《あるじ》津山近江守忠房であった。

彼は銀次郎の父で「大坂城在番」を命ぜられて単身赴任した**桜伊元四郎時宗**《さくらいげんしろうときむね》の

直属上司である。「大坂城在番」を経験して帰国すれば栄転が待っていた筈《はず》の単身赴任だった。銀次郎時代、単身赴任は余り無い。その栄転の機会を元四郎時宗は女性関係の騒ぎを起こして失ってしまった。

けれども元四郎時宗の息銀次郎は、津山近江守から文武の才を認められ、大層可愛がられてきた。父が不祥事死する前も、あともである。

夏江と彩艶は三段の石段を上がり切り、表門を一歩潜《くぐ》ったところで津山近江守に対し、深深と腰を折った。

「久し振りじゃな夏江殿。よう参られた。夏江殿に会《お》うたのは確か……」

「番衆総督にして若年寄心得であられた今は亡き西条山城守様の御嫡男、大和守《やまとのかみ》九郎信綱《のぶつな》様の御屋敷で催されました野点《のだて》の席にて、でございまするゆえ早《はや》、半年が過ぎてございまする」

「おお、そうであったな」

「近江守様、隣に控えてございまするのが、夫《おっと》和泉兼行《かねゆき》が無理を承知でお願いに参上いたし、お引受け下されました彩艶でございまする」

紹介されて彩艶がしとやかに腰を折った。身形《みなり》、髪型、そしてその輝くばかりの美しさからは既に、尼僧の印象、雰囲気はすっかり消えてしまっている。

「何が無理なものか。首席目付に新しく就《つ》いた和泉長門守殿は、幕閣《ばっかく》において非常に信頼厚い人物。喜んで承知させて貰《もろ》うた。なにしろ桜伊銀次郎にかかわる事ゆえな。妻お園も娘の茜《あかね》も、家族が一人増えるかの如《ごと》く待ち侘《わ》びておった」

そう言って津山近江守は、玄関式台の方へチラリと視線を流した。

其処《そこ》には二人の女性《にょしょう》が満面に笑みを浮かべて、夏江と彩艶に視線を注いでいた。

「夏江様。御殿様（津山近江守）とのお話しはそこそこにして、こちらへ早く御出《おいで》なさいまし」

「夏江おば様。すでに茶室の用意を万端整えてございます。さあ、早く参りましょう」

玄関式台で迎えようとするお園と茜に明るい笑顔で促され、夏江は「は、はい」と小慌て気味に笑みを返し、津山近江守は「これ、行儀の悪い……」と母娘を睨《にら》みつけたが、直《す》ぐに破顔した。

なごやかな雰囲気で夏江と美貌の彩艶を出迎える。これはお園と茜母娘で相談して組み立てたものであったが、そのようなことはむろん夏江は知らない。

「あの、近江守様……」

と、夏江が真顔となって、真剣な眼差《まなざし》を津山近江守へ向けた。

「ん？……どうなさった」

「実は、夫《おっと》和泉兼行が御殿様（津山近江守）に御願い申し上げておりませぬことを、私の独断にてこの場でお願い致したいことがございまする」

「なに、夏江殿の独断での願いをこの場で？」

津山近江守のその言葉で、玄関式台にいたお園と茜の顔からそれまでの笑みが消えた。

その母娘が控え目な歩みで、そっと津山近江守の傍《そば》に近付いてゆく。

夏江が、石段の下を振り返り見て、

「久仁《くに》、こちらへ御出なさい」

と、促した。久仁とは、和泉家に奉公する若い奥向きの女中である。

石段を上がってきた久仁が彩艶の半歩ばかり後ろに控え、丁重《こうべ》に頭を下げたのを見て、お園が何もかも理解したかのように深深と頷《うなず》いてみせ、津山近江守も「判《わか》った、承知しよう」と応じた。夏江が具体的に何も言わぬ内にである。

これには夏江が慌てた。

「あの……ここに控えました若い娘《こ》は和泉家に女中奉公致しまする久仁と申しまして……」

「だから夏江殿。彩艶のお付きとして久仁とやらが津山家へ入ること、この私が承知したと言うておるのじゃ」

「あ、これは……お察し下さいましたとは、恐れ入ります。ご面倒をお掛け致しますが久仁のこともひとつ宜《よろ》しく御願い申し上げまする」

「うん、心得た。さて、私はこれより急の呼び出しがあって登城いたさねばならぬのでな。あとはお園や茜との久し振りの四方山《よもやま》話《ばなし》をゆるりと楽しみなされ」

「はい。左様にさせて戴きまする。このところ幕閣に刃向かう不逞《ふてい》の輩《やから》の動きが深刻でございます。登城途中のご身辺、くれぐれも御用心あそばしませ」

「うむ、有り難う」

津山近江守忠房は深深と頷くと、玄関式台のかなり向こう、勝手口門近くに備わっている厩《うまや》へと歩みを急がせた。

厩の前には一頭の栗毛が、鞍《くら》、手綱《たづな》差縄《さしなわ》、辻総《つじぶさ》、鐙《あぶみ》などを完全に整え終え、十名余の家臣と共に待機している。

津山近江守の妻女はもとより、夏江も彩艶も久仁も、門衛たちも威儀を正して次第に離れてゆく当屋敷の主人《あるじ》の背を見送った。

四十七

両手を胸懐に潜《ひそ》ませ、きつい目つきで銀次郎は放浪するかのような足取りで一人歩いていた。

登城の身形のままゆえ、着乱れは微塵《みじん》も無い。

が、大奥御錠口《おじょうぐち》から内《なか》へ入って幾らも進まぬところで『影の年寄』**滝山**《たきやま》の凄《すさ》まじい「無礼者っ、立ち去れい」を浴びて追い出されたから目つきが沸騰している。

彼は誰にも会わず、また会うことを求めることもなく、大手門から〝普通の世の中〟へと出てきたのだ。ひとり〝残してきた〟幼君家継《いえつぐ》のことを案じながら。

登城の際に乗ってきた和泉家の駕籠は、まだ城中に詰めている伯父のために、大手門前へ置いたままにしてきた。

いや、それよりも『影の年寄』滝山に対する不快感が胃袋のあたりで暴れまくり、駕籠という狭い空間にとても座する気にはなれなかったというのが正直なところだ。

銀次郎はひとまず我が屋敷へ足を向けた。

（それにしても、あの『影の年寄』滝山だが……）

銀次郎は首を小さくひねって、白い絹すだれで面《おもて》を隠した滝山の不気味さを振り返った。

不意に首すじへ打ち込まれてきた滝山の手刀。一瞬の差で躱《かわ》した銀次郎ではあったが、彼の目にはその手刀の凄まじい速さが、〝白く輝く閃光《せんこう》〟のように映った。敢《あ》えて言えば〝白く輝く閃光〟に見えていなければ、やられていたかも知れないと思うのだ。

（闇夜《やみよ》に襲われていたなら俺の首骨《くびぼね》は、砕かれていたかも……一体何者だ、あの滝山……とても女とは思えぬ）

銀次郎は胸の内で声なく呟《つぶや》きながら歩いた。

高位の奥女中らしく調《ととの》った身形であった滝山の胸元が、はっきりとした膨らみを見せていたことから、男では決してない、と銀次郎は思っている。

ほんの微かに嗅覚《きゅうかく》に触れた、やわらかな肌の香りが、若くも年増でもない微妙な年頃の女のものだと見当がつく。

「ん？……」

銀次郎の歩みが、少し先を見て止まり、そして晴れて雲一つない青い空を仰いだ。まぎれもなく日は燦燦《さんさん》と降り注いでいた。

真昼だ。

「城中にて費した刻限から考えて今……昼九ツ半頃（午後一時頃）かな」

銀次郎はぶつぶつと呟いて、空を仰いでいた視線を下ろした。

真昼の明るさの中、なんと少し先、堀端の柳の木を背にして赤提灯《ちょうちん》を下げている屋台が一台ポツンと在る。赤提灯をだ。

（ここの堀端では見かけたことがないな、あの屋台）

そう思いながら銀次郎はゆっくりと赤提灯が揺れている屋台に近付いていった。

額《ひたい》に捩《ねじ》り鉢巻《はちまき》をした老爺《ろうや》が、葱《ねぎ》を刻んでいるらしい音が、銀次郎の耳に届き出した。

　一定の調子に乗った手ぎわのよい刻み調子だった。馴《な》れているのだろう。

銀次郎は歩みを休めて、いま来た道を振り返った。

が、それは僅《わず》かひと呼吸か、ふた呼吸の間のことだった。

彼は再び赤提灯の屋台に向けて、ゆったりと歩み出した。それまで胸懐に納めていた両手を出して。

　軽快な調子の葱を刻む音が、間近なものとなってきた。

「いいかえ、親爺さん」

　銀次郎は声を掛けてから、屋台の屋根から下がっている短い暖簾《のれん》を掻《か》き分け顔を突っ込んだ。

「あ、いらっしゃいやし」

　勢いのよい老爺の声が返ってくると同時に、葱を刻む音が止《や》んだ。

「どうぞ、床几《しょうぎ》にお掛けになって下さいやして」

「うん」

　銀次郎は三人も座れば窮屈な床几に腰を下ろして、捩り鉢巻の老爺と向き合った。

老爺が再び葱を刻み始めると、銀次郎は何気ない口調で訊《たず》ねた。

「いつから此処に屋台を出しているのだ。これまで見掛けなかったが」

「今月からでございます。この通り御奉行様のお許しも……」

老爺が庖丁の手を休めて、屋台の屋根を支えている細い柱をポンと掌《てのひら》で叩いた。なるほどその細柱《ほそばしら》に神社の御札のようなものが貼ってあって、確かに奉行所の朱印が押してある。月番の北町奉行所の発行だ。

「堀端のこんな場所で商売になるのかえ。しかも真っ昼間」

「へえ。私《あっし》らには私《あっし》らなりの商売の目というのがござんすから、へい、大丈夫でござんす。必ず儲《もう》けさせて戴きやす。で、何に致しやしょうか、お侍様」

「そうよな。先ず冷《ひ》や酒だ。それから熱いネギ饂飩《うどん》を頼む」

「大浅蜊《おおあさり》の身の甘辛煮がございやすよ、お侍様」

「お、じゃあそれをネギ饂飩にたっぷり入れてくれ」

「承知いたしやした」

と老爺がにっこりと目を細めたところへ、

「おい、此処で一杯やれそうだぞ」

「いつの間にこんな堀端に？」

などと話を交わしながら、若い二人の侍が屋台の暖簾に首を突っ込んできたから、銀次郎は床几の左端の方へと体を寄せた。左腰に大小刀を帯びていることから、殆《ほとん》ど本能的に。

「あ、これはどうも。相済《あいす》みませぬ」

そう言い言い銀次郎の隣へ座ったのは、色白のひ弱そうな侍二人であったから、銀次郎は思わず幼将軍家継《いえつぐ》のことを思い出した。

二人の若侍は冷酒《ひや》を老爺に誘われたが、笑顔で断りつつ燗酒《かんざけ》を注文した。

「へい。判りやした」と応じた老爺が、銀次郎の目の前に冷酒《ひや》が二合ばかり入る船徳利と盃を置いた。注ぎ口から底へいくにしたがって末広がりに底が広くなって安定感を増す船徳利は、黒塗りでところどころが欠け、その下の白い地を点点と覗《のぞ》かせている。盃も湯呑みと言った方がいいようなもので、これも呑み口の一、二か所が小さく欠けていた。どちらもかなり古い酒器だと判る。因《ちな》みにこの時代冷酒《ひや》と言えば燗をしない酒そのものを指している。真冬になれば放って置いても冷酒《ひや》となる。

　まあ、老爺商売の屋台だからこんなもんだろう、と思った銀次郎が冷酒を湯呑み（盃）に満たして、

「まずは一杯やらぬか親爺さん」

　と、老爺に湯呑みを差し出した。

「とんでもねえ事でございやす、へえ。勿体《もったい》ねえ」

　老爺は小慌てに顔の前で手を横に振ったのであったが、

「ま、よいではないか。屋台の親爺と客などというのは仲良くするものだ。遠慮せず一杯付き合ってくれぬか」

「有り難うございやす。が、私《あっし》は酒に余り強くございやせんし、これから日が落ちるまで屋台仕事がありますので、ご勘弁下さいやし。屋台のじじいが酔っ払ってしまっては……」

「そうか……」

　と湯呑みを引っ込めた銀次郎であったが、隣の若侍の横顔を見て、

「どうだ御主《おぬし》。近付きに先《ま》ず一杯目を付き合うてくれぬか」

と、その湯呑みを若侍の前へと滑らせた。

「あ、いや。拙者たちは燗酒を注文いたしておりますゆえ」

と、にこやかな表情の前で手を横に振った若侍であった。

銀次郎は湯呑みを若侍の前に置いたまま、親爺に話し掛けた。

「のう、親爺さんよ。考えてみればこの堀端は、なかなかに良い場所よな」

「へえ、そう思って此処に屋台を決めさせて戴きやした」

「この堀端通りはな。決められた登城の日に、江戸城大手門を出入りなさる御武家衆が特によく往き来なさる通りでな」

「え？　其処までは存じませんでした、へい」

老爺は半ば茫然《ぼうぜん》とした眼差で、銀次郎を見つめた。

「奉行所から許可証を貰《もら》う際に聞かされなかったんだな」

「大事な通りだから、上品に商売するように、との釘は刺されやしたが」

「なるほど、確かに大事な通りではあるな。この堀端通りを経て大手門より登城できる武家は、譜代《ふだい》十万石以上の大名と決められておるのだ親爺さん」

「ひえ？　十万……十万石以上の譜代の……」

と、老爺の顔が驚いてひきつった。

銀次郎は先を続けた。

「それだけではない。幕府より特別に重要な御役目を命じられた高位の旗本衆も、実は大手門から出入りすることが少なくない」

「こういの旗本衆……」

「こうい、とは高い位《くらい》という意味じゃ。たとえば大目付、首席目付、次席目付、といった御役目に就く者が、幕府より特別な任務を命ぜられた場合、大手門より頻繁に登・下城することが少なくない」

「へええ……」

老爺は銀次郎の話が理解できたのか、できなかったのかポカーンとした顔つきをして庖丁を持つ手を休め、まじまじと銀次郎を見つめていた。

若侍二人は、銀次郎の話になど関心ない、と言わんばかりに明後日《あさって》の方角へ目を向け、身じろぎ一つしない。

「更に大事なことを教えておこうか親爺さん。この堀端通りはな、もう一人、とんでもない奴が大手門への近道として、よく往き来することになっておるのだ」

「とんでもない奴……でごぜえますか」

「そうでえ。そのとんでもねえ奴ってえのがこの俺よ。黒書院直属監察官大目付という堅苦《かたくる》しい肩書を戴くことになっちまった従五位下加賀守《かがのかみ》桜伊銀次郎。つまりこの俺様だあな」

銀次郎が台詞《せりふ》の最後を流れるようなべらんめえ調で締め括《くく》ると、屋台の空気が一気に凍《こお》り付《つ》いた。

が、銀次郎は更に付け足した。

「いま言った幕僚たちを暗殺するにはよう、恰好《かっこう》の場所だわさ、この堀端通りはよう。違うかえ親爺さん」

銀次郎のその言葉が終わるか終わらぬ内に、目にも止まらぬ速さで一条の〝閃光〟が、彼の眉間《みけん》に襲いかかった。

老爺の手にある出刃（庖丁）だった。至近から繰り出されたそれは、狙《ねら》いを外す筈がない凄まじい速さだった。

だが「ぐわっ」と悲鳴を発したのは老爺の方だった。出刃を手にする手首を、船徳利の底で銀次郎に痛打されたのだ。しかも酒が満たされた末広がり（逆三角形）

の船徳利であったから〝重さ〟がある。

その〝重量〟が手伝っての激しい殴打により、老爺の手根骨《しゅこんこつ》（手首の骨）が船徳利と共に粉微塵となった。

老爺が背後の柳の木に背中を激突させ、はね返って屋台の下に沈む。

このとき既に銀次郎の右の手は、腰の脇差を抜き放つや、右隣に座っていた若侍の腕《かいな》を左下から右上へと跳ね上げていた。

「うぐっ」

低い呻《うめ》きを発した若侍が、半抜刀の姿勢のまま床几から転落。

銀次郎が其奴《そやつ》の右手首へ脇差の一撃を加えた時、床几の向こう端に腰を下ろしていた仲間の若侍は既に屋台の外へ飛び出していた。

銀次郎も屋台の外に出た。

日が眩《まぶ》しく降り注ぐ、人の往き来の無い堀端通りでの対決だった。町人街からは相当に離れている。堀の反対側は武家屋敷の白い土塀が続くのみだ。

堀を越えた向こうは『城域』のため、堀端通りに沿って建ち並ぶ武家屋敷は、原則としてだが『城域』に向けて屋敷の表門を大がかりに構えることは、『遠慮せよ』となっていた。小作りの裏門なら〝よし〟とされてはいるのだが、今、銀次郎が最後の一人と向き合っている場は、ただただ白い土塀が続くのみだった。

銀次郎が、にやりとして言い放った。

「おい、今日は白装束に金色《こんじき》の襷掛《たすきがけ》はどしたい？　この俺には通じねえと思って、若侍風を演じてんのかよ」

相手は答えなかった。答える代わりに銀次郎へ斬《き》り込んだ。

ズアッという異様な風切り音があって、銀次郎の脇差は危うく左耳の間近で相手の刃《やいば》を受け、そして弾き返した。

その銀次郎の両脚が、ぐらりと大きく、揺れて足元が乱れる。

（なんでえ、こ奴の刀法は……）

相手の余りの打撃力に足元を乱した銀次郎が思わず度肝を抜かれる。が、相手は休まない。寸陰を惜しむ第二撃がズアッという風切り音と共に、今度は銀次郎の右耳へ襲い掛かった。

銀次郎の脇差は、これも受けて撥《は》ね返した。

撥ね返せたがよろめいて、彼は後退りしていた。

けれども彼の眼力は、相手の第二撃が『波状』を描いて襲いかかってきたことを、見逃さなかった。

『波状』つまり波打つように、しかも烈しくである。刀身を波打たせれば、的に達する速度は当然、それだけ遅くなる。それを遅くならぬように鍛えるのが、修行というものだ。

第一撃目では、銀次郎は相手の『波状』刀法に全く気付かなかった。それほど閃光のような相手の業《わざ》の速さだった。だが、第二撃はその速さに遅れが生じていた。そこを銀次郎が見逃さなかったのはさすがであった。

銀次郎は脇差を、右片手正眼に身構えた。相手の烈しい勢いのある『波状』攻撃には、脇差の方が有利という剣士としての本能が働き始めていた。床几に腰を下ろしていた時は、その場の狭さから咄嗟《とっさ》に脇差を抜刀した銀次郎だ。

大刀に替えずそのまま脇差で押し通そうと言うのは、激しい御役目旅の中で得た自信のあらわれなのであろう。

相手は大刀を右八双《はっそう》に身構え、しかも両足を八の字に開いて大地に根を張ったが如く微動だにしない。激しい修行を積み重ねてきたと判るスキの無い美しい身構えだった。

（こいつあ出来る……無想心眼一刀流、間違いねえ）

そう思った銀次郎は、無想心眼一刀流に長じていた今は亡き祖父**桜伊真次郎芳時**《よしとき》が口癖のように言っていたあざやかにして難解な言葉を、脳裏に甦《よみがえ》らせた。

『無想心眼たる小太刀は小を以《も》って複数の大に対する烈心《れっしん》の修行なり。烈《れっ》を業《わざ》として激《げき》を砕き心気に迷走不遜《ふそん》を招かず挙に妄動《もうどう》なく求心《きゅうしん》の極意に達するを叶《かな》うべし』

銀次郎は脳裏に甦ったその言葉を、口ずさんだ。

すでに二人を討ち倒した彼ではあったが、心は平静であった。相手がよく見えていた。

「参れえぇっ」

突如、相手が咆哮《ほうこう》した。それまでの両足八の字構えが前後に開き、腰が沈む。

静けさが満ちた堀端通りの空気が、谺《こだま》を走らせてびりびりと震えた。

銀次郎は沈黙のまま、相手との間をすうっと詰めた。

同じ幅を、相手が下がる。

その幅を更に詰めるべく、銀次郎の足が流れるように滑る。

相手は、今度は下がらなかった。

大刀と脇差の切っ先は、僅《わず》かに二尺ほどの開き。

銀次郎の眦《まなじり》が次第に吊り上がり出し、相手の額に玉のような汗の粒が浮き上がった。

「参れえええっ」

相手が再び咆哮しざま、右八双構えを上段に移し、銀次郎を圧倒せんとして一歩を詰めた。

だが妖怪《ようかい》、床滑七四郎《ゆかなめりななしろう》ほどの剣客を打倒した銀次郎に、これは余りにも拙《つたな》かった。

相手の刃が大上段へと上がり切らぬ内に、銀次郎は飛燕《ひえん》の如く挑み掛かっていった。そう、まさに飛燕の如く、であった。己れの刀身の短さを補わんとした殆《ほとん》ど反射的な判断であった。

銀次郎の左膝頭が相手の股間《こかん》深くに潜り込むや、脇差の切っ先が垂直に跳ね上がる。

だが敵は己れの顎《あご》の真下で、銀次郎の脇差をガチンと強烈に弾き返した。いつの間に抜刀したのか左手に腰から抜き放った小刀があるではないか。しかも其奴《そやつ》は銀次郎の腹を激しく蹴《け》り上げた。

が、銀次郎は体勢を乱すことなく、ぐっと踏み止《とど》まるや、相手の胸襟を左で引き寄せ武者振り付いた。そして同時に脇差の第二撃を敵の腋《わき》へ渾身《こんしん》の力で下から打ち込んだ。

相手が奇妙な悲鳴を上げて、のけ反った。寸暇を置かずに銀次郎の左拳が其奴《そやつ》の鼻の下に炸裂《さくれつ》。

其奴の足元が、よろりと二歩下がった。次の瞬間、腋からの噴血を赤い花びらのように散らして朽ち木が倒れるが如く其奴は地面に叩きつけられた。

ドスンという音。

蹴られたら殴り返す、殴られたら蹴り返す、遣《や》られたら絶対に遣り返す、銀次郎の激しい気性が噴き出した闘いだった。

綺麗《きれい》な右八双の構えを取った無想心眼一刀流の刺客も、銀次郎の炎《ひ》のような気性の前には歯が立たなかった。

銀次郎は、懐紙で刃の血を清めると、鞘《さや》に納めた。

「無想心眼たる小太刀は小を以《も》って複数の大に対する烈心《れっしん》の修行なり。烈《れっ》を業《わざ》として激《げき》を砕き心気に迷走不遜《ふそん》を招かず挙に妄動《もうどう》なく求心《きゅうしん》の極意に達するを叶《かな》うべし」

呟いて銀次郎は其の場を立ち去ろうとした。

このとき背後から一人ではない足音が「待たれよっ……」の叫び声と共に追ってきた。銀次郎は歩みを止めて振り向いた。

ひと目で町方の与力同心と判る二人の侍が、十手を手にした岡っ引きを従えて駆け寄ってきた。

「こ、これは如何《いか》なる事でござる。ご説明下され」

与力衣装の四十半ばくらいが、言葉は丁寧だったが銀次郎をはったと睨みつけた。万が一に備えての積もりなのであろう、三十前後に見える同心の方は刀の柄《つか》に手を掛けている。

「私を暗殺しようと襲い掛かってきたので、身を護ったまでだ」

銀次郎は、さらりと言ってのけたが、呼吸はまだ少し乱れていた。

「な、なんと。ご貴殿の暗殺を……」

与力も同心も岡っ引きも驚いて、その辺《あた》りで呻《うめ》いている血まみれの刺客たちと銀次郎を見比べた。

銀次郎が訊ねた。

「其許《そこもと》は町方の与力殿か」

「はい。ここは大身の武家地で町方の差配は及びませぬが、近頃不逞《ふてい》の輩《やから》が徘徊《はいかい》していることから、上より巡察の指示が出ておりまして……」

「左様か。ついでにと言っては何だが、この呻いておる刺客どもをひとつ頼みたい。さらばこの世が迫っておる奴らだが、どうせ身分素姓を証するものなどは、何一つ所持しておらぬであろうがな」

「承りました。が、こちらも御役目でござる。ご貴殿についても恐れながら詳しくお聞かせ下されし」

銀次郎が只者でないと気付き始めたようで、与力の口調は丁寧さを増していた。

銀次郎はちょっとした迷いに陥ったが、相手に不審がられぬ内に名乗った。

「詳しくか……いいだろう。黒書院直属監察官大目付三千石、従五位下加賀守桜伊銀次郎と申す」

「あ、こ、これは……」

与力も同心も驚いて飛び下がった。矢張り、**銀次郎人事**は既に町方の中へも浸透していたようだ。黒書院はつまり**上様そのもの**を意味している。その黒書院直属監察官ともなると、町方から見れば雲の上の存在だ。もっとも、銀次郎はそのような地位に酔う気性ではないが。

与力は、銀次郎に名乗らせておいて、自分が名乗っていない非礼に気付き慌てた。

「私は北町奉行所の筆頭与……」

「いいってことよ。不逞の輩はあちらこちらに潜《ひそ》んでいるかも知れねえ。充分に用心して巡察いたしなせえよ」

銀次郎はべらんめえ調で言い置くと、脳裏にチラリと南町奉行所随一の切れ者として知られた市中取締方筆頭同心、真山仁一郎《まやまじんいちろう》の顔を思い出して歩き出した。

(真山の旦那とも久しく呑んでいねえなあ。柳生《やぎゅう》の里へ出向く前に旦那と一杯《いっぺえ》やりてえが……黒書院直属なんて厄介な羽織を着せられちゃあ、そんな時間ないか

も知れねえなあ）
胸の内でぶつぶつと声にならぬ呟きを漏らしながら、銀次郎は溜息《ためいき》を吐いた。
自分の自由時間が無くなり出している。
そう気付き始めている昨今の桜伊銀次郎であった。

四十八

刺客を倒したあとの不快な気分で屋敷に戻って来た銀次郎が、閉ざされている潜り門を拳で叩くと、まるで待ち構えていたように勢いよく開いて下僕の飛市《とびいち》が強張った顔を覗《のぞ》かせた。

「わ、若様。お帰りなされませ。まだかまだかと、お待ちしていました」

「どうしたのだ。只事でない顔つきだな」

「ま、ともかくお入りを……」

飛市は銀次郎の肘《ひじ》に手を掛けて、引っ張るように促した。

「おいおい、押し込みにでも侵入されたかのような顔色だぞ」

「それどころじゃございません」

飛市はそう言うなり潜り戸を閉めると、

「ともかくこちらへ若様……」

と言いつつ庭の奥へと前《さき》に立って急ぐ飛市の後に、銀次郎は従った。

荒れ放題になっている池泉《ちせん》庭園を横切って、今は亡き祖父の桜伊真次郎芳時が大事にしていた梅の小林を抜けた銀次郎の足が、その場に釘付けとなった。

少し先に立つ飛市が、あれを、と言わんばかりに指を差している。

その飛市の傍に、髪が真っ白で大柄な太り気味の老女、イヨが茫然と佇《たたず》んでいた。

今朝まではあった屋敷の裏手の高さ七尺ほどの塀が、七割ほど、既に綺麗になくなっているではないか。残った塀の部分を、紺の法被《はっぴ》を着た大勢の職人たちが勢いをつけて取り壊している。

飛市が顔を真っ赤にして、銀次郎の傍に戻ってきた。

「あれは若様、ど、どういう事でございましょうか……」

「さあてなあ、この俺にもよく判らん」

銀次郎は首を小さくひねってみせると、取り壊された塀の向こうに広がっている数百坪はありそうな美しい庭へ近付いていった。

　誰が見ても新しく植えられたと判る、成長した幾本もの大樹に植木職人たちが登って、枝葉を調えている。

　銀次郎は見事に調えられた旧空地へ一歩入ってみて、更に驚いた。

　いつ建物が建てられてもよいと考えられる敷地の中央かなりの部分が凸凹なく矩形《くけい》に整地され、その向こうには白い土塀に挟まれて立派な長屋門が出来あがっていた。

　その長屋門を前にして、黒い法被を羽織った棟梁《とうりょう》らしい年輩の男と立ち話を交わしていた四人の武士が敷地に入ってきた銀次郎に気付き、四人が四人とも棟梁らしい男を其の場に残し小慌てに駆け寄ってきた。

「一体何事かな、これは」

　銀次郎はいささか息を乱して前に立った四人の武士を見比べつつ穏やかに訊ね、残った土塀の取り壊しに忙しい職人たちへ視線を戻した。

　すると四人の内の白髪混じりが、慇懃《いんぎん》に一礼して名乗った。

「私は若年寄様ご支配下にあります**新地奉行**島坂辰《しまさかたつ》之《の》進《しん》と申しまする。ここに控えてございます三名は、いずれも私の配下の事務方にございます」

「おお、新地奉行殿であったか。新地奉行殿と申さば確か、拝領屋敷など江戸市中の屋敷にかかわる全ての職務を担《にな》っておられるのでありましたな」

「はい。さようでございます。拝領屋敷のほか、町屋敷、町並屋敷、抱《かかえ》屋敷およびそれにかかわる全ての土地建物に関しまして監理につとめてございます。**市中廻り**（江戸廻りとも）四名、**本所深川廻り**二名、合わせて六名の**新地奉行**（銀次郎時代）で御役を担《にな》ってございます」

「ほほう六名もの新地奉行で担っているとは、知らなんだなあ……」

「我ら新地奉行は皆、書院番あるいは小姓組番から出向の立場でございます」

「そういう事についても知らなんだのう。いや、勉強不足であった。で、我が屋敷と裏の空地との間を仕切っていた土塀をいきなり取り壊したのは何故じゃ」

「恐れながら、その前に確かめさせて下さりませ。あのう、黒書院直属監察官大目付三千石、従五位下加賀守桜伊銀次郎様でいらっしゃいましょうか」

「いかにも……」

「拝領地の拡充につきまして、幕閣よりお知らせが参っていると存じますが」

「いや、何も……」

「ええっ、それは一大事でございまする」

「ま、ま、慌てなさるな。幕閣のどなたに訊ねるにしても、私の方から致した方が宜《よろ》しい。で、誰にお訊ねするのが一番手短かなのであろうか」

「今回我らの役目は、経済幕僚にして幕府最高政治顧問（最高執政官）の新井筑後守白石様《あらいちくごのかみはくせきさま》、あるいは老中格御側御用人間部越前守詮房様《おそばごようにんまなべえちぜんのかみあきふささま》の事務方より、確かなる書面にて発せられたものでございまする」

「左様か。今のお二人のお名前をお聞きして全て納得いたした。が、この広い空地を如何《いか》に桜伊家が用いるべきか、簡潔に述べてくれぬか」

「それはもう自由でござります」

「自由？」

「はい。桜伊家のお考えのままに、自由にお使い戴く、という意味にござります。新旧両土地の仕切り塀の残りを取り払い、植木の枝葉を整え、長屋門にあと少し手を加えれば、それで作業の全てが終わりまする」

「判った。ご苦労であったな」

「恐れ入ります」

「しかし、一つの屋敷に二つの表門を持つとは、これまた困ったものよ」

銀次郎は思わず呟くようにして、こぼした。

「は？」

「いや、ひとり言《ごと》よ、ひとり言《ごと》……」

「それでは我ら、これにて失礼いたしまする」

「うん。旨い一杯の酒も出さず、すまぬな」

「とんでもございませぬ」

人の善さそうな新地奉行島坂辰之進は、破顔して目を細めると、顔の前で手を忙しく横に振った。

敷地およそ千三百坪のこの『新屋敷』こそが、銀次郎の新たなる〝激震〟の幕開きとなることに、彼はまだ気付いていなかった。

四十九

翌朝、銀次郎は厩《うまや》で黒兵《くろべえ》（愛馬）の肌艶《はだつや》や〝表情〟が活《い》き活きと輝いているのを確かめ、飛市《とびいち》の世話に全く手抜かりが無いことに満足しながら、数百坪に及ぶ新しい拝領地へと入った所で腕組みをした。

そして見わたす。

昨日は新地奉行や配下の役人に加え、植木職人や大工、左官の姿が目立っていたが、今朝は降り注ぐ日差しのもと、何処《どこ》にも職人達の姿は見当たらず、森閑《しんかん》として野鳥の囀《さえず》りひとつ無い。

堂堂たる拵《こしら》えの長屋門を入ったところから、どれくらいの長さであろうか、石畳が緩《ゆる》く湾曲して綺麗に敷かれているのが見える。それが、殿舎を建てた場合の玄関式台への通路となるのだろう。

その石畳通路の尽きた所から先、つまり銀次郎が今腕組みをして佇《たたず》んでいる辺《あた》りまでは、いつ殿舎の新築が始まってもいいように、真《ま》っ平《たいら》に整地されていた。

雑草一本、生えていない。

「参ったな、この広さは……まったく」

呟《つぶや》いた銀次郎が、新井白石のむつかしい顔を脳裏に思い浮かべて苦笑したとき、後ろから飛市だなと判《わか》る足音が近付いてきた。

「この土地、一体全体なんでございましょうね、若様……」

銀次郎から一歩下がった位置で喋《しゃべ》った飛市の声には、不安の色があった。

「さあてな。ひょっとすると牢屋《ろうや》でも出来るのかも知れんな」

「えっ、ろ、牢屋でございますか」

驚いた飛市が銀次郎の前に回って、大きく見開いた目で主人《あるじ》を眺《なが》めた。

「ははは、冗談だよ、すまぬ」

「んもう、年寄りを驚かせるものではありませんよう若様」

「幕府の偉い人がな、桜伊《さくらい》家の土地を広げてくれたのだ。したがって、要《い》らぬ、などとは断われない」

「有り難いではありませんかあ。桜伊家の土地だということは、天秤棒《てんびんぼう》を担《かつ》いで売りに出てもよい程の野菜が取れますわい。鶏を十羽も二十羽も放し飼いにすれば、玉子も沢山とれますぞ」

「おいおい、幕府は、畑地や鶏の放し飼いのためにくれた訳ではないのだぞ」

「冗談でございますよう。若様の新婚殿舎とでも呼べる離れを、直《す》ぐにでも建てて下さいましよ」

「そうでございますよ若様。亭主の飛市の申す通りでございますよ」

いつの間にやってきたのか、飛市の老妻イヨが前掛けで手を拭《ふ》き拭き、にこやかに後ろに立っていた。朝餉《あさげ》の膳《ぜん》でも調《ととの》え了《お》えたのであろうか。

「無茶を言うてくれるな。離れを建てる金も無ければ、嫁に来てくれる女もおらぬわ」

言ってから銀次郎は、胸の内でアッと思った。同時に、いけねえ、という小慌ての感情が胃の腑《ふ》のあたりから、かなりの勢いで込み上げてきた。

白い雪肌につつまれた『ほっそりとして豊満な肢体』の彩艶《さいえん》のことに気付いたのだ。稲妻を浴びせられたかのごとく。

「どうなさいました若様。なんだかお顔色が急に変わりましたが」

飛市のその言葉で、

「えっ、お顔色が？……」

と、イヨまでが銀次郎の前に回り込んで、まじまじと眺めた。

まれに見る美しい尼僧（未修者だが）彩艶に対しては、「江戸入りしたならば直《ただ》ちに伯父の和泉《いずみ》家を訪ねるように」と告げてあったから、銀次郎の感情は当然の如《ごと》く乱れたのだ。

なぜなら、御役目旅を了えて帰参して以来、伯父和泉長門守《ながとのかみ》にも伯母夏江《なつえ》にも既に対面してきたにもかかわらず、彩艶に関しては一言も聞かされていないからだ。

（若《も》しや旅の途中で何かあって江戸入り出来ないでいるのでは……）

そう思った銀次郎の耳に、飛市夫婦の言葉は右から入って左へ抜けていた。

「もし、若様。どうしたというのですか」

イヨの顔に不安が広がり、銀次郎の袂《たもと》を抓《つま》んで小さく揺さぶった。

「あ、いや、ちょっとなイヨ。拝領地がこれ程に広がると、年老いたお前達夫婦だけに任せてはおけないと気付いてな」

「それにしても若様、先ほど、金も無ければ嫁に来てくれる女もおらぬ、と仰《おっしゃ》りましたが、若様は随分とお偉くなったようなので、屋敷の状態がこのままであっては宜《よろ》しくありませんよ」

イヨのその言葉で飛市の目つきが険しくなった。

「おい、イヨ。儂《わし》たち下働きの者は、若様の**えらく出世**なされたお立場（地位）やお役目などには軽軽しく触れてはなんねえ」

「何を言ってんですよう、お前《まい》さん。私たちは昨日今日《きのうきょう》このお屋敷に奉公を始めた者ではないんだよ。それに私は乳母のお役目も頂戴《ちょうだい》して若様の母親がわりを長くつとめ……」

「その通りだ、飛市もイヨもよう。お前《めえ》たち二人は単なる奉公人じゃあねえ。この屋敷内では遠慮のねえ物《もの》の言《い》い様《よう》で構わねえよ。御役目上の秘密は守らなきゃあなんねえが、俺もガチガチに堅苦しいのは嫌いだからよ。この屋敷内では舌を噛《か》みそうになる侍言葉は今日から止《や》めさせて貰うぜ」

「それは宜しくありません。今や若様は**えらく出世**……」

「頼むわイヨ。少なくとも、お前《めえ》たち二人の前《めえ》では、のんびりと構えさせてくれ。それにしてもよ飛市、イヨ。お前《めえ》たちは何故、俺が**えらく出世**したなんてえつまらねえ事を知っているんだえ？」

「何を仰っているんですよう。いつでしたか夜分に和泉家の高槻《たかつき》仁平次《にへいじ》様と室瀬《むろせ》仁治郎《じんじろう》様がお見えになり、お居間の前の薄暗い広縁《ひろえん》で**大変な出来事**（もと首席目付本堂近江守の五男典信の自害未遂）について、声を潜《ひそ》めて話し合っておられたじゃないですか」

「ああ、あれかえ……そうだったい。居間の障子は閉めてはいたが、中に居たお前《めえ》たちの耳へは届いていたんだな」

「まあ、あの夜の事は兎《と》も角《かく》として若様。このイヨは大変心配しているのですよう。頑固に長いこと若様自ら桜伊家を蟄居《ちっきょ》だか閉門だかにしてきたじゃないですか。それがいきなりお屋敷の敷地が二倍近くの広さになったり、**えらく出世**したりして、桜伊家はこれから一体どのような姿に変わると言うんですよう。はっきりさせて下さいましよ」

「ま、ま、イヨや。そう俺を責めねえでくれ。実は俺も、これから先どうしてよいのかよく判っていねえんだ。あれこれちょいと、迷ったり困ったりしているのさ」

「若様……」

と、飛市の表情がやや青ざめて真剣となり、銀次郎との間をぐいっと詰めた。

「奉公人の分際で……この爺《じい》は身のほど知らずを自覚しながら、思い切って少し言わせて貰います。若様、桜伊家をきちんとなさい。いつ迄も子供のように拗《す》ねた気分で、この桜伊家を玩具《おもちゃ》のようにもて遊ばねえで下さいまし……」

「お、お前さん。何てことを……」

飛市の言葉に、さすがのイヨも顔色を変えた。

「女は黙っていろ。儂《わし》は命を賭《か》けて今、若様に文句を申し上げてんだ」

日頃見たこともないような亭主の〝凄み〟に、イヨは思わず後ろへ一歩下がった。

飛市が銀次郎の目を見据えて、言葉を続けた。

「今のこのお屋敷をよく眺めてみておくんなさいまし若様。この爺《じじい》と古女房のイヨの二人しかおりません。大勢いた家臣も下働きの者たちも今、どのような生活をしているか考えたことが、おありですか。若様が自らこのお屋敷を閉じ無収入の道を選んだことで、皆このお屋敷から出て棘《いばら》の世界に陥らざるを得なくなったのでございますよ。その皆に代わってこの際、爺は言わせて貰います。子供のように拗《す》ねた気分で前後の見境もなく突っ走り他人様《ひとさま》を不幸にするのはいい加減にして貰いてえ……と。どうか本当の大人になって下さいまし」

飛市は言い終えると、両の目から大粒の涙をこぼし、深く腰を折って銀次郎から離れていった。イヨの目も真っ赤であった。

銀次郎は振り向いて、しょんぼりと離れてゆく飛市の老いた背にやわらかく告げた。

「ありがとよ爺。よく言ってくれた。ありがとよ」

言い終えて、銀次郎はくしゃくしゃの顔でイヨに頼んだ。

「イヨや。爺が思《おも》い余《あま》って鎌《かま》なんぞを手にしちゃあなんねえ。傍《そば》に居てやってくれ」

「大丈夫でございますよ。亭主は若様がかわいくて仕方がないのでございますよ。それに私より体の小さな亭主ですが、あれで芯《しん》はとんでもなく強いですから。それよりも若様の方こそ、確《しっか》りなさい」

イヨはそう言うと、銀次郎の目尻を指先で然《さ》り気《げ》なく拭《ぬぐ》い、飛市の後を追っていった。

銀次郎は湿った目で晴れわたった朝の空を仰いだ。

「皆このお屋敷から出て棘《いばら》の世界に陥らざるを得なくなった……か。こいつぁ、こたえたなあ」

銀次郎は青い空を見上げたまま呟くと、大きな溜息を吐《つ》いた。

彼が「うむ」と自身に対するような強い頷《うなず》きを見せたのは、それから僅《わず》かにあとのことであった。目つきが「よし……」となっていた。

五十

ひとり寂《さみ》しく朝餉を済ませた銀次郎は、着流しの帯に脇差《わきざし》だけを通すと、菅笠《すげがさ》をかぶり黒兵の手綱《たづな》を引いて、**旧表門**の外に出た。旧表門とは従来からの表門のことだ。

イヨはいつもと変わらず、にこやかに見送りに出てくれたが、飛市はさすがに現われなかった。

「飛市を頼んだぜ、イヨ」

「平気でございますよ。斬鬼丸《ざんきまる》を腰に帯びないで大丈夫なのでございますか」

イヨの言う斬鬼丸とは桜伊家の宝刀、備前長永国友《びぜんおさながくにとも》を指している。

「大丈夫でい。夕刻にならねえうちには帰ってくるようにすっから」

「いま以上に、体に刀傷を増やしてはなりません」

「わかった。気を付ける」

「行ってらっしゃいまし」

「うん」

銀次郎は黒兵の手綱を引いて、イヨから離れていった。

イヨは不安そうに見送った。桜伊家の主人《あるじ》のあれこれに決して立ち入り過ぎてはいけないと心得ているイヨは、銀次郎が黒兵と共に何処へ出かけるのか訊ねるようなことはしなかった。

銀次郎もまた、そのへんの事は承知しているから、奉公人の立場である飛市やイヨへ喋り過ぎることは、彼らに負担をかけぬ意味で抑えている。ましてや現在《いま》の銀次郎は幕僚として、とんでもなく重要な地位にいるのだ。本人の、好むと好まざるとにかかわらず、である。

銀次郎は黒兵の手綱を引きながら、彩艶尼のことを考えていた。黒鍬頭《くろくわがしら》黒兵（加河《かがわ》黒兵）のことも考えていた。そして、自分が桜伊家を強引に蟄居閉門へと追い込んだことが原因で屋敷から離れていった大勢の家臣や下働きの者たちのことをも、考えていた。

「俺のような気性《きしょう》の烈しい者《もん》が、黒書院直属監察官大目付なんてえ地位にいてもいいのかねえ黒兵や。俺は知んねえぞ。俺が原因で今後なにが起こってもよう」

珍しく気弱そうに呟きながら、手綱を持つ手で黒兵の首を二度三度と撫《な》でてやる銀次郎だった。

黒兵は知らんぷりだ。

「胸がやさしく温かで豊かなお前の母者人《ははじゃ》（黒鍬頭黒兵）はよ、今頃は何処で一体何をしているのかのう。無性に会いてえやな」

その呟きにも、黒兵の反応はなかった。

このとき銀次郎の脳裏はと言えば、けしからぬ事であったが、今のその呟きとは無関係な女性の白い裸身をまたしても想い出していた。大坂・天王寺《てんのうじ》に在《あ》る尼寺月祥院《げっしょういん》の未修尼・彩艶の裸身をである。

去りし日、銀次郎と未修尼・彩艶は月祥院の浴室へ、『僅かの差という時間的宿命』に誘われるかのようにして入ってしまったのだった。そしてお互い共に目の前で見てしまった。雪のように白い肌の圧倒的に豊かな妖《あや》しい女体《にょたい》と、荒ぶる金剛仁王の如き鍛《きた》え抜かれた男の裸身とを。

銀次郎と黒兵は、『旗本八万通』が丁字状に交差しているところまで来て、右へと折れた。菅笠をかぶって腰には脇差だけという銀次郎は、これから何処へ向かおうと言うのであろうか？

不逞の集団に襲撃されたという大和国柳生《やまとのくにやぎゅう》へ、急ぎ駆けつけねばならぬ筈である。江戸市中を馬と共にぶらぶらと散策、というような場合ではない。

が、黒兵と共に屋敷を出た銀次郎の顔には、いつもの彼らしくない、どこか不安の色があった。

「乗るぞ、黒兵や」

銀次郎は黒兵に声をかけ首を軽く叩くと、ひらりと馬上の人となった。

黒兵は主人から特に命じられなかったから、それまでの常歩《なみあし》を変えぬままゆったりと進んだ。

馬の歩み方で最も遅い常歩《なみあし》ではあっても、人間が十七、八呼吸から二十呼吸する間（およそ一分）に、一町《いっちょう》以上（一〇九メートル以上）は進む。実はこのゆったりとした歩みの最中を利用して、馬はやがて主人《あるじ》から命じられるかも知れない襲歩《しゅうほ》（全力疾走・分速およそ一〇〇〇メートル）に備え、全身の筋肉や器官を本能的に調えつつあるのだ。馬というのは、それほど賢《かしこ》いのである。人間との感情の交流は真《まこと》にこまやかなのだ。そして人から愛されることを大変よろこぶ。

武家屋敷の街区を通り抜けるまでの間、銀次郎と黒兵は幾人かの侍たちから奇異の眼差《まなざし》を向けられることを避けられなかった。

それはそうであろう。鞍《くら》、鐙《あぶみ》、腹帯《はらおび》、頭絡《とうらく》その他の馬装《ばそう》をきちんと調えた艶やかな巨体の黒馬《こくば》の背に、菅笠をかぶり着流しの帯に脇差を通しただけの男が跨《また》がっているのだから。

どれほど進んだであろうか。

銀次郎が「どう……」と手綱を軽く抑えた（引いた）のは町人街区として変容・発達著しい、山元町（現、麴町・平河町が接近した辺り）に在《あ》る**拵屋銀次郎としての自宅**

の前だった。一軒家だ。

「ちょいと待っていてくれ黒兵」

身軽に馬から下りた銀次郎は、久し振りの我が家へと入っていった。

家の中は人の温《ぬく》もりを失い、冷え切っていた。

板の間に敷かれた半畳大の青畳も、掌を当ててみるとすっかり硬くなって氷のような冷めたさを感じさせた。

「この家もそろそろ去《さ》り刻《どき》かねい……なんだか面白くねえ人生になってきやがったぜ」

化粧、髪結《かみゆい》、着付に打ち込むことで喜んでくれた宵待草《よいまちぐさ》（夜の社交界）の粋《いき》な姐《ねえ》さんたちの艶《あで》やかな笑顔が、脳裏に次次と浮かんでは消えてゆく。

銀次郎は半畳大の青畳を起こして、すすけた壁に立てかけた。

青畳の下で眠っていた大きな**御器かぶり**（ゴキブリの意）が一匹、えらい速さで動き出し、銀次郎の爪先でぴたりと止まった。

「今はお前が家主《やぬし》さんかえ……」

銀次郎はヤレヤレといった表情を拵えると、新家主をそのままにして愛着ある拵屋稼業の家から外に出た。地球上で威張っている人類の歴史なんぞは、ゴキブリの歴史の足下にも及ばない。

三億年以上も前から『彼ら』は生存し続け、三千種を遥《はる》かに超える数のゴキブリが現在野生の昆虫として確認されている。いや、これを書いている時点で、その種類はまた増えているかも知れない。

恐ろしいのはこのゴキブリが様様《さまざま》な怖いウイルス及びバクテリア（赤痢、チフス、コレラといった）や厄介な原虫類などをその体内に宿していると実証的に認められていることだ。とにかく、きたない昆虫《ゴキブリ》なのだが、英国や熱帯地方では古い昔、調理して食したとする習慣があったらしい。中国の北部地方や南部地方では病気に効《き》くと謳《うた》ってゴキブリを乾燥させて売っているという。これはおそらく漢方薬として、であろうと思いたい。

アメリカではゴキブリが家の中を走り回ると、「まもなく大嵐《ハリケーン》がくる……」と古くから言い伝えられているとか。

話が逸《そ》れてしまった。戻さねばならない。

銀次郎が、黒兵の歩みを軽速歩《けいそくほ》（速歩《はやあし》とも。分速およそ二二〇メートル）にまで速めて次に訪れたのは下谷・車坂町にある、宏壮な表門も高い土塀も墨一色に塗装された巨邸であった。両開きの黒い大扉は、堅く閉じられている。

十字路の角で黒兵の歩みを止めた銀次郎は、「うむ、変わっていない……」とこぼして、南側と西側に走っている二辺の長い土塀をじっと眺めた。

その二辺の長い黒塀を見ただけで、上級旗本ならば「二千坪以上はあるか……」と見当がつく。

敷地二千坪級の巨邸と言えば、幕僚としての地位にもよるが、要職の旗本ならば禄高四千石前後であろうか。

しかし、この黒い巨邸は、そうではなかった。僅かに百石を支給されていたに過ぎない無役の侍の住居《すまい》であった。

そう、この巨邸こそが、銀次郎によって倒された妖怪床滑七四郎《ゆかなめりななしろう》の屋敷だった。

銀次郎は不気味な艶《つや》を殆ど失っていない漆黒の表門へと馬を進めた。

「ん?……門柱に掛かっていた表札がなくなっていやがる」

そうと気付いて呟いた銀次郎は、馬の背から静かに下りた。

「黒兵よ、すまねえが此処で動かずに待っていてくれ。判るな」

馬の耳に囁《ささや》きかける銀次郎に、黒兵はヴルルッと鼻を低く鳴らし応《こた》えた。

銀次郎は黒兵の首すじを「よしよし……」と撫でてやってから、威風堂堂たる漆黒の表門へと近付いた。脚は四脚、つまり四脚門と称する門で、これの門柱に、**一心南無帰命　床滑**の表札、いや、看板と呼ぶ方がふさわしいそれが掛かっていたことを、銀次郎は忘れていない。

表門の大扉に、竹矢来《たけやらい》は張り付けられていなかった。

銀次郎は脇門（潜り門）を押してみた。

動いた。

彼は静かに押し開けて、邸内へ一歩入った。

「あっ」

銀次郎は思わず叫び声をあげ、茫然となった。

「ないっ」

それが彼の、二つ目の叫び声であった。

殿舎が柱一本残すことなく、綺麗に消滅していた。瓦《かわら》、破風《はふ》板、虹梁《こうりょう》、棟など、いずれも漆黒の美しい大屋根は、どこにも見当たらない。

真《ま》っ平《たいら》に更地《さらち》化され、石灯籠《いしどうろう》一つ残していない敷地には、雑草が芽吹いているだけだ。

「消しやがった。床滑七四郎が生活をしていた証《あかし》を消しやがった」

自分の知らぬ内に「幕府が動いたのだ……」、と悟って銀次郎は、いざという場合の幕府の組織力の凄さに、ゾッとなった。

何もかも無くなった更地を眺めながら銀次郎は、「一体誰《いってえ》が取り壊し命令を下しやがったんでえ。**まなちい**かえ、それとも**白爺《しらじい》**かえ、それとも……」と、口をへの字に結んで眦《まなじり》を吊り上げた。

「待てよ、この調子だと……」

銀次郎が何かに気付いたかの如くハッとなるのに、さほどの刻《とき》を要さなかった。

彼は殿舎が消滅した旧床滑邸から急ぎ出ると、馬上の人に戻った。

「黒兵や、少し急ぐぞ」

銀次郎は右の手綱を軽く引くや、「それっ」と黒兵の首すじを左の掌《てのひら》で二度叩いた。

黒兵はヴフフッと鼻を鳴らして応《こた》えると、たちまち駈歩《かけあし》（分速およそ三五〇メートル程度。いわゆる三拍子のリズムを刻むような歩法）に入っていった。

この歩法は、狭い道が多く人で混雑する町人街区に入れば、細心の注意を要する。

銀次郎が床滑邸の次に急いだ目的の場所は何処なのか。

小禄武士の小屋敷が密集した街区の道幅広くはない通りを右へ折れ左へ曲がるなどして暫《しばら》く行った黒兵は、職人や商人たちの往き来で活気みなぎる町人街区へ入ってゆき、常歩《なみあし》（分速約一一〇メートルくらい）へと緩めた。

このあたりまで来ると、銀次郎の顔を見知った者は俄然《がぜん》多くなる。

彼は菅笠を下げ気味にかぶって町中《まちなか》で馬から下り、黒兵の巨体に自分の体を寄せ、他人様《ひとさま》の視線を避けるようにして歩いた。

「今日は一日、付き合ってもらうぞ……」

銀次郎は黒兵の耳もとで囁き、その頰をやさしく撫でてやった。

人間と馬とのかかわりは古い。縄文時代の遺跡より馬の歯牙《しが》が出土している。古墳時代の遺跡からは、馬の埴輪《はにわ》の他に、馬具までが見つかっていることから、この時代に権力的立場にある者の『騎馬の習慣』などが根付いたのでは、と推測される。

先ず東日本で騎馬の風習が生じて、時代の流れと共に、『源氏の**乗馬武力**』誕生につながってゆき、次第に鎌倉幕府成立へと進んでいったのでは、と思われる。つまり『源氏の**乗馬武力**』勢力が、京《みやこ》の**貴族勢力**を圧倒した証《あかし》こそが、鎌倉幕府ではないかと言うことだ。

黒兵はさかんに耳を動かして、辺りに注意を払っていた。元気な子供たちが叫びながら駆け回っているし、肩に道具箱を担いだ大工や左官たちも忙しそうに小走りだ。

「黒兵よ、あの先を左へ曲《ま》がるぞ……」

一町半ばかり先を横に走っている広小路を指差して、銀次郎が馬の耳に告げた。

その広小路を、俵を山の形に積み上げた大八車が、「おおら、どいた、どいた……」と叫ぶ男たちに引かれて、西から東へと小駈けに抜けてゆく。

このとき既に銀次郎の胸中では、むくむくとした不安が蠢《うごめ》き出していた。

その不安が的中するかどうかは、先に見えている広小路を西へ折れた瞬間に判る筈であった。

五十一

通りを西へ折れる手前で、銀次郎は思わず立ち止まっていた。

嫌な予感が、胸に痛みを覚えさせるほど膨《ふく》らんでいる。

左手直ぐの所に甘味処があって、銀次郎も顔見知りの看板娘が「いらっしゃいませ、有《あ》り難《がと》うございました」と明るい笑顔で客に応対していた。

「行こう……」

銀次郎は菅笠の先を更に下げ気味とし、黒兵の巨体に隠れるように張り付いて進んだ。

黒兵は常歩《なみあし》で十二、三間《げん》を進んだところで、銀次郎に手綱で命じられるまでもなく自ら広小路を左へと曲がった。

途端、銀次郎の表情が（あっ……）と強張り、それを察したのかどうか黒兵は二、三間《げん》ばかりをゆっくりと進んだところで止まった。

「ない……消えている」

と、銀次郎の口からこぼれた呟きは、殆《ほとん》ど低い唸《うな》り声であった。

彼はまたしても、大きな衝撃を受けていた。

広小路の斜め向こうに在るべき筈の老舗《しにせ》の大店《おおだな》が、跡形も無く消えて更地《さらち》になっているではないか。

通りとの境に沿っては高めの杭《くい》が打ち込まれ、縄《なわ》が張りめぐらされて立ち入れないようになっている。

立て札などは見当たらない。

銀次郎は暫《しばら》くの間、愕然《がくぜん》としてその広い更地を眺めていた。

名の知れた店が多く立ち並んでいる広小路が、其処《そこ》の部分だけ歯抜《はぬ》けのようになっており、町の光景は完全に潰《つぶ》れてしまっている。

「幕府の野郎め、なんてえことを……」

我を取り戻したかの如く吐き捨てた銀次郎は、黒兵の手綱を引いて斜め向こうの更地へと近付いて行《ゆ》き、杭に手綱を軽くひと巻きした。

この更地となった位置には、呉服問屋「**京野屋**」の大きな建物、町屋敷と呼ばれる程の建物があった。

銀次郎が「京野屋」の長女である里《さと》十八歳の見合いに際し、精根を込めて鮮やかに化粧や着付けをしてやったのは、いつの事であったか（徳間文庫『侠客』㈠）。

拵屋《こしらえや》銀次郎のその手並を見守っていた、主人《あるじ》の草右衛門《そうえもん》四十九歳、内儀《ないぎ》比呂《ひろ》子《こ》四十一歳、隠居（先代主人《あるじ》）の文左衛門《ぶんざえもん》八十歳、大番頭利平《りへい》六十一歳、一番番頭の和六《わろく》四十三歳、女中頭スミ四十八歳ら六人は、彼の拵えの余りの凄《すご》さ、見事さに揃《そろ》って感嘆《かんたん》したものだった。

だが、悲劇は突然、訪れた。

見合いの場所である神楽坂《かぐらざか》の一流料亭「大吉《だいよし》」へ、草右衛門夫婦、文左衛門、そして里の四人が法仙寺《ほうせんじ》駕籠《かご》四挺《ちょう》に分乗して向かう途中、何者とも知れぬ刺客の襲撃を受けたのだ。

狙《ねら》われて命を落としたのは、商《あきな》いの一線から退《しりぞ》いて隠居生活に入っていた文左衛門ひとりだった（徳間文庫『侠客』㈠）。

銀次郎は険しい目つきで舌を打ち鳴らすと、杭から杭へ確《しっか》りと張りめぐらされている縄の下を掻《か》い潜《くぐ》って更地内へ入った。

この辺りが帳場で、居間や客間や隠居部屋はあの辺り、中庭は向こう左手、など銀次郎の頭の中には「京野屋」の間取りのかなりの部分が、今もはっきりと記憶にある。

「文左衛門は幕府の**番打ち小判**（褒賞用特別小判）の大がかりな不正に、早くから気付いていたに違《ちげ》えねえ……早くからよ」

銀次郎は呟き呟き更地の奥へと足を進め、海鼠壁《なまこかべ》の大きな蔵が三棟立ち並んでいた辺りで立ち止まると、腕組みをし考え込んだ。

刺客から狙いうちされるようにして襲われ命を落とした隠居の文左衛門はかつて、老中支配下にある勘定《かんじょう》吟味役《ぎんみやく》の秘命を受けて凄腕を発揮した**柳原文左衛門直行**という名の隠密勘定調査役——つまり武士——であった。現在《いま》で言えば差《さ》し詰《ず》め、強い正義感でもって務《つと》めあげる国税局Gメン・マルサというところか。

文左衛門は剣法は出来なかったが、計数監査官《けいすうかんさかん》としては極めて有能で、**薄暗い事**が好きな連中からは目付と共に恐れられていた。

文左衛門が武士としての役目から去ったのには、それなりの理由があった。

彼の妻女沙紀《さき》の生家は、「京野屋」だった。店主である沙紀の弟が不意の病で急逝し、どうしても老舗「京野屋」の経営を引き継がねばならなくなったのだ(徳間文庫『俠客』㈠)。

その「京野屋」が今、銀次郎の目の前から綺麗《きれい》に消えて無くなっている。

「この調子だと……幕府にとって都合のよくねえ事件にかかわったり触れたりしたものは……店であろうが人であろうが消されているかも知れねえ」

自身に向かって唸るように囁《ささや》いた銀次郎は、目に凄みを走らせギリッと歯を噛み鳴らした。

このとき背後で黒兵が、何事かを告げるかのようにして、軽く嘶《いなな》いた。

銀次郎は腕組みを解いて、振り向いた。

ひと目で町役人と判る黒羽織の侍二人が、縄の下を搔い潜ったところだった。

「おい」

年輩の方が十手の先を更地への〝侵入者〟の方へ向け、二人は肩を並べて銀次郎に駆け寄った。

「おい、此処で何を致しておる」

「あ、いや、べつに何をと言う訳でもねえんでして……」

「ねえんでして？……おい、お前、この更地には、杭が打たれ縄が張られておるのだ。それは判っておろうな」

「もちろん……杭も縄も、ちゃんと見えてござんすよ」

「ござんすよ？……杭が打たれ縄が張られているということは、立ち入り禁止ということだ。役人以外の者は立ち入れぬ。違うか」

「へい。仰《おっしゃ》いやす通りで」

「お前、荒っぽい町人言葉で話しておるが、その腰に帯びておる脇差は何だ。町人の帯刀《たいとう》は認められておらぬ。それにあの立派な体格の黒毛は、お前が乗ってきたのか」

「仰る通り私《あっし》が乗ってきやした」

「とても町人が乗るような馬ではないぞ。一体何処の屋敷から盗んできたのだ。それに腰の脇差もだ。何処から、くすねてきた。正直に吐け」

「とんでもござんせん。黒毛の馬も腰の脇差も、私《あっし》の物《もん》でござんすよ」

「胡乱《うろん》な奴だ。その先の番所まで、おとなしくついてこい。ひとつ、あれこれと厳しく問い詰めてやろう。どうだ。ん？」

「いい加減に勘弁してくだせえ、お役人様。これ以上に、ああだこうだ、と遣《や》り取り致しておりやすと、通りを往き来している人たちが次第に集まってくるじゃありやせんか」

「おい。いい加減に勘弁しろ、とは何たる言い種《いぐさ》だ。それに菅笠の先を下げるようにしてかぶっている、お前の顔……ようく見ると刀傷の痕《あと》だらけではないか。さては、お前、博徒だな……もしかすると、御尋《おたず》ね者《もの》」

「冗談じゃござんせんよ旦那。それじゃあ、こう致しやしょう。あの黒毛の馬が私《あっし》のものであることを証明いたしやしょう。それで機嫌を直して下さいやせんか」

「どのようにして、証明すると言うのだ」

「私《あっし》が声を掛けやすと、あの黒毛は嬉《うれ》しそうに直ぐ様此処へやって来て、この私に頬ずりをしてくれやすよ。ご主人様、とばかりにね」

「なにっ、頬ずりを？……面白い。やってみよ、それが真《まこと》なら、更地へ無断で立ち入ったことくらいは、町奉行所・市中見回りの職にある者として見逃してやってもよい」

「町奉行所のお役人でござんしたか。いま仰いましたこと、本当でござんすね」

「ふん、馬脚を現わしたな、この無知者めが。馬というのはな、目の前に障害物があると無理をせぬものだ。余程に手綱さばき達者な者が馬上にある場合は別だろうがな。あのように確りと杭が打たれ頑丈《がんじょう》に縄が張られていては、賢《かしこ》い馬ほど無理には進まぬわ。さあて、見せて貰《もら》おうか」

「へい。但《ただ》し、場合によっちゃあ、縄がぶち切れるか、あるいは杭が何本も抜けるかも知れやせん。それについちゃあ、私《あっし》は責任は負いやせん。宜《よろ》しゅうございやすね」

「ごちゃごちゃ言わずに、早くやれ」

「判りやした。そいじゃあ……」

銀次郎は口笛を鋭く吹き鳴らすと、

「黒兵、来《こ》いっ」

と、手の甲を下にして親指を除く四本指で、軽く手招いた。

黒兵は首を一度たてに振ると、目の前の杭や縄など全く気に止める様子もなく、前に進み出した。

〝彼女〟の胸前が張ってあった縄を押して、杭が二本、三本、五本と次次に抜けてゆく。

通りを往き来していた人人が、さすがに呆気《あっけ》にとられて立ち止まり、たちまち人だかりが出来始めた。

黒兵にとってそれは誠に他愛ない〝仕事〟であった。

訳もなく銀次郎の真《ま》ん前《まえ》に近付いてくると、茫然《ぼうぜん》の態《てい》で目を丸くして見守る役人二人を尻目に、地面を蹄《ひづめ》で二度打ち鳴らした。

「こらあ、何を致しておるかあ」

という怒声が不意に通りで生じたのは、この刻《とき》だった。

その怒声と同時に、血相を変えた四人の侍が、更地に勢いよく飛び込んできた。

その四人の侍に驚いたのは、咄嗟《とっさ》に菅笠を前下げにして顔を隠した銀次郎ではなく、むしろ町奉行所の二人の役人の方だった。

「こ、これは新地奉行の、し、島坂様……」

年輩の町役人が慌てて頭を下げ、もう一人若い方もそれを見習った。

「お、北町（奉行所）の同心、矢倉《やくら》殿ではないか。この有様は一体どうしたことなのか。それに何だ、この黒毛の馬は」

双方の言葉態度には当然の如く、上・下の地位の差というものが表れていた。

町奉行所の同心の給与は、殆どが三十俵二人扶持である。殆どが、と言うのは物書同心や古参同心の中には幾分か給与の高い者がいたからだ。手柄《てがら》を連続させた同心の中にも、かなりの給与の者がいるにはいたらしい（永続期間に亘って支給されたかどうかは不明）。

これに対し、新地奉行は書院番あるいは小姓組番の番士（旗本）からの出向者によって占められている（銀次郎時代、市中担当四名、本所深川担当二名、合わせて六奉行）。

この時代、上級幕僚とも言える書院番および小姓組番は、その近衛兵的性格が手伝って、それぞれが五百名前後もの番士で構成されていた。

彼らの家禄についても、これからの物語のために少し触れておこう。

書院番・小姓組番ともに三百石〜四百石取りが全体の**約四割**、五百石〜九百石取りが**約二割**、千石〜五千石取りが約**三割**、把握できず（著者が）が約一割という具合だ。

新地奉行と町方同心の力の差は、歴然である。そもそも比較をすること自体が、おかしかったか？

「矢倉殿、言い渋っておらずに、はっきりと申されい。この黒毛は何のために更地へ立ち入っておるのか」

「は、はい……あのう」

「それに着流しに脇差を帯びたその御人《ごじん》は何者じゃ。矢倉殿の存じおる者なのか」

新地奉行島坂――辰之進――はそう言い言い、三歩を踏み込んで左の肩先でぐいっと町方同心矢倉を押し除《の》けると、更に二歩を進んで菅笠を下げ気味にかぶっている銀次郎を、下から覗《のぞ》き込んだ。

その島坂の表情が反射的に「あっ」となり、銀次郎の人差し指がすかさず唇の前に立った。同時に一瞬の速さで片目の瞬《まばた》きを送る。

島坂辰之進が生唾《なまつば》を一つ呑み込んで、言った。声が掠《かす》れていた。

「う、馬を引いて、そ、早早に立ち去りなされよ」

「承知しました」

銀次郎は小声で告げて一礼すると、黒兵の首すじをやさしくひと撫《な》でして手綱を引き歩き出した。

北町奉行所の同心矢倉が怖い面相を拵え、銀次郎に十手を向けて言った。十手の先を威嚇するかのように、ぷるぷると忙《せわ》しく振っている。

「おい。二度とこのような無茶をしてはいかんぞ。判ったな、この馬鹿者めが」

「ば、馬鹿者とは何じゃ、矢倉殿」

新地奉行島坂が、顔色を変え声を荒らげた。

「は?」

と、事情の呑み込めぬ同心矢倉が、ぽかんとした眼差を新地奉行島坂へ向ける。

「い、いや、いいのだ」

新地奉行島坂に突き放すように言われて、尚のこと表情を複雑にさせる同心矢倉であった。

更地を出た銀次郎は苦笑《にがわら》いが胃の腑《ふ》のあたりから込み上げてくるのを抑え、ゆっくりと馬上の人になった。

こちらを新地奉行島坂とその配下の者たちが、じっと眺めている。

銀次郎は、「うむ……」と頷《うなず》いて見せると、黒兵の腹を軽く打った。

五十二

賢馬黒兵が『旗本八万通』へ入ったのは、宵五ツ頃(午後八時頃)であった。四半町ばかり先、丁字状に交差している角を右へ折れると、屋敷通りのかなり先に桜伊家の表門前へ備えられた**私設の**辻灯籠《つじどうろう》(石灯籠)の明りが見えてくる筈だった。この私設の辻灯籠は家人が夜間に帰宅の際に、奉公人の手によって点《とも》されるのが習わしとなっていた。しかし銀次郎が頑《かたく》なな『自発的蟄居《ちっきょ》閉門』に踏み切って、屋敷が主人《あるじ》である彼ひとりの住居となってからは、表門前の辻灯籠は点されなくなっている。

が、今宵は、大層気が利く飛市かイヨの手によって、等身大の石灯籠は明りを点している筈だった。

「今日は一日、よく付き合《お》うてくれた。ありがとよ」

馬上の銀次郎が黒兵の首を撫でてやると、黒兵は「いいええ……」と言わんばかりに低く鼻を鳴らした。

人馬が次第に、通りが丁字状に交差している所へと、近付いてゆく。

その交差した角には、女性狙い、辻斬《つじぎり》、刃傷《にんじょう》、強盗、喧嘩《けんか》、などに備えて**組合辻番**が設けられていたが、明りは点っていなかった。

無人なのだ。むろん銀次郎は、そうであると承知している。

幕令でもって江戸に治安維持のための辻番が設けられたのは、天然痘《てんねんとう》（痘瘡《とうそう》）の流行がはじまった寛永六年（一六二九）三月のことだった（六月説もあり）。この年は、三代様（徳川家光）の乳母であった**お福**《ふく》が上洛《じょうらく》（京《みやこ》へ入洛する意）して**後水尾**《ごみずのお》**天皇**より『**春日局**《かすがのつぼね》』の号を賜わりまた有力公家**三条西実条**《さねえだ》（**三条西**家は**和学**の最高権威家であり、家格は**大臣家**）のさながら妹的立場をも認められて、大奥のみならず幕府内に**決定的な権力的地位**を築けた年でもあった。

この『春日局』に対しては、老中さえも居住《いずま》いを正し、言葉を慎重に選んだという。

それはともかく、幕令で設けられた辻番（公儀辻番という）は時の流れと共に急速に縮小してゆき、代わって広大な敷地を持つ大名家が**一家負担**で設ける**一手持辻番**、あるいは大名家と旗本家が**共同負担**で備える**組合辻番**が増えていった。

はじめの内は武家管理が直接行き届いた辻番であったが、次第に町人請負化が進んでゆき、人手不足なども手伝って『空き辻番』があらわれ出した。給金は安いし一旦事有る時《いったんことあるとき》は辻番所内に備わる突棒《つくぼう》、刺股《さすまた》、袖搦《そでがら》み、などを手にして凶悪者に立ち向かうことになる。剣術や棒術の心得がない町人にとって、これほど怖いことはない。ましてや〝年寄りの番人〟ともなると、尚のこと怖い。人気仕事である筈がないのだ。

銀次郎は明りを点していない辻番所に近付いてゆき、舌を小さく打ち鳴らしてから右へ曲がる角へと寄っていった。

今日は、嫌な予感に煽《あお》られるようにして、「気になる所」を何か所も回ってみた。

黒兵がいたからこそ、一日でまわれた。

その「気になる所」は、いずれも彼の不安が的中していた。

消滅していたのだ。建物も人も。

つまり更地に化けていた。

元は品川の総網元（網元組合の支配人）で名字帯刀を許された海道権三郎《かいどうごんざぶろう》が営む高

級料亭「帆亭《はんてい》」も、跡形も無かった。

七代様（徳川家継）の生母である月光院《げっこういん》付きの大奥年寄筆頭（大年寄）絵島《えじま》が、その威勢で銀次郎を呼びつけた、あの忍び料亭「帆亭」がである。

また、抜き打ち的に「京野屋」の帳簿監査に入った勘定奉行役宅立合目付・関《せき》家常吾郎《やつねごろう》と配下の事務方が、ひと息つくために立ち寄った花町神楽坂の料亭「水月」も、その姿を完全に消し去っていた。この「水月」では関家とその一行が、突然の襲撃者によってアッという間に惨殺されている。

キリッと歯を噛み鳴らして銀次郎は、丁字状に交差した角を曲がった。

武家屋敷の真っ只中であるから、月がなければ真っ暗だ。

今宵は薄雲が張っているものの、幸いその向こうには満月が浮かび、星屑《ほしくず》もちらちらと見えていたため、地上は江戸名物の〝真っ暗闇〟からはいささか救われていた。

かなり向こうに、桜伊家表門前の、辻灯籠のやや心細い明りも見えている。

人馬は朧《おぼろ》なる月明りの下を、ゆったりと進んだ。

「黒兵、明日は午後から江戸を離れ柳生の里へ向かうぞ。かなり遠いが頑張ってくれ」

銀次郎は馬上から、黒兵の耳に顔を近付けて声低く囁いた。

すると、前方を向いたままの黒兵がフッと歩みを止めた。耳を頻《しき》りに動かしている。何かを捉《とら》えたのか。

「どうした?」

と、銀次郎は身軽に馬上から下り、油断なく辺りに目を凝らした。

黒兵がなんと、二、三歩を退がった。怯《おび》えている、と言うよりは、警戒しているという忙しい耳の動かし様《よう》だった。

「よし、少し退がっていろ……」

銀次郎は手綱で黒兵の向きを変え、軽く尻を叩いた。

黒兵は『空き辻番』がある角まで戻ると、銀次郎の方へくるりと向きを変えた。賢馬だ。四本の脚を綺麗《きれい》に揃えて、すっくと立っている。まるで次の事態に備えるかのように。

銀次郎はと言えば、通りの右手へ寄り、旗本家の古さが目立つ白い土塀――頂《いただき》に瓦《かわら》をのせた――に沿うかたちで足音を立てぬよう歩を進めた。

　当然の如く、この辺りの地形は知り過ぎるほど知っている、銀次郎だ。頑《かたく》なな長期間に亘《わた》る**自発的蟄居閉門**によって、界隈《かいわい》の旗本家との交流も情報交換も殆ど無くなっている。

変わり者として周囲から眺められていることを承知し、また痛くも痒《かゆ》くもないと平然たる態度で銀次郎は過ごしてきた。宵待草（夜の社交界）を大切にしながら。その彼が今、注意を向けているのは、旗本家の白い土塀が尽きた所だった。其処には、隣の旗本家との間に、幅一間《けん》半ほど（二・七メートルくらい）の小路がある。

　隣の旗本家の塀は地味な杉板塀に瓦をのせたものだ。明暦《めいれき》の大火（明暦三年、一六五七）を境として、幕府は重厚にして壮大美麗な武家屋敷の建築には厳しい姿勢を見せている。

　現存する土塀には、明暦の大火を免れた、古いものが多い。桜伊家の敷地は、旧地は明暦の大火前の古く白い土塀で囲まれ、また先頃加わった新しい拝領地も立派な長屋門を持つ新しい白い土塀で囲まれていた。後者は幕府の裁量によってなされた施工であるから、銀次郎が口出し出来るものではなかった。また、土塀がどうのこうのなど、銀次郎には殆ど関心のない事であった。屋敷地が広かろうが狭かろうが、塀が白塗りの土塀だろうが杉板塀だろうが、銀次郎の気性にはどうでもいいことなのだ。

銀次郎は長い土塀に沿って、小路口へじりじりと近付いていった。黒兵が動物の鋭い直感で何か不審な気配を捉えたとしたらば、その小路口から奥にかけてに違いない。

真っ直ぐな表通りは朧《おぼろ》なる月明りの下、鮮明にとまでは見えておらずとも、人の姿一つも見当たらないのだから。

小路口が次第に近付いてくるが、銀次郎はまだ異常な気配を捉えることが出来ないでいた。

(黒兵め……さすがに黒鍬の秀《すぐ》れた駿馬《しゅんめ》だけのことはある。凄いやつだ)

と、彼は思いつつ用心のため右の手を、脇差へと持っていった。

大刀を帯びてはいなかったが、不安は全くなかった。

『無想心眼たる小太刀は小を以《も》って複数の大に対する烈心《れっしん》の修行なり。烈《れっ》を業《わざ》として激《げき》を砕き心気に迷走不遜《ふそん》を招かず挙に妄動《もうどう》なく求心《きゅうしん》の極意に達するを叶《かな》うべし』

銀次郎は、無想心眼一刀流の凄腕であった今は亡き祖父**真次郎芳時**《よしとき》からよく聞かされた難解に過ぎる言葉を思い出して、そっと口ずさんだ。

小路口が、目の先四、五間まで迫ってきた。

銀次郎の呼吸《いき》が止まった。

（いる……）

銀次郎の五感が漸《ようや》くコツンとしたものに触れた。それは〝激しさ〟を感じさせる気配ではなかった。どちらかと言えば、「相手も矢張り呼吸《いき》を止めている……」といった静《せい》の気配だった。

銀次郎は土塀からそろりと離れ、通りの中央に立って小路口を注視した。

主人《あるじ》のことが心配になったのか、黒兵が四、五歩を進んだが、思い直したように止まった。

銀次郎は小路口から、目を離さなかった。誰かいる、という確信に変わりはなかった。

しかし、なかなか現われない。もしや〝人〟ではないのか？

銀次郎は腰の脇差を静かに抜き、自ら小路口へと近付いていった。

危険である。次次と幕僚たちが素姓不明の輩《やから》に襲われている昨今なのだ。幕府の兵法指南役、柳生家の里（大和国柳生《やまとのくにやぎゅう》）までが襲撃されている。

小路口より二間《けん》ばかり離れた斜め位置――小路内が窺《うかが》えない――で足を止めた銀次郎は足元の小石を左手で拾いあげた。右手は脇差で塞《ふさ》がっている。

その小石を銀次郎は小路口の向こう、旗本家の杉板塀に向け渾身《こんしん》の力で投げつけた。

バシンという大きな音が朧なる月明りの中を、響きわたった。

界隈の邸内を突き抜ける程の大きな音、と言っても過言ではなかった。

が、どの旗本家も、シンとして反応を見せない。幕僚たちが次次と襲われている情報は、どれほどの箝口令《かんこうれい》を敷いても、ぽたぽたと水が漏れるが如く、特に旗本たちの間へは確実に広がってゆく。

『さわらぬ神にたたり無し』の風潮が合戦なき平和な世上の中、多くの旗本たちの間へ染み広がっていることを、充分に承知している銀次郎だった。

我不関焉《われかんせずえん》とばかりシンとなっていても、銀次郎は既に何ら不満に思わなくなっている。

銀次郎が二つ目の小石を拾い上げようと、腰を屈《かが》めかけたとき、小路口に漸くのこと其奴《そやつ》は現われた。あとに続く者はいない。其奴ひとりだった。

白装束に目窓だけを開けた白覆面。そして金色《こんじき》の襷掛《たすきがけ》である。

銀次郎は相手がまだ抜刀していないことから、己《おの》れも脇差を鞘《さや》へ納め、通りの中央へと用心深く斜めに後退《あとずさ》った。

其奴は小路口からそのまま真っ直ぐに出て、銀次郎と向き合った。

背丈は五尺七寸ほどか。目の高さは銀次郎とほぼ同じだ。

銀次郎は抑え気味な声を発した。

「俺を待っていたのか」

「左様……」

「それほど邪魔かえ、この俺が」

「左様……」

「何者だ、お前。素姓を明かせや」

「………」

「ふん、素姓を明かさずに死にてえか」

「地獄へ落ちろ……」

「それほど憎《にく》いのかえ、この俺が」

「左様……」

「じゃあ相手をしてやろう。掛かってこいや」

銀次郎は脇差を抜き放った。

と、相手も脇差——長尺の——を抜いて身構えたではないか。実に落ち着いて。

「構わねえんだぜ、長い方を抜いてもよう」

銀次郎の言葉に、相手はニッと笑うだけだった。初めて見せた不敵さ漲《みなぎ》る笑いだ。

銀次郎は、沈黙を選ぶことにして左脚を深めに引き、右脚を右斜め前へぐいっと出した。

一見、奇妙な足構えだ。もし銀次郎の左肩へ第三者の横へ押す力が加えられると、右脚が右斜め前へ出過ぎていることから支《ささ》え力《りょく》不足に陥って、彼は右へ横転しかねない。

が、一見不自然な銀次郎のその足構えで、白装束の双眸《そうぼう》が覆面の目窓の奥ではっきりと凍った。

朧なる月明りの下でも判る程に、はっきりと凍ったのだ。

銀次郎がゆっくりとした動きで、右片手下段の構えに入った。手にあるのは脇差だがその重さは案外に侮れない。右半身を地面に引き下げようとする力が、当然加わる。

にもかかわらず、銀次郎の見るからに不自然で不安定そうなその足構えは、不思議な美しさを見せて、ぴたりと静止していた。

ただ、唇はへの字に結んでいる。すでに彼の気性《きしょう》は、腹の内で煮音《におと》を立て出していた。

白装束が正眼に構えた。この姿も銀次郎に劣らず、綺麗であった。

無言対無言。

雲が流れて千切れ出したのか、二人に注ぐ月明りが強く、弱くを繰り返し始めた。

白装束の足が、すすうっと滑る。

その足の下で、小石が擦れ合って鳴った。

銀次郎は微塵《みじん》も動かない。右半身に掛かった脇差の重さに平然と耐えた身構えだった。繰り返すが、脇差とは言っても、その重さは侮れない。名人が丹誠込めて鍛《う》ち込んだ脇差ほど、切れ味と共に重さにも正しく秀《すぐ》れる。

白装束がまたしても、銀次郎との間を少し詰めた。

そして正眼の構えから、八双構えへと静かに移ってゆく。

と、相手の八双に対し、銀次郎は左まわりに一気に弧を描くや、両脚を開いて腰を深く下げ、切っ先を地面に触れた。いや、僅《わず》かに——半寸（二センチ弱）ばかり——浮いているか？

相手の目が、覆面の目窓の奥で再び凍った。

怯《おび》えたのではない、凍ったのである。

このとき、銀次郎の口から読経《どきょう》するかのような低い呻《うめ》きがこぼれた。

「無想心眼たる小太刀は小を以《も》って複数の大に対する烈心《れっしん》の修行なり。烈《れっ》を業《わざ》として激《げき》を砕き心気に迷走不遜《ふそん》を招かず挙に妄動《もうどう》なく……」

「黙れえっ」

それは苛立《いらだ》ったような裂帛《れっぱく》の絶叫であった。そう、まさに〝裂帛〟だった。

同時に其奴は、地を蹴《け》って八双構えを針の先ほども乱さず、銀次郎に襲い掛かった。

第一撃は、銀次郎の左横面へ。

豪打であった。

その凄まじい風切音に銀次郎は、まともに受けたことによる脇差の刃の欠損を恐れ、後方へ跳び退がった。

彼の眼前ぎりぎりのところを、凶刃が左から右へと流れ、銀次郎が構えを改めるよりも遥かに速く反転し、銀次郎の右横面に打ち掛かった。

素晴らしい速さ、光が疾《はし》るが如き反転業《わざ》の妙技。

銀次郎が再び跳び退がる。

だが、其奴は離れなかった。追い詰めるようにして銀次郎を真《ま》っ向《こ》うから面、面、面、面と乱打。

銀次郎が受けた。また受けた。微細に砕け散った、脇差の刃が、青白い火花と化して銀次郎の顔面に襲い掛かる。

熱《あつ》い。

このときになって銀次郎は相手の打撃に、当たり前でない重力が加わっていることに気付いた。つまり剛刀で知られた同田貫《どうたぬき》の如く鍛造された脇差ではないか、ということだ。

が、そうと気付いた時は遅かった。

「そうりゃあっ」

上から伸《の》し掛かるようにして烈《はげ》しく斬り下ろした其奴の刃を受け、銀次郎の刃が半分を吹き飛ばされた。

「負けたあっ」

銀次郎が絶叫しざま反射的に、刃半分を失った脇差を目の前の其奴の顔面へ投げつけた。

訳もなく其奴は、身軽に跳び退がった。

が、この刺客、床滑七四郎を倒した銀次郎の恐ろしさにまだ気付いていなかった。

其奴が跳び退がろうとした刹那《せつな》、脇差を手放して自由となった銀次郎の右の手は、既に相手の大刀の柄に触れていた。これこそを真《まこと》の電光石火《でんこうせっか》と言うのであろう。

相手が跳び退がった動きで、銀次郎の右の手には苦もなく其奴の大刀が残った。

そうと判って、相手は慌てた。

慌てたが最早《もはや》、遅かった。

接近戦では、数数の激戦を長い御役目旅の間に、潜り抜けてきた銀次郎である。

相手に肉迫する、という速さは半端《はんぱ》ではない。

刺客が己れの大刀が無くなったと気付いたとき、上体を低く沈めた銀次郎の肉体は火の玉と化して相手の股間《こかん》に右足を踏み込んでいた。

手にした大刀が渾身の力で、相手の膝内を掬《すく》い上げ気味に払う。

「うわあっ」

相手の膝から下が月下に舞い上がって、無数の小さな血粒《ちつぶ》が中空に赤い花びらを、蒔《ま》き描《えが》いた。

だが其奴は、のけ反りながらも片脚のままトトトトンと退がりはしたが倒れなかった。恐るべき平衡《へいこう》感覚であり気力だ。

其処《そこ》いらの旗本邸の潜り門が漸く開いたらしく、侍たちが表門前に現われ出した。しかし、目の前に膝から下の片脚が転がっていた旗本邸の侍たちは、小慌てに邸内に消えていった。

銀次郎はチッと舌を打ち鳴らしてから、皓皓《こうこう》たる月夜に向かって大声を放った。

「**黒書院直属**監察官大目付、桜伊銀次郎でござる。かたがた、邸内へ下がられよ。見せものではない」

黒書院直属の叫びは、まさに圧倒的と言う他なかった。

通りに出て見物しようか、どうしようかと恐る恐るの態《てい》であった侍たちが、銀次郎の大声でまるで蜘蛛《くも》の子を散らすが如く、押し合うようにして邸内に消えてしまった。

銀次郎は二度目の舌打ちを放って、刺客に向き直った。

相手は片脚立ちのまま長尺の脇差を、確りと正眼に構えている。

「おい、お前《めえ》さん。大変な修行を積んだ手練《てだれ》だねえ。一体《いってえ》誰の命令で俺を狙ったんだえ」

「…………」

「素姓を打ち明けてくれたらよ、直ぐにでも名医で知られたオランダ医者の所へ運んでやるぜ。今ならまだ助かるかも知れねえ」

「…………」

「女房も子もいるんじゃねえのかよ。いつまで他人様の命を狙う合戦ごっこをやる積もりなんでえ」

「…………」

「早く脚の手当をしてよう、女房や子供のところへ帰ってやんねえ。帰り旅の途中の身の安全や路銀とかは、この俺に任せておけばいい。な、そうしねえ」

銀次郎は言葉やさしく言い言い、用心しながら相手との間を少し詰めた。

「す、すまぬ」

相手が初めて声を出した。さすがに苦し気だった。体を震えが襲い出している。

「お、判ってくれたのかえ」

「せ、世話になりたい……この通り」

刺客は脇差の切っ先を下げ、がっくりと肩を落とした。

「じゃあ、先に素姓を明かしてくんねえ」

銀次郎は口元に笑みを浮かべ目を細めて、相手との間を更に詰めた。

次の瞬間、相手は信じられない勢いで片脚を屈伸させるや、無言のまま銀次郎に斬りかかった。

それはとても深手を負った者の気力や体力、と呼べるものではなかった。

「愚《おろ》かな」

くわっと目を吊り上げた銀次郎の大刀が一閃《いっせん》。

右肩から左脇腹にかけてを、ざっくりと割られて刺客が後ろ向きに、地面に叩きつけられた。これが銀次郎の斬法《ざんぽう》であった。常に『押す力』を加えて相手を彼方《かなた》へ打ち倒す刀法《とうほう》である。うっかり引き加減に相手を討てば、前方へ倒れざまその勢いで逆に斬られたり、しがみ付かれたりする危険があるからだ。

銀次郎は手にしていた大刀をその場に投げ捨てると、夜空の月を仰いで深い溜《ため》息《いき》を吐いた。

「たまらなく……不快だ」

そう呟いて、もう一度彼は溜息を吐いた。彼にしては珍しく悲し気だった。

全てが終わった、と判ったのか黒兵が銀次郎に向かってゆっくりと歩み出した。

銀次郎は仰向けになって息絶えている刺客に近付いて、腰を下ろした。

そして合掌する。これも、かつてない銀次郎の様子だった。

彼は、刺客の大小刀の鞘《さや》および着ている物、そして金色の襷などを丹念に調べたが、身分素姓の証となるものは何一つ見つからなかった。

彼は最後に其奴の覆面を、剝《は》ぎ取った。

とたん、彼は「ああ……」という表情になって、再び夜空の月を仰いだ。

刺客の業《わざ》の凄さ、銀次郎の脇差に対し自分も大刀を用いなかった剣客らしさ、堂堂たる体軀《たいく》。銀次郎はてっきり三十半ば過ぎくらい、と読んでいた。

しかし、覆面の下から出てきたのは、まだ青い香りを濃く残した、二十歳《はたち》になるかならぬかの紅顔の侍だった。

黒兵が銀次郎の傍で歩みを止め、立ち上がった彼が馬の首にもたれるようにして掌《てのひら》を眺めた。

「なんだか今宵はよ、無性《むしょう》に……無性にお前《めえ》の母者人《ははじゃ》（黒鍬頭《がしら》黒兵）に会いてえやな。連れてってくれねえか……」

銀次郎のしんみりとした呟きが判ったのかどうか、黒兵が首を二、三度横に振った。

「駄目?……そうか駄目か」

銀次郎は馬の手綱を引いて歩き出した。いまこの瞬間、黒鍬頭の黒兵に会いたいと思う気持は、〝本心〟であった。

（この調子だと、柳生の里で何が待ち構えているか知れねえな……それにしても……拵屋稼業でのんびりとしていた俺が何故、こんなに恐ろしい目に次次と遭わなきゃならねえんだ）

くそっと、銀次郎は思った。割に合わない、とも思った。考えてみると、新しい『地位と禄高《ろくだか》』について見合うものは、まだ何一つ貰っていない。貰ったのは危険に過ぎる『業務命令』だけだ。

と、前方、桜伊家表門前の灯籠の明りを浴びて、小柄な老人が現われた。

飛市であった。

先程の銀次郎の大声で、もしやと不安になったのであろうか。

銀次郎は手を大きく横に振って、（屋敷へ入れ……）と命じると黒兵の背に跨《また》がった。

飛市の姿が消え、夜烏《よがらす》が何処かでひと声、不気味な嗄《しゃが》れ声を放った。

五十三

屋敷内へ戻った銀次郎は、自室前の広縁《ひろえん》に胡座《あぐら》を組んで夜空の月を仰ぎ見たが、刺客を斬り倒したあとの不快な気分と苛立ちは、容易に鎮《しず》まらない。明らかにいつもの銀次郎とは違っていた。

ほんの少し離れた位置に飛市とイヨが正座していたが、銀次郎のいつにない怖い顔つきに二人とも無言だった。ただ、飛市の表情は何かを言いたげだった。

イヨの膝前には、二合徳利に盃、それに漬物がのった古い盆が置かれていたが、彼女はそれを銀次郎に勧められないでいた。イヨ自慢の漬物であったのに。

「あの……」

痺《しび》れを切らしたのか、飛市が小声を出したが、次に出しかけた言葉を直《す》ぐに呑み込んでしまった。

銀次郎が「ん?」といった表情を、ギラリとした目付きと共に飛市へ向けたからだ。

が、不快さと苛立ちが原因の己れの様子に気付いたのか、銀次郎はたちまち表情を和《やわ》らげた。

「どうした、飛市……」

「争《あらそ》いの現場、そのまま放置しておいて宜《よろ》しいのでしょうか」

「この夜中に、奉行所まで走って知らせに行くとでも言うのかえ」

「はい。若様がそうせよと仰《おっしゃ》いますなら……」

「なあに、あのままで構やしねえ。明日になりゃあ、奉行所の役人が駆けつけらあな。ほうって、おきねえ」

すっかり、がらっぱち言葉に戻っている銀次郎だった。

彼は付け足した。

「現場に転がっている襲撃者の骸《むくろ》を見りゃあ、どれほど無能な奉行所役人でも、刺客だと判らあな。不逞《ふてい》の輩《やから》以外には見えねえよ」

「町方役人が現場検証で界隈に訊《き》きに回り、もし当家へ訪ねて見えたら、どのように応対いたしましょうか」

「おいおい飛市よ。町方役人は旗本屋敷へは軽軽しく踏み込めねえよ。桜伊家に長く奉公してきたお前《めえ》にとっちゃあ、百も承知のことじゃあねえのか」

「あ……そうでした。これはどうも申し訳ありません」

「襲われた俺はこうして無事なんだから、お前《めえ》たち二人は刺客の野郎のことなんぞもう忘れてしまいねえ。この事件についちゃあ明朝、首席目付に就いている伯父（和泉長門守兼行《いずみながとのかみかねゆき》）に俺の口から有《あ》りの儘《まま》きちんと伝えっからよ」

「判りました。安心いたしました」

「おいイヨ。一杯注《つ》いでくれ」

「やっといつもの若様の表情になってくれましたね。言葉遣いは乱暴でも」

「屋敷にいるときゃあ、時には大目《おおめ》に見てくんねえ。侍言葉を使っていると舌を噛んじまわあ」

「はいはい……」

イヨは〝湯呑み盃〟と称されている銀次郎好みの大きな盃を彼の手にわたすと、漸《ようや》く嬉しそうに目を細めて、徳利を傾けた。

トクトクトクという小気味のよい音。

盃に満たされた酒を一気に呑み干して、「うまい……」と呟《つぶや》いた銀次郎は、漬物に伸ばしかけた手を思い直したように引っ込め、飛市とイヨの顔を交互に眺めた。

「二人に頼んでおきてえことがある。この屋敷に奉公していた女中や下男たちで、桜伊家に戻って奉公してえ、という者がいたならひとつ声を掛けてやってくんねえか」

聞いて〝蚤《のみ》の夫婦〟は思わず顔を見合わせた。

「むろん無理《むり》強いはいけねえ。が、戻ってくれる奉公人がいるなら、ほんのお涙ほどだが支度金《したくきん》くらいは出したっていい」

飛市が「うむ」と腕組みをしてから言った。

「ですが若様。桜伊家が自発的蟄居閉門《ちっきょへいもん》に入ってから、かなりの刻《とき》が過ぎてしまっておりますから……一応、心当たりを調べてはみますが、見つかるかどうか」

「だろうねい……」

「それに女中や下女の中には、身を持ち崩した者が、いないとも限りません。昨今の江戸の世情というのは大層厳《きび》しゅうございますから」

「身を持ち崩していたって構やしねえ。身を持ち崩したとすりゃあ、それは俺のせいだ。だからよ、若《も》し見つかったら、声をかけてやっちゃあくれねえか」

「若様がそこまで仰いますなら……」

飛市がにっこりとして頷《うなず》いた。

「それから、俺が今から言うことは、口外《こうがい》しねえでほしいんだが、明朝から俺は馬と共に再び長《なが》の旅に出る」

飛市とイヨが「えっ」とばかり目を大きく見開いた。

「御役目旅だから詳しくは話せねえ。ただ、この屋敷に俺がいねえとなると、老夫婦二人だけでの留守番は、何かと物騒でい。だからよ、お前《めえ》たち二人は俺が帰参するまで、亀島川河口の自宅に戻っていねえ」

「では、桜伊家から去った奉公人たち捜しは、どうなさいますか」

飛市が心配そうな顔つきとなった。

「それについてはよ飛市、面倒かけるが俺の留守中にも進めておいて貰いてえ。俺が帰参したなら皆よ、一斉にこの桜伊家へ集まってくれりゃあいい訳だから」

「なるほど……」

と、飛市は頷いたが、イヨは膝を前へ滑らせて、銀次郎に顔を近付けた。

真剣な目の色を見せている。

「そのためには若様。無事に帰参して戴《いただ》かなければなりません。体に傷一つ受けることなく、元気な姿で戻って下さらなければ……」

「判ったよイヨ。その通りだ、うん。イヨのその言葉は忘れねえようにして、気を付けて旅をする。約束するぜ」

「まったく、この年寄り二人に心配ばかり掛けて……ひどい若様です」

イヨはそう言って涙ぐみ、銀次郎は力なく「すまねえ」と漏らした。

「行き先だけでも教えて貰えませんかね若様」

飛市が控え目な口調で言い、イヨが「お止《よ》しよ。弁《わきま》えることを忘れちゃあいけないから」と、制して亭主を睨みつけた。

銀次郎も首を横に振った。

「行き先は言えねえ。お前《めえ》たち二人に打ち明けられるのは、明朝早くにこの屋敷を発《た》つと言うことだけでえ」

「お昼の弁当くらいは、このイヨにつくらせて貰えませんか。若様の好きな干海《ほしの》苔《り》を巻いた握り飯に、玉子焼と鰯《いわし》の干物の焼いたの、それに煮染《にしめ》を竹の皮でうまく包んだの、いかがです？」

「有《あ》り難《がて》え。ひとつ頼もうかい」

銀次郎は嬉しそうに目を細めた。

海苔の採集は江戸時代に入って間もなく、品川、大森界隈《かいわい》で盛んとなり、これを浅草で干海苔《ほしのり》として商品化したことから、**浅草海苔**という名につながっていった。品質が良く大変美味であったことから、今で言うところの銘柄品に育っていったのだ。

「明朝、何刻《どき》頃にお発《た》ちになります？」

飛市が訊《たず》ねた。

「朝五ツ前（午前八時前）には伯父を訪ねてえんだ。場合によっては、そのあと登城して誰彼と会うことになるかも知れねえ」

「では、そろそろ風呂に入って、お休みしませんと。私は念のため、もう一度馬の調子を検《み》て参ります。おいイヨ、今宵は余り若様に酒を勧めるんじゃねえやな」

「判ってますよう。んなこと亭主からいちいち言われなくともさあ……」

イヨはそう言いながら、座った姿勢のままその位置を滑らせて下げた。

五十四

「では、行ってくる……留守中は二人とも亀島川河口の自宅に戻っているんだぜ」

銀次郎は黒兵の手綱《たづな》を飛市から右の手で受け取り、〝蚤の老夫婦〟と目を合わせた。イヨなどは、これが永遠《とわ》の別れになるのでは、ともう目を潤《うる》ませている。

彼女のために、銀次郎はわざと明るく笑った。

「大丈夫《でえじょうぶ》でえ。必ず無傷で戻ってくらあ」

銀次郎は空《あ》いている方の手でイヨの肩をポンと軽く叩くと、彼女が差し出した薄碧《うすみどり》の色の布呂敷包みを大事そうに受け取り、黒兵の胸懸《むながい》に確《しっか》りと付属している網袋に納めた。

黒兵の手綱を引いて表門を出た銀次郎は振り向いて、

「閉めるんだ。何事もないかのようによ……」

と、表門を顎《あご》の先で示して促した。

表門が微かな軋《きし》み音を発して、静かに閉じられた。

刻《とき》は明け六ツ半過ぎ（午前七時過ぎ）。武家屋敷、とくに中堅、大身の旗本屋敷の大方はまだ森閑としているが、市中では職人たちが働きに出かけている頃だった。

銀次郎は黒兵に跨《また》がると、その耳の辺《あた》りに掌《てのひら》を当てた。

それで銀次郎の「行け……」という意思を察したのかどうか、黒兵はゆっくりと歩み出した。

朝の空は快晴だった。雲ひとつ無い。

銀次郎の腰には、今は亡き祖父、桜伊真次郎芳時《よしとき》から譲られた**斬鬼丸**《ざんきまる》こと、天下の名刀**備前長永国友**《びぜんおさながくにとも》があった。

名工**奈良利寿**《としなが》作の鍔《つば》を嵌《は》めた備前長永国友がである。

静まり返った朝の**旗本八万通**だけに、黒兵の蹄《ひづめ》の音は結構響いた。

馬上の銀次郎の表情は、もうひとつ明るくない。大役を背負っての御役目旅となるだけに、普通は明るい表情になれる訳がないのだが、銀次郎に限っては御役目のどうのこうのが表情の明るさ暗さに深刻にかかわることは、さほどない。が、今朝の彼は、何か大事な忘れ物をしたかのような、浮《う》かない顔であった。

実は、その通りなのだ。

いま彼の脳裏には、宵待草《よいまちぐさ》（夜の社交界）で最高の女性《ひと》と称されている女の顔が浮かんだり消えたりを繰り返していた。

昨日、気になる場所の何か所かを回って大きな衝撃を受けた銀次郎であったが、一か所だけ不在で二度訪ねたが会えなかったのだ。

その一か所こそが、宵待草最高の美女**仙**《せん》の住居《すまい》だった。住居《すまい》は壊されずに存在していたし、今も住んでいる気配は残っていた。

仙は、大名、大身旗本、大商家《だいしょうか》の主人《あるじ》などに知られた**上流置屋料亭**『蔵前屋《くらまえや》』に籍《せき》を置いている。したがって『蔵前屋』を訪ねれば**仙**の動静を把握《はあく》できたかも知れない。

だが黒兵の手綱を引き、腰に脇差を帯びた〝武士と判る〟身形《みなり》で、不用意に『蔵前屋』を訪ねる事は避けねばならなかった。**拵屋**銀次郎は、江戸庶民の間では町人、ということになっているのだから。

ましてや今は、黒書院直属監察官大目付三千石・従五位下加賀守、の立場なのだ。好むと好まざるとにかかわらず、桜伊銀次郎の〝自由〟は、**黒書院直属**というとんでもない『籍』によって厳しく束縛《そくばく》される。

「お仙……すまねえ」

銀次郎は呟いて、馬腹を軽く打った。

黒兵の歩みが速さを増した。

「土産《みやげ》をいっぱい買ってきてやっからよ」

呟いた彼の脳裏に、仙の美しい顔と入れ替わって、彼女のひとり娘**紀美**《きみ》三歳のあどけない笑顔が浮かんだ。

仙が十八歳で生んだ、お雛様《ひなさま》のようにかわいい、ひとり娘だ。

銀次郎が仙に対して、何かと肩入れしてやっているのは、女手ひとつで「懸命に子育てをしている」という、そのひたむきで真剣な**母親としての姿**に心打たれたからだ。

仙は貧しいが誇りだけは高い御家人《ごけにん》の娘だった。

御家人とひと口に言っても銀次郎の時代、その数はおよそ一万七千余人もいた。

給与別に大雑把に眺めると、知行取《ちぎょう》が百五十余人、切米取が約一万五千人、現米取が約千八百人、そして扶持《ふち》取十一人、給金取約三百人、といった具合になっている。

地位別では、上から譜代、二半場《にはんば》、抱入《かかえいれ》の三つの階級に分かれていて、**譜代および二半場**は無職（無役）でも俸給はあったが、抱入は支給されなかった。

仙の今は亡き父は、扶持取**三十俵二人扶持**の抱入であったが、病床に伏して無役となってからは無給となり、それによる困窮と絶望感が死期を早めたのである。

「なんだと、お仙。そんな恐ろしい野郎に苦しめられていたのか」

「うん……銀ちゃん」

「なぜ、もっと早くこの俺に言ってくれなかった」

「だって私……私……銀ちゃんには、いつも輝いている女に見られていたかったから……」

「馬鹿野郎。小さな肩に大きな苦労を、一人で背負《しょ》い込みやがって……」

銀次郎と仙の間で右のような息苦しい会話がかわされたのは、いつの頃であったか？（徳間文庫『俠客』㊂の口絵4ページ）。

銀次郎が、仙の住居《すまい》が無事であったことでホッとしているのには、もう一つ別に大きな理由があった。

老舗《しにせ》の呉服問屋「京野屋」の隠居（先代主人《あるじ》）文左衛門八十歳が刺客に斬殺されたいわゆる**「京野屋」事件**。

この事件当日に見合い予定だった文左衛門の孫娘《まごむすめ》お里の化粧や着付で忙しい銀次郎を手伝っていたのが、仙であったのだ（徳間文庫『俠客』㊂）。

つまり仙は、事件当日の「京野屋」に銀次郎と共に深くかかわっていたのだ。

その「京野屋」が、**人**も**家**も綺麗に消えてしまっていた。

銀次郎が「もしや……」と、仙母子《おやこ》の身を案じたのは当然である。

前方に、首席目付の和泉長門守兼行邸が見えてきた。

界隈は、まだ朝の静寂の中にあった。

五十五

和泉家の若党に黒兵を預けた銀次郎は、玄関式台へと足を向けた。

別の若党の機敏な動きによって、銀次郎が訪れたことは既に〝奥〟へ伝わっている筈だ。

彼が腰の刀を取って玄関を入ると、脇の間に正座をして待ち構えていた麻葉《およう》三十八歳がすかさず立ち上がって、刀をうやうやしく受け取った。

麻葉《およう》は、和泉家の女中・下女たちを束ねている。

「ん？　久仁《くに》はどうした。体の具合いでも悪いのか」

いつもは、若い奥向き女中の久仁が、訪れた銀次郎の迎え役になっている。

「久仁に関しましては、奥方様より直接お話があろうかと存じます」

「なんだか奥歯に物が挟まったような言い方だな」

「それほど大袈裟《おおげさ》なことではございませぬ。ともかく書院では御殿様と奥方様がお待ちでございます。さ、どうぞ銀次郎様」

「うむ……」

銀次郎は麻葉《およう》の後に従って、書院へ足を向けた。

大障子が開け放たれ、朝陽《あさひ》が座敷の中ほどまで差し込んでいる書院では、長門守と夏江《なつえ》がにこやかではない表情で銀次郎を迎えた。

麻葉が銀次郎の手に刀を返し、大障子の脇に座して控える。

「お早うございます。伯父上、伯母上」

銀次郎は広縁に姿勢正しく正座をして背に朝陽《あさひ》を浴びながら、丁寧に平伏した。

御役目上の地位は、銀次郎の方が上位であったが、目の前の二人は父でもあり母でもある御人《おひと》であるから疎《おろそ》かには出来ない。

長門守が口を開いた。

「そろそろ見える頃であろうと待っておった」

「え……それでは黒……」

黒鍬《くろくわ》、と口から出かかったのを呑み込んで、銀次郎は左手直ぐの所に控えている麻葉にチラリと視線を流した。長く和泉家に奉公し奥向き女中や下女たちを束ねている信頼厚い麻葉ではあったが、それでも口から出す言葉には用心しなければならない。ましてや御役目上の〝秘〟にかかわることには一層のこと慎重さが求められる。

麻葉が、そうと察したのであろう、銀次郎にそっと頭を下げて、静かに下がっていった。

このあたりは、さすがに麻葉であった。

銀次郎は刀を右の手に、座敷へ入って伯父夫婦と向き合った。

「私がそろそろ来る頃であろうと判っておられたという事は、さては桜伊家の天井裏にでも黒鍬を忍ばせていましたな伯父上」

そう言う銀次郎の脳裏を、黒鍬頭《がしら》黒兵の豊かな乳房のやさしい温《ぬく》もりが、ふっと過《よ》ぎった。

一瞬、「会いたい……」と胸が痛くざわめく。

長門守が「さてな……」と苦笑するだけに止《とど》めたから、銀次郎は深追いせず隣の夏江と目を合わせ、懐から袱紗《ふくさ》に包まれたものを取り出した。

「伯母上、お戻し致すのが遅れまして申し訳ありませぬ。御役目旅の際に戴きました路銀百両のうち、三十両を使ってしまいました。ここに七十両をお返し致します。真《まこと》に有り難うございました」

銀次郎は袱紗包みを、夏江の膝前に滑らせて畳に額がつくほど頭を下げた。

「まあ、長の旅であったというのに、案外と使わなかったのですね」

「はい。ひたすら御役目ひとすじの旅を貫きました。酒、御馳走《ごちそう》、女、その他遊《ゆう》興《きょう》事などは尚のこと厳しく拒《こば》んでの旅でありましたから」

聞いた夏江の瞳の奥深くで、「んまあ……ふん」という感情が微妙に揺れ、長門守も腰深く曲げている銀次郎の頭を眺めてニヤリとなったが、直ぐに武人の険しい顔つきに戻った。

銀次郎が姿勢を正した。

「伯父上、伯母上。朝早くに突然訪ねて参りましたのは、これより大和国柳生《やまとのくにやぎゅう》へ幕命による御役目で発つためでございます。再び長の留守を致しますがその間、桜伊屋敷への目配りひとつ宜《よろ》しくお願い申し上げます」

うやうやしく述べる銀次郎の言葉に長門守も夏江も頷き、そして長門守が言った。

「其方《そなた》の柳生への御役目旅については、**柳生備前守俊方《びぜんのかみとしかた》**様より直接聞かされておるし、また新井白石様からも耳打ちされておる。手落ちのないよう、確りと責任を果たしてきなさい」

「その覚悟で参ります」

「それから、これだがな……」

そう言いながら長門守は、蒔絵《まきえ》が見事に美し過ぎる傍《かたわら》の手箱に手を伸ばした。

銀次郎にとっては、伯父邸を訪ねた際に幾度か目にしてきた見なれた手箱だ。

見事な蒔絵も名人小川破笠《おがわはりつ》のものと判っている。

小川破笠《おがわはりつ》は銀次郎の時代における代表的な現役の漆芸家《しつげいか》（高度な漆《うるし》工芸《こうげい》の専門家）として笠翁の号で名高く、また浮世絵師および俳人（松尾芭蕉の門弟）としても知られる秀《すぐ》れた芸術家であった。

長門守が、その美しい蒔絵の手箱の蓋《ふた》を取った。

銀次郎の表情が、少し動いた。

手箱の中からあらわれたのは、またしても袱紗に包まれたものだった。

しかも紫の地に特徴ある柳生笹の家紋が銀糸で綺麗に刺繍《ししゅう》されていたため、柳生家からのものと、銀次郎には直ぐに判った。

「備前守様より其方《そなた》にと預かったものだ……二百両ある」

「路銀ですね。しかし伯父上、二百両は多過ぎます」

「だからと言うて備前守様に、多過ぎる、などとは言えまい。半分に減らして残り半分を返すと言うなら、自分でやってみるがよい」

「いや、私が申し上げた、多過ぎる、は二百両は重過ぎるという意味です。腹まわりに二百両も巻き付けると、いざという場合、迅速な身動きが出来ませぬ」

「うむ、確かにそれは言えような。万が一の事態に対して、対処速度が落ちるというのは感心せぬ」

「取り敢えず五十両を預からせて戴きまする。床滑《ゆかなめり》打倒の旅でも、伯母上から預かりました百両の内、用いたのは三十両でありましたから、五十両もあれば充分かと」

「判った。では百五十両はこちらで預かっておこうか。旅の具合で不足が生じたならば、早目に連絡してきなさい。目付は、届ける手立《てだて》など幾通りも講じることが出来ようからの」

「はい、宜しくお願いします。それから伯父上……」

と、銀次郎の表情が改まった。目つきが厳しくなっている。

「桜伊家の敷地でありますが、二倍以上に広がりましてございます」

「そうか。幕府の配慮であろう。よかったの」

「柳生旅から戻りましたならば、この件で上様に御礼を申し上げねばなりませぬ」

「御礼ならば、間部《まなべ》越前守様か新井筑後守様でよい」

「そうですか……わかりました。それから……」

「また、それから、が続くのか。どうした?」

「床滑七四郎の屋敷を検《み》に行ってきましたが、敷地を囲む塀は残っていたものの、殿舎は完全に消えておりました」

「…………」

「床滑邸だけではありませぬ。勘定吟味役の下《もと》で**隠密勘定調査役**（現在のマルサ）として凄腕《すごうで》を発揮していた**柳原文左衛門直行**。この彼が職を辞して経営《いとな》んで参りました呉服問屋『京野屋』も、更地《さらち》だけが残っておりました」

「…………」

このとき夏江が立ち上がって、ひと言も発することなく書院から出ていった。

自分が耳へ入れるべき話ではない、と判断したのであろうか。

銀次郎は口をへの字に結んでいる伯父に対し、続けた。

「その他、ほんの僅《わず》か幕府の騒動に触れたに過ぎない料理屋も料亭も小商いの店も姿を消しておりました。建物も人もです伯父上」

「銀次郎……」

黙って聞いていた長門守が、キッとした厳しい目つきになった。

「首席目付の立場にある者として何か知っているなら、教えて下さい伯父上。いま申し上げた一連の消滅は、大きな力が働いた結果であるとしか考えられませんし
「その通りだ銀次郎。目付筋《すじ》が動いた訳ではないが、幕府が動いた結果、そうなったのだ。幕府の意思が働いた結果じゃ」

「矢張り……」

「但《ただ》し、誰ひとりとして〝不幸〟は与えてはおらぬ」

「え?……」

「皆それぞれ江戸から少し離れた位置で、生活が成り立つように取り計らってお
る。心配致すな」
「真《まこと》でありましょうな」
「おい、伯父に対して口が過ぎるぞ。この私の言うことが信じられぬと言うの
か」
「あ、いや、そう言う訳では……申し訳ありません」
「更地《さらち》と化した場所をどのように活《い》かすかは、まだ未定のようだ。それに関して
は町奉行所に新地奉行が加わって協議をしていると聞いておる。私は新井筑後守
様に対し、庶民の生活の役に立つ施設を設けることが望ましい、と意見を申し上
げておいたがな」
「そうでしたか……それにしても検《み》て回ってみると、名の知れた店が次次と消え
ていたのには、驚かされました」
「彼らを追い立てるようにして幕府が動いた訳ではない。生臭い騒動に巻き込ま
れたり、とばっちりを受けた側から自発的に、〝他の地域へ移りたい〟という申
し入れが連署で町奉行所へなされた向きもあるのだ」

「納得できました。いささかホッと致しました。それからあのう、花町の上流置屋『蔵前屋』に籍を置く……」

「仙のことなら心配ない」

「仙をご存知でありましたか伯父上」

「私は目付衆の頭《かしら》だ。拵屋のお前の行状《ぎょうじょう》なんぞ、とうの昔に調べ尽《つく》しておるわ」

「こわ……」

「なにっ」

「あ、いや……」

「とにかく安心しろ。仙とその幼子は変わらず元気に致しておる。目付と雖《いえど》も鬼ではないわ。それよりも銀次郎。柳生へ発つ前に、ほんの少しでもよいから必ず、**大番頭**六千石旗本**津山近江守**《おうみのかみ》**忠房**様の表三番町の御屋敷へ顔出し致しておくように」

「ああ……そう言えば津山近江守様には随分とお目にかかっておりません。大坂へ出役した亡き父（元四郎時宗、もと大番組頭心得）の直属上司でありましたし、私も大変可愛がって戴きました。承知しました伯父上。江戸を発つ前に津山邸を必ず訪ねます」

「うむ、それが御世話になってきた津山近江守様に対する、礼儀というものじゃ」

「はい。そう思います。それと、私が江戸を離れてからの事ですが伯父上。ひとつ御願いしておきたいことがございます」

「ん？　なんじゃ……」

「もしこの屋敷へ訪ねてくる者がありましたなら、そのう、大事に迎えてやって戴けませぬか」

「心得た」

「あれ？」

「どうした」

「伯父上にしては珍しい。理由《わけ》をお訊きにならないのですか」

「その訪ねてきた者に直接訊けば判ることじゃ。それよりも朝餉《あさげ》はどうした。済ませてきたのか」

「済ませました。飛市夫婦が戻ってきてくれておりますゆえ」

「ならば夏江と細かな点の打ち合わせをして出発《しゅったつ》の準備に取り掛かりなさい。私もこれから登城の用意を急がねばならぬ。目付会議があるのでな」

「それでは伯母上の居間へ行ってきます」

「おい、これを忘れるな。五十両」

長門守が手箱の袱紗を開いて切餅《きりもち》を二つ摑《つか》み、銀次郎の膝前に置いた。

銀次郎はそれを懐《ふところ》に入れると、「伯父上……」と言葉に出してから、丁寧に腰を曲げ額《ひたい》が畳に触れる程に、頭を下げた。

「よいか、必ず無事に戻ってこい」

長門守は目を瞬《しばたた》いて言うと、すっくと立ち上がって足早に書院から出ていった。

伯父の足音が広縁を遠退《とおの》いてから銀次郎は立ち上がり、切餅を更に懐深くに押し込んで書院をあとにした。

因《ちなみ》に**切餅**だが、一般には**一分銀百枚**（二十五両相当）を紙に包んだものを指して言うのだが、ここで銀次郎が受け取った切餅は一両小判二十五枚を紙で包んだもの二つであることを、書き添えておきたい。

銀次郎が伯母夏江の部屋の前まで来てみると、奥を束ねている麻葉《およう》が広縁に正座をして、にこやかに待ち構えていた。

「銀次郎様がお見えになりました」

麻葉が座敷内《ざしきうち》に向かって告げた。

大障子は開け放たれている。

五十六

向き合って座った銀次郎に対して、夏江が有無を言わせぬ眼差《まなざ》しで差し出したのは、またしても袱紗で包まれたものだった。

「伯父上から手渡されたであろう五十両では心許無《こころもとな》い。この五十両も持ってゆきなされ」

「ですが伯母上……」

「百両を身に付けたならその重さで身動きに支障が生じる、などと甘ったるい泣き事を申すなら、此度《こたび》の柳生旅とかは今日にもお断わりしてきなされ」

「…………」

「最初の御役目で見事に大役を果たし、そのために少し増長いたしておるのではないか銀次郎殿」

「増長……」

「最初の御役目旅で江戸を発つ時に見せた覇気が失われています。百両の重さごときで機敏な動きが出来ぬとは、お笑いじゃ。昨今、生活が楽でない旗本や御家人が明らかに増えているではありませぬか。地方を眺むれば飢饉《ききん》に苦しむ村村が少なくないと言います。柳生備前守様より与えられたる路銀二百両、余りにも恵まれ過ぎているとは思いませぬのか。それが理解できぬと言うなら、もはや其方《そなた》の全身は『**増長という毒虫**』に、しゃぶり尽されておる」

「…………」

「そのような不埒《ふらち》な心構えで江戸を発つ旅なら、先で待ち構えているのは『死』のみじゃ。己《おの》れの足元のゆるみを恥ずかしいと気付きなされ」

「伯母上っ」

銀次郎は、ガバッとひれ伏した。広縁に控えていた麻葉《おょう》が、指先でそっと目頭のであろうか。厳しい言葉を発した夏江の胸の内が、麻葉《およう》には判り過ぎるほど判るを押さえた。

ひれ伏した銀次郎は暫《しばら》くの間、身じろぎ一つしなかった。

「もう宜しい銀次郎殿。さ、私の五十両、懐へ納めなされ。役目を無事に終えれば幕府から正式に、高位の者に相応《ふさわ》しい報奨《ほうしょう》や路銀が支給されましょう」

「はい。お気遣い、心より感謝いたします」

「それから、江戸を発つ前の津山近江守様への御挨拶《あいさつ》について、伯父上から聞いておりますね」

「聞いております。丁重に御挨拶を致してから旅立ちます。柳生の里への旅であることは、こちらからわざわざ打ち明けなくとも宜しゅうございましょうね」

「津山近江守様は大番頭六千石の御重役ぞ。すでにそのことは耳に入っていたとしても、御自分の方から口に出すようなことはなさいませぬでしょう」

「判りました伯母上。では、これより津山邸へ立ち寄り、その足で江戸を発ちます。くれぐれもお体、お大切になされますよう」

「其方《そなた》も必ず元気で戻って御出《おいで》なさい」

「お約束いたします。ではこれにて……」

「あ、少しお待ちなされ」

「え？」

「麻葉、例の物は調《ととの》えておりますか？」

夏江の視線が、広縁に控えている麻葉の方へ移った。

「はい。玄関の『控えの間』に既にご用意を……」

夏江の視線が銀次郎に戻った。

「銀次郎殿。いま申した物を麻葉より受け取って津山様の御屋敷へ向かいなされ。向こうで必要となるものゆえ」

「畏《かしこ》まりました」

頷いた銀次郎は、先程の伯父に対してと同じように、丁寧に腰を曲げ額が畳に触れる程に、頭を下げた。

夏江が目を瞬《しばたた》いて言った。

「急ぎなされ。津山様の御屋敷で思いがけず時間を取られることになれば、旅の初日より妙な所で宿を取ることになりましょう。さ、腰を上げなされ」

「仰る通りです。では……」

銀次郎は立ち上がって広縁に出ると、座敷へ向き直り、

「伯母上、いつも実の母上のように思っております。いずこの旅の空の下でも……」

と言い残して、足早に玄関へ向かった。

そのあとを、麻葉が小慌てに追った。

「なんとまあ、女心を抉《えぐ》るのが、いつも見事な息子ぞ……甘くキザなこと」

夏江は言葉にならぬほどの涙声で呟くと、両の手で目を覆《おお》った。

銀次郎は玄関で麻葉に訊ねた。

「伯母上が申されていた〝例の物〟とは何じゃ、麻葉」

「これでございます」

麻葉が玄関脇直ぐの『控えの間』より、紫の布呂敷で包まれた物を持ち出して銀次郎に差し出した。手文庫を二重《ふたかさ》ねしたほどの大きさだ。

「何だ、これは？」

「津山様の御屋敷に着いてからおそらく必要になるもの、と奥方様は申されてい

らっしゃいました。私には詳しい中身《なかみ》は判りかねまする」

「そうか……ま、いい。馬を回すよう、厩番《うまやばん》に告げてきてくれ」

「承知いたしました」

麻葉は、玄関より庭方向へ少し下がった位置の『中の口《なかのくち》』から出て、厩の方へと駆けていった。玄関式台は大身の武家屋敷にとっては『正式な表口（公用口）』である。これに対し『中の口』は内玄関とも称して、日常生活の普段口《ふだんぐち》として機能していた。

つまり『中の口』は家族や奥女中の出入口であって、下働きの男女あるいは賄《まかな》い人などは専《もっぱ》ら勝手口から出入りした。銀次郎邸では飛市やイヨが屋敷の中を自由に動き回っているが、これはイヨが銀次郎の乳母であったことが大きく影響し、殆《ほとん》ど家族扱いされていることを意味している。

銀次郎が玄関を出て表門の方へ歩いてゆくと、厩番に手綱を引かれた黒兵と麻葉が神妙な様子で現われた。

が、黒兵は銀次郎を認めると、嬉しそうに目を細めた。

銀次郎の両の掌《てのひら》に一瞬、黒鍬頭《がしら》黒兵の豊かな乳房の温《ぬく》もりが甦《よみがえ》った。

五十七

「どう……よしよし」

銀次郎は表三番町の津山邸前で、黒兵の手綱を軽く絞り、首すじをポンポンと撫でるように叩いてやった。

と、番所の格子《こうし》窓から銀次郎を認めたのであろう、表門の脇の潜《くぐ》り門が開いて、中年の若党が勢いよく現われた。

銀次郎にとっては実に久し振りに訪れた津山邸ではあったが、彼はその中年の若党をよく知っていた。

「よ、清助。久し振りだの」

と、にこやかに黒兵から下りた銀次郎は、「これは桜伊様。御出なされませ」と腰低く傍にやって来た若党清助に、手綱を預けた。

「近江守様は御出《おいで》なさるか?」

「ほんの少し前に登城なさいましてございます。奥方様（お園）とお嬢様（茜）はいらっしゃいますが」

「よし、お目に掛からせて戴《いただ》こう」

「では、別の者に庭を抜けて知らせに走らせます。桜伊様は真《まこと》に恐れ入りますが玄関を入って左手の『供侍の間』へお進み下さいませ。家人に直ぐに行って戴きますゆえ」

「判った。馬を頼むぞ」

「はい。あのう、余計なことをお訊ね致しますが……」

「なんだ、構わぬ。申せ」

「この馬は今日このあと、長くお乗りでございましょうか」

「うむ、いささかな」

「宜しければ、この清助に蹄《ひづめ》を検《み》させて下さりませ」

「ほう、清助お前、蹄を検れるのか？」

「少しばかり自信がございます。青梅《おうめ》街道沿いに在る私の生家は、今も鍛冶《かじ》屋でございます。親父が畑を耕す牛馬の蹄を、よく検ておりましたから、子供の頃から手伝わされたりして……」

「そうか、それは有り難い。ひとつ検《み》てやってくれ」

銀次郎は左袂《たもと》から取り出した小粒を、にっこりとして清助の手に握らせると、その肩に手を置いてから、玄関の方へと向かった。

右手には、麻葉から手渡された手文庫大の布呂敷包みがあった。

銀次郎の後ろ姿に向かって清助が深深と御辞儀をする。

『**従五位下加賀守、黒書院直属監察官大目付**』いわゆる**銀次郎人事**は津山近江守邸にも当然、知れわたっていた。

銀次郎は長旅用の雪駄《せった》を玄関で脱ぎ、自らの手で傍の下足箱に納めると、三段の階段を上がった左手の勝手知ったる『供侍の間』（板間《いたのま》）に座した。当屋敷は、かつては数え切れぬ程に訪ねて来ていた銀次郎である。

直ぐに、明らかに女性と判る気配が、廊下の奥から『供侍の間』へと近付いてきた。

急いでいる、という気配であった。

「お……」

『供侍の間』に入ってきたその女性に、銀次郎は驚いた。

和泉家（伯父邸）に女中として奉公している筈の、久仁《くに》ではないか。

「お久し振りでございます銀次郎様。お待ち申し上げておりました」

先ずそう言ってから、板座敷に美しく正座をした久仁は、三つ指をついてしとやかに頭を下げた。

このあたりは伯母夏江の教育《おしえ》の結果であると知っている、銀次郎であった。

「久仁お前、私が訪ねて来ることを、承知して此処で待ち構えておったのか」

「待ち構えて……は、はい。ま、そのような事になっておりましてございます」

「そのような事に？……」

「はい、そのような事に、でございまする」

久仁は、明るくにっこりとして頷いた。

「銀次郎様は今日はこのあと、再び長の御役目旅に発たれると、高槻左之助様が少し前に知らせに訪ねて参られました」

「なにっ。和泉家の次席用人が、わざわざ知らせにか……」

「和泉家にとりまして銀次郎様に関しますことは、全てが御当主様と同じ扱いなのでございます。決して、わざわざ、ではございませぬ。どうぞお察し下さりませ」

そう言ってまたしても、美しく調えた作法で、静かに頭を下げた久仁であった。

「う、うむ……」

と小さく呻《うめ》いた銀次郎だったが、胸の内を熱いものが走るのを抑えられなかった。

「それにしても久仁。お前はなぜこの御屋敷にいるのだ。妙ではないか」

「御奉公のためでございまする」

「和泉家を辞して、と言うことなのか」

「いいえ。私にとりまして和泉家は大事な大事なお勤め先でございまする。和泉家の奥付女中のまま、津山家の御世話になっているのでございます」

「どうもお前の言うておることが判らぬな」

「それよりも銀次郎様。奥方のお園様が奥にてお待ちでいらっしゃいます。御挨拶をお急ぎ戴きたく存じます」

「お、そうよな」

「奥方様自ら銀次郎様をお迎えなさろうとするのを、私が無理を申して代わって戴いたのでございます。さ、奥へ御案内いたします」

「津山近江守様は、既に御登城なされているのであったな」

「はい。銀次郎様のことをお気に掛けながら既に御登城なされました。銀次郎様の顔をひと目見たいが、と言い残されて屈強の御供の方方《かたがた》と共に御屋敷を出られました」

「左様か。屈強の家臣と共にな。うん、判った。奥方様への御挨拶を急ごう久仁。案内《あない》してくれ」

二人は立ち上がって、『供侍の間』をあとにした。

銀次郎の右の手には、あの紫の布呂敷で包まれた物が、忘れることなくあった。

久仁はそれが何であるか関心がないのか、チラリとも視線を流さない。

久仁が前《さき》に立って案内した奥方お園の座敷――むろん銀次郎は初めて訪れる訳ではない――には、お園だけではなく、長女の茜《あかね》、そして年の離れた茜の弟信《のぶ》四郎《し ろう》十三歳（津山家後継者）の三人が、まさに人待ち顔であった。

「おお、銀次郎殿。参られましたか」

とお園が色白の若若しい面《おもて》に笑みを広げ、思わず腰を浮かしかけた。

銀次郎は速かに腰の大刀を取ってお園の面前に座すや、例の紫の布呂敷包みを脇に置いて平伏した。

相手は大番頭六千石の実力派で知られた名門旗本家の奥方である。二百石や三百石の旗本家夫人ではない。

「長らく御無音《ごぶいん》いたしまして真《まこと》に申し訳ありませぬ。この度、御役目にて江戸を発つこととなり御挨拶に参上いたしました」

「これ銀次郎殿。何をそのように畏《かしこ》まって御出《おいで》か。いつものように作法にこだわらぬ気軽さを見せて下され」

「こ、これは耳の痛いことを……」

銀次郎は面《おもて》を上げて苦笑をこぼし、頭の後ろに手をやった。

「銀次郎のおじ様。お久し振りでございます」

信四郎《のぶしろう》がにこやかに声を掛けて、軽く平伏した。現在の銀次郎の地位、立場は当然のこと理解しているのであろう。

「おお、信四郎殿。肩幅がいよいよがっしりとしてきたのう。念流の剣術道場へは休まずに通って御出《おいで》であろうな」

「はい。二日置きに休まず通い続けております。つい先頃、江戸市中にあります念流道場の親善試合がありまして、十五歳以下の部で賜杯《しはい》を手に致しました」

「ほほう、それは頼もしい。これからも精進なされよ」

「はい」

銀次郎は、お園と信四郎の間に座している茜と目を合わせた。

「真にお久し振りでございます銀次郎様」

「茜殿はいよいよ母上様に似てお美しくなって参られたのう。まるで白百合の花の如しではないか。これではお父上の近江守様も、お嫁に出すのを渋られるかも知れませぬぞ」

「その時は無理にでも銀次郎様の胸に飛び込みまする」

「これ、何を申すのです。年若い娘が、端《はし》たない」

母親のお園が小さく慌てて茜を制しはしたが、殆ど形だけのものだった。

「それよりも銀次郎殿……」

と、お園が表情を改めた。

「旅立ちは急がれるのでありましょう。此処で余りゆるりと致しておりますと、中途半端な場所で日暮れを迎えることになりかねませぬ」

「ええ、確かにそれは……」

「私《わたくし》も茜も信四郎も銀次郎殿のお顔を見られただけで充分。このあとは離れの座敷へお急ぎなされますように」

「離れの座敷……でございますか？」

と、怪訝《けげん》な表情を見せた銀次郎だった。

それには構わずお園は、広縁に控えて身じろぎ一つしない久仁の方へ視線をやった。

「これ、久仁や。銀次郎殿を離れへ案内《あない》して差し上げるように」

「はい、承知いたしました。さ、銀次郎様、お傍《そば》にございます紫の布呂敷包みを持って、私《わたくし》について来て下さいませ」

そう言い言い久仁が腰を上げた。

「え？　おお、そうか……」

とまどい気味に銀次郎は、目の前の三人に短い去り言葉を残し、訳がよく判らぬままに座敷を出た。

銀次郎は、久仁のあとに従った。

幾度となくこれまでに訪れていた津山邸ではあったが、お園が言った〝離れ座敷〟を銀次郎はまだ見たことがなかった。

美しく調った池泉《ちせん》庭園を右に見て、二人は奥座敷の更に奥へと足を進めた。

広縁が尽きたところに、さほど長くはない渡り廊下があった。その先直ぐに佇《たたず》む『八棟造《やつむねづくり》』の名で知られた妻飾を二重に持った品格ある建物が、〝離れ座敷〟と銀次郎は理解した。

澄んだ水の蓮池に沿うかたちで広縁が延びていて、その中ほどで座した久仁は閉じられている障子の向こうへ静かに声を掛けた。

「久仁でございます。ただいま桜伊銀次郎様がお見えになりましてございます」

「どうぞ、お入りになって戴けますように……」

障子の向こうから返ってきた綺麗な声に、銀次郎の鼓動は一瞬であったが痛みをともなって乱れた。ドキリとなったのだ。

（この声……聞き覚えがある）

銀次郎はそう思った。

久仁がしとやかに障子を開けてから、室内に向かって頭を下げ、そして銀次郎に視線を移してにこりとした。

「銀次郎様。どうぞお入り下さいませ」

と言って久仁が広縁の端近くまで座した姿勢のまま下がる。

「うむ」

銀次郎は横合いから久仁の前に塞がるかたちで入り、その勢いを抑えることなく座敷へ踏み込んだ。踏み込んだ、と彼自身が認識する程に勢いがついていた。

目の前に身形調った、ひと目で若いと判るひとりの女性《にょしょう》が、三つ指をついて深くもなく浅くもなく、美しくあざやかな作法で頭を下げていた。

銀次郎の背後で障子が閉じられ、差し込んでいた日射が遮《さえぎ》られた。

「其方《そなた》……」

と呟くように洩《も》らして銀次郎は、呼吸《いき》を呑み込んだ。彼ほどの文武の者が、ぶるっと一度……二度、唇を震わせていた。

「お待ち申し上げておりました」

と、女性《にょしょう》が面《おもて》を上げて目を潤ませ、銀次郎は「おお……」と彼女に迫り両膝をついた。薄化粧ひとつしていない、忘れる筈のない清楚《せいそ》な印象の美貌《びぼう》の女性《ひと》が目の前にいた。

「江戸に来ておったのか彩艶《さいえん》」

「はい。心細い長《なが》のひとり旅でございました」

「そうか……そうか……すまぬ」

銀次郎は思わず彩艶、いや、艶《えん》の肩を抱き寄せていた。

艶は抗《あらが》わなかった。乱れることを抑えたやわらかな賢明さで、銀次郎の胸許に引き寄せられていた。

「高ぶる気持のままに『江戸へ出て参れ』などと無理難題を言うてしもうた。許してくれ。だが、もう安心してよい」

「私《わたくし》はこのまま江戸に留《とど》まって宜しいのでございますか」

「よく聞きなさい彩艶」

「あのう銀次郎様……」

「ん？」

「艶《えん》とお呼び下さいませ、私《わたくし》の実の名でございます」

「艶……いい名だ…わかった」

銀次郎は深深と頷いて艶の両の肩にかけていた手の力を緩《ゆる》めた。

よほど安心したのであろう。

艶の切れ長な二重《ふたえ》の目から、ひとすじの涙が伝い落ちた。

銀次郎は指先でその涙を拭《ぬぐ》ってやりながら言った。

「これからは、私の傍《そば》にいなさい。ずっと居続けるのだ。承知してくれるな」

「私の身状《みじょう》について、詳しくお調べにならない内に、そのように仰って戴けます事を素直に受け入れて宜しゅうございましょうか」

潤《うる》んだ不安いっぱいの目で、銀次郎を見つめる艶であった。

「もう一度言うぞ艶。これからは私の傍《そば》にずっと居続けるのだ。ずっとだ。この意味わかるであろう。承知してくれるな」

「は、はい。嬉しくお受け致します」

「それでよい……それでよい。お互いの性格、好み、そして身状《みじょう》なぞは、刻《とき》の経過と共に自然に判ってくればよい。私は、そういう考えだ」

実に大胆なことを言い切って銀次郎はもう一度、艶の肩を抱き寄せた。今度は、そっと穏やかに。

愛《いと》おしさが、烈しく込み上げてきつつあった。彼はそれを堪《こら》えた。

銀次郎は告げた。落ち着いた調子だった。

「実はな艶。私は今日これより、長の旅で江戸を離れねばならぬのだ」

「はい。詳しい内容は知りませぬけれど、御役目旅で江戸をお発《た》ちになることにつきましては、既に和泉家（銀次郎の伯父邸）より私《わたくし》宛てに知らせが届いてございます」

「そうか。秘命の旅だが其方《そなた》には、行き先だけは打ち明けておこう」

「いいえ、銀次郎様。秘命の旅ならば、艶は行き先を知ってはなりませぬ。無事にお戻りになりますことを信じて、お待ち申し上げます」

「うむ……ようう言うてくれた艶。それにしても艶よ……」

銀次郎は端整な艶の顔を、しげしげと眺めた。

「其方《そなた》は化粧など致さなくとも、野に咲く花の如く可憐《かれん》で美しいが、薄化粧ひとつしていないのは、どうしたことなのだ。いや、美し過ぎる其方《そなた》には、化粧など必要ないのかも知れぬが」

銀次郎が真剣に過ぎる表情でさらりと言ってのけたその台詞《せりふ》を、実はまだ動かずに広縁に控えていた久仁が聞いて、肩を小さく震わせ込み上げてくる笑いを噛み殺していた。

（まあ銀次郎様。歯が浮くような、あんなにキザな言葉を、淀むことなくさらさらと上手に喋《しゃべ》ることの出来る御人だったとは……あれでは気位《きぐらい》高い大身のお姫様や、円熟の奥方様や御側室様でも、グラリとくるかもね）

そう思いつつ久仁は表情を改め、「失礼いたします……」と声を掛けてから、気遣いを集中させてゆるゆると障子を開けた。

銀次郎は速かに艶との間を空けると、

「なんだ久仁。まだ其処にいたのか」

と、いささかの息苦しさを覗《のぞ》かせて、これも久仁と同じように表情を調えた。

「私《わたくし》は艶様のお付きとして当屋敷へ出向いてございます。それゆえ余程のことがない限り艶様より遠く離れる訳には参りませぬ。なにとぞ御承知下さりませ」

久仁はそう言って三つ指をついた。

「そうか。艶のお付きとしてな……有り難うよ」

「銀次郎様……」

久仁はするりと膝を滑らせて広縁から座敷に入ると、六枚障子のうち二枚を開け放った。

座敷の半ばまで日が差し込んで明るくなった。

久仁は更に銀次郎の身傍《みそば》に近付いて座し、例の紫の布呂敷包みに手を触れた。

「銀次郎様。和泉家よりお持ちなさいましたこの布呂敷包みの中には、お化粧に必要なものが、ひと通り揃っている筈でございます。どうか銀次郎様の手で艶様にお化粧をして差し上げて下さりませ」

銀次郎は、和泉家と久仁との間で濃《こま》やかな情報の往き来があると判って、思わず口元に苦笑を覗かせた。

「と言うことは久仁よ。艶は私の拵屋稼業について……」

「はい、艶様には既に、銀次郎様の全てに関して和泉家の奥方様より告げられてございます。お酒に強いことも、夜歩き好きであることも、宵待草（夜の社交界）の女性《にょしょう》たちの間で人気者であることも……」

「お、おい。久仁……夜歩き好きとは何《なん》だ、夜歩き好きとは」

銀次郎が小慌てに額《ひたい》をカッと赤く染めると、艶が視線を落としクスリと小さく笑った。

それが江戸入りした艶にとっての、心からの最初の笑いであった。まさに野に咲く花のように可憐な。

「よし判った久仁。拵屋銀次郎、ただ今より天下一の化粧師になるから、お前も横で手伝え」

「もとより、その積もりで広縁に控えてございました銀次郎様」

「うん」

頷いて銀次郎は艶に体の向きを改めた。

「艶……其方《そなた》は本当に美しい。拵屋銀次郎の腕が冴《さ》えるぞ」

また始まった、とばかり久仁が顔を背《そむ》け、そっと下唇を噛んだ。

銀次郎は艶の頬を両の手でやさしく挟むと、じっと見つめた。

あ、拵屋の目になっている、真剣勝負の目つきに変わっている、と捉えた久仁は、傍の紫の布呂敷包みを解きにかかった。

「行くぞ久仁……」

「はい」

銀次郎の言葉が一気に熱を孕《はら》み出したことで、何故か久仁は戦慄《せんりつ》を覚えた。

このとき銀次郎の鍛え抜かれた肢体《からだ》深くを、火花が貫いていた。音を立てて。

銀次郎に全てを委《ゆだ》ねようとしている若く美しい艶。が、従五位下加賀守桜伊銀次郎という気性激烈な男を知ってしまったことで、己《おの》が人生に大波瀾《だいはらん》が待ち構えていようなど知る由《よし》もない艶であった。

五十八

銀次郎は賢馬黒兵と共に、誰に見送られるのも辞して、津山近江守邸の表御門をあとにした。ふっ切れたような明るい表情だった。

いよいよ大和国《やまとのくに》柳生へ向けての旅である。

徳川幕政下において、**柳生の名**は諸大名はもとより、全国津津《つつ》浦浦《うらうら》の民にまで知られている。**柳生新陰流**《しんかげりゅう》の発祥の地として。

ただ、**柳生の里**がどのような場所か、について詳しく知る者は案外に数少ない。つまりそれほど、大和国《やまとのくに》の自然豊かな懐《ふところ》深くにあった。

前に**柳生新陰流**の発祥の地、と書いたが、誤解されぬようもう少し正しく述べておく必要があろうか。

剣法『新陰流』を編み出したのは、上野国《こうずけのくに》（群馬県）の豪族の家に生れた**上泉《こういずみ》伊勢守秀綱《いせのかみひでつな》**という人物で、生没年が判然《はっきり》としていないが、**上泉流兵法学**の祖としても知られ、また元亀一年（一五七〇）に第百六代正親町《おおぎまち》天皇（一五一七〜一五九三）に剣法を披露《ひろう》して従四位下に叙せられているなどから、実在の人物であったことは間違いない。

この上泉伊勢守より『新陰流』を学び印可（皆伝免許）を与えられたのが、時の柳生家の長男、**柳生石舟斎宗厳《せきしゅうさいむねよし》**であった。

そして石舟斎宗厳は、この『新陰流』の業《わざ》と精神《せいしん》を更に位《くらい》高く深めようと研究と修行を続けたのだ。

『新陰流』にとって幸いであったのは、石舟斎宗厳に続いて柳生家（柳生一族）から**宗矩《むねのり》・兵庫助利厳《としとし》**（如雲斎）、**三厳《みつよし》**（十兵衛）、**宗冬**、宗春、そして**厳包《としかね》**（連也斎）と傑出《けっしゅつ》した剣士が生れたことだった。

彼ら秀《すぐ》れた剣士たちの並並ならぬ創意工夫と研究、戦場での圧倒的武勲、および**徳川家**や茶道、詩歌、俳諧《はいかい》などに長じた**沢庵宗彭**《たくあんそうほう》（臨済宗禅僧）ら特異的存在であった人脈との深い交流が、『新陰流』を確実に**大柳生**《だいやぎゅう》の剣法へと昇華させていったのである。

『**柳生新陰流**』の意味が、その点にこそあった。

『**柳生新陰流**』とはまさに、**柳生家の**（柳生一族の）**剣法**であることを意味しているのだ。この点を決して忘れてはならない。上泉《こういずみ》流『新陰流』から著しく進化し昇華することに成功した『**柳生新陰流**』は、独自の世界観・精神でもって集大成を果《はた》した**柳生家の剣法**であるということなのだ。

銀次郎と黒兵は快晴の空の下、順調に江戸市中を離れて品川を出、時には襲歩《しゅうほ》（全力疾走、分速約一〇〇〇メートル）で、時には常歩《なみあし》や速歩《はやあし》を交互に川崎、神奈川、保土谷と各宿場を何事もなく過ぎていった。

馬術に秀《すぐ》れる銀次郎とは言っても、黒兵を現代の競馬速度《けいばそくど》である襲歩で走らせることが出来る場所は、人の往き来の少ない田畑の道に限られる。森の中の街道などは、襲歩には案外適してはいない。どこから人や獣が不意に飛び出してくるか知れないからだ。

大型のツキノワグマや猪《いのしし》にまともにぶつかれば、黒兵と雖《いえど》も脚《あし》を傷《いた》めようし、馬上の銀次郎も落馬の危険がある。

その辺りの呼吸は『床滑七四郎打倒』の長の旅で、他の馬や黒兵の馬上にあった者として銀次郎は既に心得てはいるが。

銀次郎と黒兵が東海道五十三次の起・終点**日本橋**から数えて八つ目の宿、相模《さがみの》国《くに》・**大磯**《おおいそ》へ入ったとき、空には満月が浮かんでいた。

銀次郎は強脚の黒兵ではあったが、決して無理をさせなかった。

本格的な街道旅の始まりとなる**品川宿**からだと、大磯宿まではおよそ十四里半ほど。黒兵にとっては苦にもならぬ距離ではあったが、銀次郎の胸の内には『黒**鍬頭**《がしら》**黒兵**より預かった馬』という想いが常にあって、無理をさせる気にはなれなかったのだ。特別な馬なのである。

大坂天王寺の庵寺（尼寺）より若く美しい尼僧――未修験僧だが――艶《えん》と今朝、胸高まる対面を済ませたばかりだと言うのにだ。しかも銀次郎は艶《えん》に対し「……

これからは私の傍《そば》にずっと居続けるのだ。ずっとだ。この意味わかるであろう。承知してくれるな」とまではっきりと言い切っている。

確かにいま彼の胸の内では、大和国《やまとのくに》柳生への御役目旅に対する身の引き締まるような**緊張感**と、艶《えん》と自分の将来への熱く**烈しい想い**と、掌《てのひら》に残って容易に消えない黒鍬頭《がしら》黒兵の豊かな乳房の**やさしさ**とが、複雑に絡み合ってほぐれず、ぎしぎしと音を立てていた。

「おい黒兵。彼処《あそこ》に赤提灯を下げた屋台が出ているぞ。宿へ入る前に軽く一杯呑ませてくれ」

銀次郎が黒兵に、そう告げた。

なるほど街道のほんの四半町ばかり先に、銀杏並樹の陰に隠れるようにして赤提灯を揺らせている屋台があった。

屋台の背側には、満月の明りの下、稲荷社の赤い小さな鳥居が見えている。

屋台の床几《しょうぎ》には、客の姿はなかったが、夜の街道だというのに人の往き来は絶えていなかった。

鎌倉武士の遊興の地として栄えてきた大磯宿には、大名御用達とでも言うべき三つの本陣の他に、六十を超える旅籠《はたご》があって、昼夜ともに結構な賑《にぎわ》いだった。

街道は海岸に沿っているため景色にすぐれ、旅で疲れた旅人たちの目を休めた。また漁師町としての構造をも有していたから山ほどの海の幸に恵まれ、これが旅人を引き付けていた。

位置的には、四里ほど西に小田原《おだわら》宿が、また東へ四里の所に藤沢《ふじさわ》宿があり、ためにちょうどその中間宿場として役割を負っていたので人気があった。

「どう……」

銀次郎は赤提灯を揺らせている小さな屋台の前で、手綱を軽く絞った。

馬上の銀次郎の方が、屋台の屋根よりも遥《はる》かに高いため、屋台の内部は殆ど窺《うかが》えなかったが、漂ってくるいい匂いが彼の空《すき》っ腹《ぱら》をくすぐった。

「こいつあ、たまらん……」

呟いて銀次郎が馬上から下りたとき、屋台の後ろから赤ん坊を背負った女が、びっくりした様子で現われた。二十二、三というところであろうか。

貧しさが目立つ身形ではない。豊か、という印象では決してないが、そこそこ確りと生活が出来ている感じの若い母親だった。

その若い母親が、銀次郎を睨《にら》みつけて言った。本気で睨みつけていた。

「お侍様、食べ物を売る店の真ん前で、馬を止めて貰っては困ります」

「お、あ、そうよな。すまねえ。一杯のませてくれねえか」

「その前に馬を、そこの木陰にでも……」

「わかった……」

苦笑して頷いた銀次郎は、黒兵の頬を撫でてやりながら、「ちょいと離れていな」と、撫でていた頬を軽く押した。

素直な賢馬であった。黒兵は三、四間《けん》と離れていない木陰へ自分から位置を移し、「これで宜しいか」と馬首を振って銀次郎を見た。

「そこでいい」

と、銀次郎は応じ、赤ん坊を背負った若い母親は、「へえ……」と半ば呆《あき》れたような顔つきで銀次郎と黒兵とを見比べた。

銀次郎が床几に腰を下ろすと、若い母親は調理の場へ戻った。

「何に致しますか」

「先ず酒だ。冷酒《ひや》のままで構わねえ。肴《さかな》は上《かみ》さんに任せっからよ」

「上《かみ》さん、などと言わないで下さい」

「え……じゃあ、姐《あね》さん、でいいかえ」

「私は遊び人の女房じゃありません。馬鹿にしないで下さい。**お網**《あみ》という、ちゃんとした名があります」

なんとまあ妙な屋台へ腰を下ろしてしまった、と銀次郎はびっくりした。

どこから眺めても素浪人には見えない銀次郎に、まるで動じていない。

「べつに馬鹿にしちゃあいねえよ。そうかえ、**おあみ**って言うのかえ、とてもいい名じゃねえか」

「**網**は網元の**網**って字を書きます」

「なるほど……」

目を細めて応じた銀次郎の前に、升酒が置かれた。余り見ない珍しい二合升だ。

銀次郎がそれの半分以上を一気に呑むと、お網《あみ》は恐ろしいものを見つめるようにして眉《まゆ》をひそめた。

「酔っ払って私に絡まないで下さいよ、お侍さん」

「絡まねえ、絡まねえ。升酒の五杯や六杯呑んだって酔っ払わねえよ。安心しねえ。それよりも肴を忘れねえよう頼まあ」

「お侍様は……本物のお侍様？」

「贋《にせ》の侍に見えるかえ？」

「だって言葉遣《ことばづか》いが、お侍らしくないですから……とても乱暴」

「ははは、日頃は見栄《みえ》張って侍言葉ばっかり遣ってってからよ。疲れてしまうんだわさ。それで旅なんぞに出ると、気楽な言葉ってえのが迸《ほとばし》り出やがんのさ」

「ふうん……」

お網《あみ》が尾頭付きの魚――さほど大きくはない――二尾の煮付を、屋台にしては洒落《しゃれ》た色模様の皿に並べて、

「美味しいよ」

と、箸《はし》と一緒に升酒の横へ置いて漸く笑った。銀次郎に対しての、はじめての笑いだ。

銀次郎は煮魚の身を箸の先でほぐして、口の中へ放り込んだ。

「おっ、こいつあ旨《うめ》え。上《かみ》さん、いや、姐《あね》さん、おっとお網《あみ》ちゃん。あんたの料理たいしたもんだねえ」

お網が掌を裏返して口元へ持ってゆき、クスクスと笑った。

「会ったばかりなのに、お網ちゃん、だなんて狎《な》れ狎《な》れしい。お侍なんだから、ちゃんは要りませんよう」

「そうかえ。じゃあ、お網よ。お前《めえ》さん、この屋台商売、長《なげ》えのかい」

「ううん、まだ始めて二日目。お侍さんが最初のお客さんだよ」

お網《あみ》が苦笑しつつ言ったとき、背中の赤ん坊が、むずかり出した。

「お侍さん向こう向いてて下さい。海渡《かいと》に乳《ちち》をやるから」

「かいと？……」

「そ、この子の名前。海《うみ》を渡《わた》る、と書きます」

お網はそう言い言い馴《な》れた様子で背中の赤ん坊を下ろし、屋台の下に背を向けてしゃがんだ。「よしよし……」と赤ん坊を愛《あや》しながら、気忙《きぜわ》しい肩の動きが着物の胸元を広げていると判る。

「後ろから覗き見したら駄目だよ、お侍さん」

「見ねえ見ねえ」

「変な男が近寄って来ないか、見張ってて下さい」

「おお、見張ってる。見張ってる」

どうも厄介《やっかい》な屋台に首を突っ込んでしまった、と銀次郎がいささか後悔して黒兵の方へ視線をやると、皓皓《こうこう》たる月明りの下、こちらを眺めている黒兵が目を細めて笑っているように見えた。

銀次郎は胸の内で舌打ちをし、升の中の酒を呑み干した。

乳《ちち》を与えると赤ん坊は静かになった。どうやら素直な子らしい。

お網が赤ん坊を再び背負って、「すみません」と表情を改めて銀次郎と向き合った。

直ぐさま、魚の煮付の隣に、湯気《ゆげ》を立てている殻長《かくちょう》一尺近くもある半ば口を開いた貝が、無造作に二枚ゴロッと置かれた。皿《さら》なしでそのまま。

「物凄く美味しいよ。まだ熱いから用心して、食べてみて……これはお代金は要りません。見張り番のお礼」

「貝と判るが何だえ?」

「平貝《たいらがい》です。海の水で煮ました」

「へえ……海の水でね」

平貝は現代社会では寿司店（鮨店）で当たり前に見られるが銀次郎時代は、そう当たり前なものではない。

銀次郎はあつあつの殻を手で開いて、なかの大きな貝柱を箸の先で刮《こそ》ぎ取って、はふはふと口を鳴らしながら食した。

貝柱の何とも言えない甘さと旨みが、ほどよい塩加減と相俟《あいま》って口の中に広がってゆく。

「こりゃあ堪らねえ旨さだ。おい、お網。酒だ酒」

「大丈夫ですか、そんなに一気に呑んで」

「心配するねえ。それにしても旨《うめ》え貝だねえ。海水煮ってえのが、どんぴしゃりと合ってらあな」

銀次郎は余りの旨さに目を白黒とさせて二枚目もぺろりと平らげると、出された升酒に伸ばした手を休めて、まじまじとお網の顔を見つめた。

「それにしてもお網。お前《めえ》、その日の暮らしに困っているようには見えねえが、赤ん坊を背負って、女手一つで明日も明後日《あさって》もこの屋台店を続けるつもりなのかえ」

「その積もりです。でも、女手一つではありません。惚《ほ》れた亭主と一緒にやることになってました」

そう言って、お網は顔を曇らせた。

「なってました……ってえと？」

「亭主、斬《き》られてしまったんです」

「なにっ」

銀次郎の目の奥で一瞬、凄みが光った。屋台では、不意に刺客の襲撃を受けた経験《こと》のある銀次郎である。

「で、亡くなったのかえ。亭主は……」

「いいえ、幸い全治十日ぐらいとかの軽傷で済みました。左の肩口を正面から少し斬られただけです」

「いつの事だえ？」

「五日前の小雨の夜に宿場を見回っている時……」

「見回っている時……ってえと亭主は十手《じって》持ちなのか？」

「はい。でも目明しと言う訳ではありません。亭主は網元の四男坊ですけど家業は手伝わずに、伯父さんの旅籠《はたご》の板場に自分からときどき立っていました」

「ほう、それがまた何で十手を？」

「大磯の顔役（網元）の四男坊だからです。顔も広く知られていることから何処其処《どこそこ》の誰某《だれそれ》に対し、十手持ちとして動き易いのでは、という判断で藩奉行所の御役人に頼まれ……」

「なるほど……それにしたってよ、赤ん坊を背負った若い母親が一人で夜の屋台商売をやるってえのは、不用心じゃねえのかえ」

「私の味付けが商売になるか、暫く屋台商売で客相手に試したいんです。私も亭主も魚介を使った小料理屋をやる夢を持っているので……」

「ふうん、そうだったのか。で、亭主に斬りつけたけしからん奴ってえのは、判っているのかえ」

「大勢の賊の内の一人だと見ているようです」

「賊？」

「このところ、この大磯へは素姓の知れない浪人の流れ者が増え、徒党を組んで押し込みを働く事件が頻発しています」

聞いて銀次郎の目が、また光った。

お綱が続けた。

「亭主の平市《へいいち》……平貝《たいらがい》の平《たいら》に、市場《いちば》の市《いち》と書くんですけど……その平市が斬られた小雨の降っていた夜は、大磯に三軒ある本陣の内、一軒が押し込みに遭い、家人奉公人の多くが斬り殺されたり深手を負ったりして、いまその本陣は閉ざされたままです」

「亭主は夜回りの最中に、押し込みを終えた賊の内の一人と、ばったり出会ったという訳か」

「はい。出会った其奴《そいつ》は覆面をしていた、と亭主は言ってます。押し込み後に本陣を出た賊共は、目立たないようばらばらに散って逃走したのではないか、と」

「おそらくな……」

と頷いた銀次郎は、こいつあ見捨ててはおけねえ、と思った。

前《さき》の御役目旅では、強脚の黒兵に跨《また》がって、疾風《はやて》の如く大磯宿を駆け抜けた銀次郎であった。

五十九

ほぼ同じ刻限、江戸の柳生邸。

備前守俊方は自身の『居間』と渡り廊下で結ばれている『小書院』で、床の間を背にして座し、ひとりの目つき鋭い侍と向き合っていた。

その侍の名を、**横満新左**《よこみつしんざ》と言った。年齢《とし》まだ二十七歳と若いが、**柳生忍**《やぎゅうしのび》では屈指《くっし》の強者《きょうしゃ》として、備前守俊方の信頼殊《こと》の外厚《ほか》い。

備前守俊方の、〝**右腕**〟と称されてもいる存在だ。

「今は亡き幕翁（大津河安芸守忠助）が大坂城の金蔵へ密かに移蓄《いちく》した幕府の番打小判《ばんうち》その他財宝だが、江戸城への戻し作業はそろそろ終わる頃じゃな」

備前守が声を落とし穏やかな口調で言った。視線は開け放たれた大障子の向こう、月明りで染まった池泉庭園へ向けられている。ごく然《さ》り気なく。

用心のためであろう。

が、池泉庭園の随所には、二刀を帯びた張り番の家臣たちの姿があった。

主人《あるじ》の備前守が刺客に襲われて、まだそれ程の日は経っていない。

月明りの下《もと》で家臣たちの様子、顔つきが物物しい。

横満新左《よこみつしんざ》が主人《あるじ》の問いに、矢張り声を潜《ひそ》めて静かに応じた。実に落ち着いている。

「大坂を出ました百五十万両を積みし御用船**天地丸**ほか三杯（隻《せき》）は、二日後に江戸湾に入る予定でございまする。さらにその三日後の午前中に百五十万両を積んだ**天神丸**ほか四杯、および翌日の夕刻に八十万両を積んだ**龍王丸**ほか二杯、と続きます」

「金塊、銀塊ほかの財宝はどの船に？」

「それらにつきましては一括して龍王丸に積まれることに……」

「わかった。それで完了……であったな」

「はい、大坂より江戸湾への番打小番および財宝の移送につきましては、それで全ての作業を終えることとなります。しかし殿……」

「判っておる。江戸湾に入った御用船その他から、あわせて三百八十万両と財宝を、清水が流れるが如く平穏無事に、幕府の御金蔵へ運び込まねばならんのだ」

「これが最もむつかしい作業になるやも知れませぬ」

「此度は已《や》むを得《え》ず御用船不足の点を、厳選した廻船業者に協力を仰いだ訳だが、乗組員の中に不審な者はいなかったのであろうな」

「大丈夫であると確信を抱いてございます。柳生忍の手練《てだれ》十二名の下《もと》に、伊賀組、甲賀組を張り付けて十二班を組織し、その十二班を御用船を含む十二杯（隻）に分乗させて、乗組員たちを徹底的に監視するという殿のお考えは、まぎれもなく正道であったと存じまする」

「そう言い切れるのか新左《しんざ》よ」

「言い切れます。今のところ何一つ不穏な情報は届いておりませぬ。それに十二班の各頭《かしら》には、『**柳生三怪**《やぎゅうさんかい》』を船内にて徹底させるよう厳しく申し伝えてありますゆえ」

「そうか……判った」

僅《わず》かに表情を緩めて頷く備前守俊方であった。

横満新左が口にした『**柳生三怪**』とは、一体何なのであろうか。

それは……。

一、無表情にて他人《ひと》の耳へ顔を近付けひそひそと囁《ささや》きたる者は謀《さく》を弄《ろう》し易《やす》く怪《あや》しむべしこと。
二、目の配り、目の動き、尋常《じんじょう》ならざる者は謀《さく》を弄《ろう》し易《やす》く怪《あや》しむべしこと。
三、隅位《すみい》置《ち》にて鎮《しず》み深閑《しんかん》として動かざる表情凍《い》てし者は謀《さく》を弄《ろう》し易《やす》く怪《あや》しむべしこと。

の三か条を指しており、〝柳生の世界〟では『忍三怪《しのびさんかい》』とも称されていた。

一見どうと言うこともない三か条に思われがちだが、柳生忍たちはこれを重視し厳守することで数数の難事《なんじ》を事前に察知して食い止め、あるいは撃破してきているのだった。

「ところで殿……」

と、新左が座す姿勢も表情も改め、ほんの少し上体を前へ傾けた。

「いつでございましたか大奥の**溜之間**《たまりのま》にてはじめてお姿を拝見いたしました従五位下加賀守桜伊銀次郎様。大変な凄腕との噂《うわさ》頻《しき》りでございまするが……」

「気になるのか。凄腕との噂が」

「柳生新陰流と小野派一刀流の二つの流儀に打ち込んで参りました私と致しまし

ては矢張り気になりまする。若《も》し叶《かな》いますことならば殿……」

「やめておけ。柳生忍最強とこの儂《わし》が認めるお前でも、数数の修羅場を潜り抜けてきている加賀守には勝てぬ」

「え……」

「勝てぬ、というよりは、まるで歯が立たぬ、と言い改めておこうかの」

「この私が……まるで歯が立たぬ……のでございますか」

「そうじゃ。おそらく、この儂《わし》でも加賀守には勝てまい」

「と、殿……」

「冗談を言っている訳でも、大袈裟に言《ゆ》うている訳でもない。加賀守の剣は、血を知り尽くした剣じゃ。若《も》しも真剣で立ち向かえば雷《いかずち》のような凄まじさで一撃のもとに倒される恐れすらある」

「な、なんと……なんと仰せでございまするか殿」

予想だにしていなかった主人《あるじ》の言葉に、横満新左の顔がたちまち青ざめた。

「それにのう新左。加賀守は黒書院直属の幕僚ぞ。接し方を誤れば首が飛ぶ、くらいは心得ておけ」

「は、はい。大変軽はずみなことを口走ってしまいました。お許し下さい」

新左は平伏し、額《ひたい》を畳に触れた。

「よせ。姿勢を戻すのじゃ。庭に大勢の家臣たちがいる」

言われて新左は小慌てに姿勢を元に正した。

「ところで新左。最初に江戸湾に入る天地丸を、御苦労様と出迎える幕府御船手《おふなて》頭《がしら》の船だが、既に**大磯宿の船溜り**《ふなだま》に待機しておるのであろうな」

「手抜かりはございませぬ。御船手頭の向井将監《しょうげん》様の手配りが万全であったことは見届けてございますゆえ」

「ならばよし。柳生家に申し渡された、**御用金移送の側面を支えよ**、との幕命は、これにてひと息つけそうじゃな新左」

「は、まさに……」

「おい、台所へ行って、そっと酒を持って参れ。冷酒《ひや》のままでよい」

「畏《かしこ》まりました」

「この刻限じゃ。女中や膳部方《ぜんぶかた》の手を煩《わずら》わせてはならぬ」

「心得てございます」

「お前も付き合え」

「有り難うございまする」

横満新左は、にっこりとして腰を上げ『小書院』から出ていった。

備前守は、ふうっと天井を仰いで大きく息を吐いた。

柳生家に下された幕命、**御用金移送の側面支援**、は秘命中の秘命であって厳しい箝口令が敷かれていた。

大坂城金蔵の番打小判ほか財宝は当初、陸送での計画が進んでいた。が、計三百八十万両という、目が眩《くら》むような大金を運ぶのである。

よくぞ幕翁はこの巨額の小判を、大坂城の金蔵へ〝秘送〟したものと、その『豪胆な知恵』と『手腕』と『費消された幾十日にも亘ったであろう〝秘送〟日数』に、幕閣はもとより柳生家の者たちも、ただただ驚愕《きょうがく》する他なかった。

その大き過ぎる驚愕が、陸上移送を海上移送に改めさせたのである。

「まったく此度の幕命は、胃袋を泣かせおったわ」

呟いて備前守は、もう一度天井を仰いで溜息《ためいき》を吐いた。

このとき池泉庭園の随所で張り番に立っていた家臣の内の一人が、映山紅《つつじ》、皐《さ》月《つき》など灌木《かんぼく》の繁みの中へ、月明りから逃れるようにしてすうっと沈んだ。

うっかり落とした何かを拾おうとでもするかのような、自然な沈み様だった。

誰ひとりとして、それに気付かない。

天井を仰いでいた備前守が、下ろした視線を月明り皓皓たる庭園へ向けた。

「ん？」

備前守の表情が動いた。

柳生家の当主である。寸前までの張り番たちの位置・数を、覚えていない筈はない。

備前守は無言で立ち上がると、背後の床の間の刀掛けに横たえた黒鞘白柄《くろさやしらつか》の千手院《せんじゅいん》行信をむんずと摑《つか》むや素早く帯に通して池泉庭園へ向き直った。千手院は、南北朝期に栄えた大和鍛冶《やまとかじ》の名流だ。

その備前守の視線の先で、二人目が灌木の中へズルッと引き込まれるように沈んだ。

「邸内に侵入者あり」

備前守は大声を発し、

「新左、戻って参れっ」

と続けた。新左はこのとき、小書院の直ぐ手前まで戻って来ていた。

だが新左は、酒を満たした二合升二つと大徳利二本をのせた黒漆塗りの盆を両手で支え、それに注意を集中させているところだった。升の酒をこぼして黒漆塗りの盆を濡《ぬ》らさぬようにと。

そこへ主人の大声である。現下の如何《いか》なる作業・任務をも打ち捨て、直近《ちょっきん》の厳命に従うのが柳生忍であった。

新左は、両手にしていた盆を庭へ放り投げるや、主人《あるじ》がいる目の前すぐ先の小書院へ脱兎《だっと》の勢いで飛び込もうとした。

張り番に立っていた池泉庭園の藩士たちは、この瞬間まだ突然訪れた重大な事態を理解できておらず、狼狽《ろうばい》によって一種の金縛《かなしば》り状態に陥っている。

今まさに小書院へ飛び込もうとした新左に、備前守が声鋭く放った。

「うしろっ」

新左が振り向きざま脇差を抜刀した。殿中《でんちゅう》でありしかも主人《あるじ》の身傍《みそば》に居たのだ。

大刀は帯びていない。

新左の眼前、広縁の下から這《は》い上がるかの如く現われた白装束に金の襷掛《たすきがけ》の五名。

双方が絡まり合うかの如く衝突。

火花が散った。

「うんぬ」

新左が怒りの形相《ぎょうそう》凄まじく、白装束ひとりの胸元を猛然と割裂《かつれつ》。返す刃で打ち下ろすが如く二人目の膝頭を激打《げきだ》した。

悲鳴もなくのけぞった刺客二人が、もんどり打って広縁の下へ落下。

この一瞬の勝敗を脇に見て、残った三人の白装束が小書院に雪崩《なだれ》込んだ。

名刀千手院行信の鞘《さや》を払った備前守が、ぐいっと腰深く沈めて刺客ひとりの膝下を閃光《せんこう》の如く切断。重心を失った其奴が振り子《ふこ》のように仲間にぶつかった。

ぶつかられた白装束が「邪魔だ」とはじめて怒声を発し、片膝を失った仲間を蹴り飛ばす。

そこを新左が背後から迫って、非情の其奴に一撃を浴《あ》びせた。「うぬっ」と振り返った其奴の右手首を新左の脇差が痛打。

其奴の右手首から先が、大刀を握ったまま「わっ」という短い悲鳴と共に血粒《ちつぶ》を散らし、矢車と化して床の間へ吹っ飛んだ。

床の間の柱に、凶刀が音立てて突き刺さり、手首が落下。

その床の間を脇にして備前守が刺客相手に二合、三合、四合と烈しく斬り結ぶ。

甲高い鋼《はがね》と鋼の激突音。飛び散る青白い火花。

備前守が押しに押して白装束が滑るが如く退《さ》がる。覆面の目窓の奥で、眦《まなじり》が吊り上がっていた。

と、退がった其奴の後ろ腰が、大蠟燭《おおろうそく》を点《とも》した燭台《しょくだい》を倒した。

蠟油《ろうあぶら》の炎《ひ》が畳の上を輪状に広がった。

「新左、炎《ひ》を消せ」

「承知」

激闘の最中《さなか》では、とくに一対一の最中では、声を発した方が不利となる。

備前守の針の先ほどの〝攻め備え〟の乱れを見逃さず、前へ踏み込んだ刺客が面、首、面、首と激烈に打ち込んだ。

放たれた矢のように目にも止まらぬ速さで襲い掛かる五打目を受けた備前守の

膝が、相手の余りの剛力《ごうりき》にガクンと折れた。唇を歪《ゆが》める備前守。

蠟油《ろうあぶら》の炎《ひ》を踏み消し終えた新左が、足元の燭台《しょくだい》を摑むや、刺客の後ろ首を狙って渾身《こんしん》の力で投げつける。

飛翔する燭台が刺客の後ろ首に命中する直前、大蠟燭《おおろうそく》を落とした。

それは神仏の手助けであったのか。

大蠟燭を立てるための長さ三寸以上もある針状のそれ――鋼製――が、刺客の後ろ首にグサッという鈍い音を立てて突き刺さった。

悲鳴なく、大きくのけぞる刺客。

そこを備前守の千手院行信が、唸《うな》りを発して横に払う。

横っ面を張られた如く、刺客が横転し、畳がドンと鳴った。

「大丈夫でございますか殿」

「まだまだ刺客ごときにやられたりはせぬ」

傍《そば》へ寄ってきた新左に穏やかに応じた備前守であったが、呼吸《いき》はやや乱れていた。

池泉庭園はまるで月下の戦場と化していた。

三十名は超えるかと見られる白装束を相手に、藩士・柳生忍たちが烈しく斬り合っている。

柳生忍の主力――手練集団――は目下、番打小判の移送任務に携わり江戸を離れていた。それを知っているかのように突発した、白装束集団による再びの柳生への奇襲だった。

「なぜじゃ。なぜ柳生を襲う……」

備前守はギリッと歯を噛み鳴らした。

「殿。この場は私にお任せを」

新左はそう言うと、悶絶《もんぜつ》している小書院の白装束に止《とど》めを刺し、広縁に出て仁王立ちとなった。

彼は月夜に向かって大声を放った。

「鉄砲隊、出《いで》よ。殿の射撃命令が出《で》た。鉄砲隊……」

新左は、二度、三度と大声を放った。

これは利いた。まるで劇薬《げきやく》のように利いた。

深手を負った、あるいは息絶えた仲間を残して、白装束たちは潮が引くように鮮やかに消え去った。

六十

江戸城大奥『**御新座敷**』（将軍生母の居室の意）では将軍家継《いえつぐ》の生母で従三位の**月光院**が、文机《ふづくえ》を前にして真剣な表情で静かに筆を走らせていた。この文《ふみ》を急ぎ出そうとしている『**月光院にとって大事な御方《おかた》**』が近頃床に伏しがちである、との知らせが届いたからだ。その知らせの文《ふみ》は、『**月光院にとって大事な御方《おかた》**』の付《つ》き人《びと》（御女中）からだった。

月光院は**その御方《おかた》**を見舞う言葉を丹念に丁重に書き綴《つづ》ったあと、自身の近況に関し次のように付け加えて筆を置いた。

『……私《わたくし》の身のまわりもこの半月余り、平穏な日常とは言い難《がた》い日日が続き心細く思うてございます。かと申してその原因が其処彼処《そこかしこ》にはっきりと顔を覗《のぞ》かせているという訳ではありませず、それゆえ一層のこと空恐《そらおそ》ろしく感じてございます。三度の食事にも心穏やかに御箸《おはし》を付けることが出来ませず、若《も》しや御吸物《おすいもの》に何ぞ宜《よろ》しくない混《ま》ぜ物《もの》が、などと思わず疑ったり致します。この心の不安に対処いたすため身辺警護の女中《もの》が昼夜身傍《みそば》に控えてくれておりまするが、つい先日のこと凛凛《りり》しく逞《たくま》しいと噂の若武者が新たなる上級幕僚として監察官大目付なる重要任務に就きましたゆえ、是非とも色色と相談に乗ってほしいと招きましたなれど実現いたしませず、不安は日日膨《ふく》らむばかりで今日に至ってございます……』

月光院は綴り了えた文《ふみ》を幾度も読み改め、折り目正しく調えてゆっくりと腰を上げた。

御付の若い女中が黙って神妙な様子で、従った。迂闊《うかつ》にしろ「どちらへ？」などと声を掛けることの出来る立場ではない。広広とした『御新座敷』の片隅に、黙ってじっと控えているのが当番としての役目なのだ。

月光院は端整な表情を静めたまま、座敷を出て広縁をしとやかに進み、御付女中の控え所となっている**『次の間』**に向かった。

こう書けば、『次の間』はかなり離れた位置にありそうだが、実は隣接しており、防音効果の高い板襖《いたぶすま》で仕切られていた。この板襖を開ければ『次の間』へ直接行けるのだが、そう簡単には開け閉め出来ぬ重さで造作されている。

それに月光院は自室から直接、『次の間』を訪ねることを嫌った。

大奥史上、最も美しい女《ひと》と言われている従三位の月光院は、やさしさも厳しさも豊かな性格の女《ひと》であり、威厳《いげん》をも殊《こと》の外《ほか》大事とした。

文《ふみ》を手に月光院は大障子の開け放たれた『次の間』へ、しずしずと入っていった。

其処には、幾人かの若い御女中を従えるかのようにして、あの**滝山**《たきやま》がいた。七代様（家継）の生母月光院の身辺警護を担《にな》う、**絹すだれ**で面《おもて》を隠したあの**影の御年寄**と称されている**滝山**が……。

「これは御声かけ下されば直ちに参りましたものを……」

滝山は絹すだれで隠した面《おもて》を畳に触れるが如く、平伏した。

その背後で若い奥女中たちが、畳に這《は》うが如く平身低頭であった。

「滝山……」

「はい」

滝山が面《おもて》を上げた。忠誠忠実であることを全身に滲《にじ》ませてはいるが、さすが将軍生母の身辺警護を担っているだけあって、落ち着き払っている。

「この文《ふみ》をまた瑤泉院《ようぜんいん》様へ早飛脚で御出ししておくれ。瑤泉院様は八丁堀『松屋』の御煎餅《おせんべい》を好まれたゆえ、それをお付けして送れば喜ばれよう」

「畏《かしこ》まりましてございまする。昨今の季節の変わりようは、煎餅が旅いたしますことに丁度適してございましょう」

「そうじゃなあ。『松屋』の御煎餅は確りと焼いてあるゆえ、心配ありますまい」

七代様（家継）の生母である月光院の口から今、驚くべき人物の名が出た。

瑤泉院である。が、それは髪を落としてからの名であった。

では、剃髪《ていはつ》前の名は？

江戸城で最高格式の『座敷**大廊下**』で知られた松之廊下。**尾張**、**紀伊**、**水戸**の徳川御三家および加賀一一九万石大大名《だいだいみょう》**前田家**の御用部屋が並ぶその**最高格式の大廊下**で、事《こと》も有《あ》ろうに高家《こうけ》筆頭・従四位下侍従**吉良上野介義央**《きらこうずけのすけよしひさ》に前後の見境もなく斬りつけた**無分別幼稚大名**《むふんべつようちだいみょう》浅野内匠頭長矩《たくみのかみながのり》（赤穂藩五万石余の当主）。お家を断絶させ多数の藩士を路頭《ろとう》に迷《まよ》わせた愚者大名《ぐしゃだいみょう》浅野長矩《ながのり》には勿体無《もったいな》い、と誰もが思っていたであろう美しい賢夫人**阿久利**《あぐり》。

元禄十四年（一七〇一）三月十四日に生じた『赤穂騒動』と称されるこの殿中刃《にん》

傷《じょう》事件を悲しんだ内匠頭《たくみのかみ》の正室**阿久利**《あぐり》の、髪を落とした名が**瑤泉院**であった。

刃傷事件後、阿久利は実家がある三次《みよし》（備後国《びんごのくに》・広島県）へ引き取られたのだが、おそらくそこで髪を落とし瑤泉院として夫内匠頭《たくみのかみ》の菩提《ぼだい》を弔《とむら》ったものと思われる。

ではなぜ七代様（家継）の生母である月光院は、八丁堀『松屋』の煎餅を添えてまで瑤泉院へ文《ふみ》を出そうとしたのか？

しかも身辺警護の滝山に対し「この文《ふみ》を**また**瑤泉院**様**へ早飛脚で……」と命じている。『**また**』という言葉は、これ迄にも文《ふみ》を出したことがある、ということを示している。これが歴史的事実だとすれば、その意外性は余りにも大き過ぎるではないか。しかも幕府により断罪された**愚者大名**のもと正室瑤泉院に対し、月光院は将軍生母の立場にありながら『**様**』を付してもいる。

が、この不自然さは歴史的事実なのであった。

実は月光院は、『**小つま**』という可愛い名で、浅野家に奉公、それも正室**阿久利**の身近くで奉公していた経歴があるのだ。

『小つま』が奉公先である浅野家を解雇されたのは、刃傷事件の直後であるらしいから、月光院と瑤泉院とのつながりの深さには、はかり知れぬものがあると言えようか。

『小つま』の浅野家奉公を証明する**確実な史料**を著者はまだ見つけていない。

いや、見つからないのではないか、と思ったりもしている。

断罪大名の元正室と、現将軍の生母との交流は、幕府にとっては余り公にしたくないであろうから、幕府の権力によって史料が消されている可能性があるからだ。

それは兎《と》も角《かく》として、遠い地三次《みよし》にひっそりと暮らす円熟の美しい賢婦人、瑤泉院。月光院に加えて、この瑤泉院までが若《も》しや銀次郎に近付いて来るのではあるまいか？　未だ身状もよく判らず、お互いじっくりと話し合うこともないまま江戸へ残してきた艶《えん》の存在があるというのに、だ。

いや、銀次郎の掌《てのひら》からは、瞳の輝き余りにも妖《あや》しい黒鍬頭《がしら》黒兵の、**やさし過ぎる温かなやわらかさ**、もまだ消えていない。むしろ濃く残り過ぎている。

どうするのか銀次郎。

六十一

月光院《げっこういん》が『次の間』を出て『御新座敷』へ戻ったのを待って、**影の御年寄《おとしより》**と称されている**滝山《たきやま》**は、後ろに控えていた奥付女中たちの内、ひとりに対して命じた。

「聞いていた通りじゃ。この大事な文《ふみ》を急ぎ**三次《みよし》**（備後国・広島県）の瑤泉院《ようぜんいん》様へ……いつも通りの『秘急《ひきゅう》』扱いでよい」

「畏《かしこ》まりました」

滝山より文《ふみ》を受け取った二十半《はたちなか》ばくらいに見える奥付女中は、無駄の無い動きで『次の間』から出ていった。

この『次の間』に控えている奥付女中たちには、滝山の直命を受け瞬時に行動に移る月光院様警護御役目の女中《もの》が五名混じっていた。

いま文《ふみ》を手にして座敷から出て行った女中《もの》は、滝山の信頼厚い屈指の手練《てだれ》である。

と、滝山の背後に控えていた、奥付女中の内のひとりが言った。皆おなじ奥付女中の身形《みなり》ゆえ、一見しただけでは誰が警護御役目の女中《もの》かは判らない。

「さきほど連絡がございました首席目付様からのお呼びは、大変お急ぎの御様子でございました。厳しいお考えをなされます文武の御人《おひと》でございます。直《ただ》ちに動いて下さりませ」

「心得ておる。**三之御部屋様**（月光院）の御用でいささか遅れただけじゃ。和泉長《いずみなが》門守《とのかみ》様はご理解下されましょう」

「なれど、お急ぎを……」

「判りました。では、注意を怠らぬよう、後を頼みましたよ」

滝山は声を掛けてくれた奥付女中の心配に背中を押されて、『次の間』を出た。

警護御役目の者ではない女中だった。

常に薄い絹すだれで面《おもて》を隠している滝山ではあったが、不思議と直接配下の者以外の女中たちからも親しまれていた。

滝山は首席目付の詰所がある『表』へと急いだ。急いだとは言っても、『表』も『中奥』も『大奥』も兎《と》に角《かく》広い。改めて述べるまでもないとは思うが、念のため江戸城本丸殿舎について、再確認しておきたい。

『表』は『表向』などとも称されて徳川幕府の**政治機能が集合**する政庁を意味している。

また『**中奥**』は、**将軍の執務機能**と**日常生活機能**を一体化させた空間で、現在《いま》の首相官邸と首相公邸が一つになった空間に近いと想像できなくもない。

『**大奥**』は言わずもがな、将軍にとっての女護《にょご》が島と称せば判り易いだろうか。将軍の妻、側室、子女、御殿女中など大勢が広大な空間に起居し、またそれがため将軍の目に「ん?……」と止まった美しい御殿女中に将軍の手が付いたりする訳だから、大奥の厳しい規律を守りつつも声を抑えた熾烈《しれつ》な女の争いが無くも無かった（参考・第十一代将軍徳川家斉《いえなり》は、正室および側室十六名を相手に五十五名の子に恵まれた）。

滝山は広い池泉《ちせん》庭園を常に望む広縁《ひろえん》を、右に折れ、更に右に折れた次で左へ折れ、真っ直ぐに伸びた長い広縁に足を踏み入れた。

剣術に秀《すぐ》れる者が若《も》しこの瞬間に滝山を見かけたならば、その両肩からすうっと力みが消えていくことに気付いたであろう。むろんそのとき薄い絹すだれで隠した滝山の面《おもて》からも、月光院の身辺警護を担《にな》う者としての力みや厳しい目つきは消えていた筈だ。

実は、広広とした池泉庭園を左に置いたこの真っ直ぐな長い広縁は、若い大奥女中たちによって『**絵島《えじま》様回廊**』と名付けられている広縁であった。広縁であるにもかかわらず〝**回廊**〟と名付けられたところに、絵島なる者の大きな権力が覗《のぞ》いているかのように思われた。

絵島――月光院付きの老女（御年寄）筆頭（大御年寄）である。そう、あれはいつの事であったか、**忍び料亭**で知られた『帆亭』へ銀次郎を呼びつけたあの妖美《ようび》の女《ひと》、それが絵島その人であった。

『**絵島様回廊**』という密《ひそ》やかな名が示すように、この真っ直ぐな長い広縁には、『老女（絵島）詰所』『御三之間』（お付女中の部屋）、『御台子之間』（茶菓などの調え処）、『御対面所』（訪ねて来た親族との対面処）、など大きな座敷が並んでいた。

いまこの『絵島様回廊』をしずしずと進む滝山は、嫌な予感に見舞われていた。月光院様の身辺警護に付いて以来、何かと冷やかな視線と言葉を向けてくるその御人《おひと》に、ばったりと出会うのではないかと。

その嫌な予感が、有ろうことか首席目付の詰所へ急いでいる最中《さいちゅう》に、的中した。滝山が『老女（絵島）詰所』の前を過ぎて少しホッとした刹那《せつな》、まさに刹那、隣接している『御台子之間』（茶菓などの調え処）に付設の**給仕女中の詰所**『御二之間』の障子が音もなく開いて、絵島が姿を現わしたのだ。

後ろに年若いお付きの女中を幾人か従えている。

滝山は落ち着いた、しかし素早い動きで広縁の端《はし》に寄り正座をした。

絵島の視線がその滝山を上から見下ろした。

「おや、これは**三之御部屋**様（月光院）の御警護役にある日突然就《つ》いた滝山殿。三之御部屋様のお傍《そば》を離れて宜《よろ》しいのか」

「首席目付様詰所より急ぎ参るようにとの指示がございまして、ただいま向かうところでございまする」

「それにしても、面《おもて》を隠しておるその絹すだれ、見るからに鬱陶《うっとう》しいが何とかなりませぬのか」

「これは首席目付様の指示でございます」

「なれど、そなたの配下と思われる奥女中に扮装《ふんそう》の幾人かは、素面ではないか。頭《かしら》の滝山殿だけが絹すだれで面《おもて》を隠せとの、首席目付殿の御指示か」

「はい。これに関しましては既に幾度となく絵島様に御説明申し上げて参りましたし、首席目付様よりも話が通っている筈でございまする」

「私は最近、もの忘れがひどうてなあ。のう滝山殿、よい機会じゃ。いま私の前でその絹すだれをめくり上げ、素顔を見せてくりゃれ」

「お断わり致します」

ぴしゃりとした調子で返した滝山は、静かに立ち上がって腰を折った。

「急がなければなりませぬゆえ、これで失礼させて下さりませ」

滝山はそう言って、絵島から離れた。

絵島の言葉が飛んだ。

「待ちなされ滝山殿。ある日突然に大奥の職に就いた身で、何という横柄《おうへい》な態度じゃ」

背中から浴びせかけられて、滝山はぴたりと歩みを止め、振り返った。

それだけではなかった。滝山は絵島の前までゆっくりと引き返した。

「絵島様。如何《いか》に御年寄筆頭と雖《いえど》も図に乗るのはお止《よ》し下され。この滝山、大奥にて三之御部屋様の身辺警護を担っている間は、御年寄格であることをお忘れなさいませぬように。私の大奥における存在がどうあっても不快ならば、幕府内の監察権限を統括なさっていらっしゃいます黒書院直属監察官大目付、桜伊《さくらい》銀次郎様に上申書をお出しなさるが宜しいかと思いまする」

滝山はきつい言葉を穏やかな調子で言い終えると、丁重に深深と腰を折って絵島の前から離れた。

が、幾歩も行かぬ内に立ち止まってまたしても振り返り、声低く付け加えた。

「桜伊銀次郎様は歴《れっき》とした御旗本なれど、拵屋《こしらえや》銀次郎の名で下下《しもじも》の世情に通じた立派な御方様。厳しい物の見方をなさる御方《おかた》ゆえ呉呉《くれぐれ》も御用心なされませ」

「な、なんと……あの拵屋《こしらえや》……銀次郎が」

仰天《ぎょうてん》を、ぐっと噛みこらえた絵島は呻《うめ》くように呟《つぶや》いて唇を震わせると、滝山の後ろ姿が長い広縁の突き当たり、『**御鈴**《おすず》**番所**』の直前を左に折れて見えなくなるまで睨み続けた。

拵屋銀次郎の名を忘れている筈がない、絵島であった。あの凛凛《りり》しい面立《おもだち》は今も確《しっか》りと、胸の内に焼き付いている。

その拵屋銀次郎が城中に知れわたった**銀次郎人事**によって、とんでもない大役に就くなど、針の先程も予想が出来ていなかった絵島である。いや、予想出来る筈のない人事だった。だがしかし、大奥は鉄の壁によって男共の干渉《かんしょう》を完璧《かんぺき》に近いかたちで防いでいる、という確信が絵島にはあった。従って**銀次郎人事**の真相に大変驚きはしたが、それほどの脅威を感じはしなかった。この傲慢《ごうまん》な性格がやがて、大奥に**激震**を呼び込むことになるのである。

滝山は**御鈴廊下**を『中奥』へと急いだ。

首席目付の詰所は、『中奥』を過ぎて、『表』に在《あ》る。

御鈴廊下を固めている女中たちは、御年寄格の滝山には敬意を払った。

将軍の生母である月光院付警護担当という御役目は、女中たちから見れば充分以上に敬《うやま》いに値する地位であった。

絵島は、それが我慢ならなかったのであろう。恐らく。

六十二

本丸『表』の**紅葉之間**近くに位置する首席目付の御用部屋（詰所）に入った滝山は、大きな文机《ふづくえ》を前にしてこちら向きの和泉長門守兼行《かねゆき》に対し、深深と平伏した。

本来ならば『表』のこのような奥深くに位置した上級幕僚の御用部屋などへは決して立ち入れない身分の滝山だった。ということは、大奥についても然《しか》りである。

「遅くなり申し訳ございませぬ。三之御部屋様（月光院）より御用を仰せつかりましたものでございますから……」

滝山は、襖で仕切られた隣室に長門守配下の目付衆が控えていることを承知していたから、声を抑え囁《ささや》くようにして告げた。

「よい。もそっと近くへ……」

「はい。失礼いたしまする」

面《おもて》を上げた滝山は姿勢を調《ととの》えて正座した姿を微塵《みじん》も崩すことなく、文机の前まですすうっと滑るが如く近寄った。

その動き様《よう》、只者ではない。

「面《おもて》すだれを取りなさい。大丈夫、私が呼ばぬ限り、暫《しばら》くは誰も入って来ぬ」

「畏《かしこ》まりました」

滝山は静かな動きを見せて、面《おもて》を隠している薄い絹すだれを取った。

何と言うことか。

あらわれたのは、かたち良い唇に紅《べに》を上品に薄く引き、切れ長な二重《ふたえ》の目に妖美を輝かせた黒鍬《くろくわ》の頭《かしら》、加河黒兵《かがわくろべえ》ではないか。

和泉長門守が目つき鋭く黒兵を見据え、声低く言った。

「今から申すことは、箝口令《かんこうれい》が厳しく敷かれており、幕閣中枢の者以外では目付しか知らぬ。それを承知の上で聞きなさい」

「はい。心得ましてございます」

「将軍家兵法指南役にして、時として幼君（徳川家継）の御教育係の立場にも就かれる柳生《やぎゅう》家五代御当主**備前守俊方**《びぜんのかみとしかた》様が、再び襲われなされた」

「えっ」

と驚いた滝山こと黒兵が、思わず文机との間を更に詰めた。

「此度《こたび》も白装束に金色《こんじき》の襷掛《たすきがけ》であったそうじゃ」

「で、備前守様のお体は……」

「幸い無事であられたが、此度は江戸藩邸へ、まるで殴り込みを掛けるが如くかなりの数が雪崩《なだれ》込み、柳生忍《しのび》や藩士たちと乱戦状態になったそうじゃ」

「なんと……手強い藩士や柳生忍を揃える柳生家をそれほど繰り返し執拗《しつよう》に襲う

とは、白装束集団の狙いは一体何でございましょうか」

「判らぬ……と言うよりは、軽軽しく推量することは避けねばならぬ」

「それは確かに……」

「が、事は重大事態と捉えねばならぬ。黒兵、直ちに銀次郎に連絡を取れ。誰に知られてもならぬ。疾風となって銀次郎のもとへ走れ」

「承知いたしました。重大事態でございますゆえ、銀次郎様にお伝えすべきことにつきまして、恐れながら一字一句ご指示下さいませ」

「うむ。少し待て……面《おもて》を絹すだれで隠《かく》しなさい」

和泉長門守はそう言うと、首をゆっくりと横へ振って隣室（目付衆の詰所）との間を仕切っている襖に視線をやった。黒兵が落ち着いた動きで絹すだれで面《おもて》を隠し、**大奥影の御年寄・滝山**に戻る。

それを待って、

「坊城《ぼうじょう》……」

と、長門守の野太い声が、隣室に飛んだ。

「はっ……」

打てば響くが如く、仕切襖の向こうで応答があった。

「こちらへ参れ」

「はい、只今」

坊城と呼ばれた長門守配下の目付は仕切襖を開けてではなく、いったん目付衆の詰所を出て、首席目付御用部屋の出入口から神妙に入ってきた。

まだ年若い目付であった。

一通の白い封書を大事そうに手にしている。

彼は部屋に入った所で畏《かしこ》まって座したが、長門守が「よい……」と小さく手招くと、低い姿勢で敏捷《びんしょう》に文机に近付き、三尺ばかりの間を空け滝山（黒兵）と並んで腰を下ろした。

大奥御年寄格の身形の滝山を、見ようともしない。不用意に接したり声を掛けたりしてはならぬ女《ひと》、とでも心得ているのであろうか。

立場（地位）から言えば、年若い目付と雖《いえど》も坊城は、黒鍬頭《がしら》の上――支配的な――に立つ。

だが今の黒鍬頭《がしら》の黒兵は身を偽装して、御年寄格（影の御年寄）の肩書を与えられて七代様（幼君、徳川家継）の生母である月光院および幼君の身辺警護に当たっているのだ。

ましてや年若い坊城は、目付衆の一番末席に位置している。歴戦の兵《つわもの》（強者の意）という点においては、黒鍬頭《がしら》の黒兵の足もとにも及ばない。

坊城は、長門守と二言《ふたこと》三言《みこと》、小声で短く話を交わしたあと、手にしていた白い封書を上司に手渡して下がっていった。

「今のお若い御目付は確か……」

と、滝山が薄い絹すだれの奥で囁いた。

「うむ。目付末席の坊城三河守安四郎《みかわのかみやすしろう》じゃ。まだ二十歳《はたち》でな。亡き父親の後を継いで目付の職に就いて日がまだ浅い」

「矢張り左様でございましたか。銀次郎様の前《さき》の御役目旅において、大商都《だいしょうと》大坂の梅田屋丹五郎《うめだやたんごろう》殿気付で、**幕府大目付・目付連合監察役員会**発の緊急命令文書を出された御方でございましょう」

「その通り。さすが黒兵。要所要所をよく押さえておるのう。さて、そこでじゃが……」

長門守はそこで言葉を切ると、文机の上、目の前にある白い封書を、滝山の方へ滑らせた。

「その封書を急ぎ銀次郎に手渡して貰いたい。急いでじゃ……」

「銀次郎様にお伝えすべき事がこの文書に書かれているのでございましょうか」

「うむ。柳生藩邸が多数の白装束の襲撃を受けたこと、その白装束組織の指導層を余《あま》す所無《ところな》く殲滅《せんめつ》すること……その秘命文書だ」

「お、御殿様……」

「城中では、御殿様という言葉を、私に対し用いてはならぬ」

「申し訳ありませぬ。ご支配様。殲滅《せんめつ》せよ、とのこの秘命文書、前《さき》の御役目旅を了《お》えたばかりの銀次郎様には余りにも荷《に》が重うはございませぬか」

「老中・若年寄会議、承知の上での秘命文書じゃ。確かに銀次郎の前《さき》の御役目旅は過酷《かこく》に過ぎた。彼《あれ》の体の奥深くには、前《さき》の御役目旅の疲れがまだ残っていよう。生身《なまみ》に受けた多くの剣痕のことを思えば、伯父としては今年いっぱいくらいは休ませてやりたい。だがな滝山、いや、黒兵よ。銀次郎は今、桜伊家を立て直すべき重要な時期に立たされておるのじゃ。この時期を乗り越えれば、柳生家のような万石大名家に迫ることも不可能ではない、と私は見ておる」

「万石大名家に……」

「そうじゃ黒兵。銀次郎のもとへ急がねばならぬ。これは厳命じゃ」

「は、はい」

「彼が今、どの辺りに滞在しておるのか、黒鍬ならば訳もなく突き止められよう」

「その点ならば心配ございませぬ」

「ならば急げ。但《ただ》し黒兵、お前は動かずともよい」

「え……何故でございましょう。銀次郎様の行動のかたちや、警戒の仕方、またこちらから密かに接近する要領などにつきましては、この黒兵が最も心得てございます。とくに接近する要領を誤れば、黒鍬と雖《いえど》も怪しまれ、一撃を浴びる恐れがございます」

「それくらいの事は承知しておる。だが、お前は動いてはならぬ。月光院様や家継様の身近にいて、警護に全力を投じるのじゃ。江戸城中に不逞《ふてい》の輩《やから》が侵入しているかも知れぬことについては、銀次郎も心配致しておるのじゃ」

「な、なれど、ご支配様……」

「黒兵、お前、まさか……銀次郎に対し女心を抱き始めているのではあるまいな」

「そ、それは余りな御言葉。私はこれでも黒鍬の頭《かしら》でございまする」

「ならば銀次郎のもとへ走らせる人選を直ちに始めよ。銀次郎にうまく接することの出来る一騎当千の黒鍬を選ぶのじゃ。一人ではなく複数を走らせてもよい。急げっ」

「畏《かしこ》まりました」

滝山こと黒兵は、秘命文書を手に、首席目付の御用部屋を出た。

静けさを取り戻した御用部屋で天井を仰いだ和泉長門守兼行は、ふうっと大きく息を吐いた。

(黒兵ほどの兵《つわもの》が……間違いなく銀次郎に対し女心を抱き始めておる。困ったものじゃ。あ奴(銀次郎)の言葉や一挙一動には、確かに女心に迫る不思議な魅力がある。この儂《わし》に似たのであろうか……)

胸の内で声なく呟いて、思わず口もとに苦苦《にがにが》しい笑みを覗《のぞ》かせる首席目付であった。この儂《わし》に似たのであろうか、とはこれまたいやはや。

長門守の御用部屋を出た滝山は、静まり返った廊下を五、六歩進んだ所で立ち止まり、「銀次郎様……」と力ない呟きを漏らして足下に視線を落とした。

女心を波立たせているのでは、決してなかった。滝山こと黒兵は数数の死地を潜《くぐ》り抜けてきた歴戦の兵《つわもの》である。

いま自分が手にする秘命文書によって、今度ばかりは銀次郎が危ない、と直感しているのだった。苛酷に過ぎる、と。

「どうすれば……」

と漏らして、滝山は力なく歩み出した。目付部屋の前の息苦しい程の重い空気が、ひと呼吸するたびに胸の奥に痛みを走らせる。

機密事項の多い目付の執務室には、限られた者しか近付けない。

右筆《ゆうひつ》、**徒目付**《かち》、そして目付担当の**茶坊主**に限られている（原則としてだが）。

また目付部屋には二階があって、『**御目付方御用所**』と称される関係者以外立入禁止の部屋が設けられており、殿中ながら両刀武装の徒目付が突発事態など非常時に備えて詰めていた。但し日常的には、上席者の指示を受けて、計画文書や監察意見書の執筆、などの事務に勤《いそ》しんでいる。

六十三

その翌早朝の江戸城本丸『中奥』――。

『大奥』の出入口・御鈴廊下近くに位置する将軍の**私的空間**である**御小座敷**とそれに接する**御休息の間**（将軍の寝所）は、まだ浅い眠りに覆われた静けさの中にあった。

幼君徳川家継の**寝所**であるその**御休息の間**で、いま異変がじわりと生じかけていた。

御休息の間は、「上段之間」（十八畳）および「下段之間」（十八畳）で成っており、幼君家継は「上段之間」に**南枕**で眠っている。

この「上段之間」の**東側の北隅**にはお付小姓の布団が敷かれてあったが、あらゆる事態に気を配らねばならぬ立場の小姓であるから、布団の中に身を横たえてはいても不眠番《ふみんばん》だった。

このほか、「下段之間」および**御休息の間**の外側（普通、御入側と言う）にもお付小姓たちが不眠番で控えている。

家継は今、怖《こわ》い夢を見ていた。

刀を振り上げた形相凄《ぎょうそう》まじい一団に、追われている夢であった。とても強い女と信じていた滝山に手を引かれて、懸命に逃げているのだった。

しかし滝山の逃げ足は家継が大声を張り上げて急《せ》かしても遅くなるばかりで、たちまち形相凄まじい一団は、伸《の》し掛かるように迫ってきた。

家継は泣き喚《わめ》きながら、腰の脇差を抜き放ったが、目の前で滝山が斬られ血しぶきをあげてのけ反《ぞ》ったのを見て、その場にへたり込み、わんわんと泣き出した。

そのような〝自分〟を傍《そば》に立った〝別の自分〟が、じっと見つめているのだった。

そこへ次次と小姓たちがやって来て、泣き喚き続ける〝自分〟の背中や肩を右往左往して叫《さけ》びながら撫でるのであったが、何を叫んでいるのか全く聞こえない。聞こえないのに聞こえている。小姓たちの甲高《かんだか》い叫びだった。

そこで家継は目を覚ました。

目の前直ぐのところに、大好きな母、月光院の心配そうな顔があった。

その美しい母の顔と並ぶようにして、本道（内科）や外科、眼科、針灸科《しんきゅう》の医師たちの顔もあった。どの顔も驚いている。

家継は黙ってむっくりと上体を起こすと、両手を差し出してくれた母月光院の胸に武者振りついた。

「銀次郎に会いたい……」

月光院の胸に顔を埋《うず》めて家継は言った。弱弱しい声だった。

聞き取れず月光院が思わず「え？……」となる。

母の胸から顔を上げた家継は、医師たちの背後でうろたえ気味な様子のお付小姓たちを睨みつけた。幼君の尋常でない苦しそうな眠《ねむ》り様《よう》に、あわてふためき月光院へ知らせたのは彼らであった。**御休息の間**から大奥へ通じる**御鈴廊下**までは極めて近い。その近さが小姓たちを御鈴廊下入口へ向かわせ、そこに控えていた**不眠番の奥女中**から月光院へと伝えられたのだった。

近頃の幼君家継の寝所は、独り立ちの心を鍛《きた》えるという意味もあって、**月光院**の**身傍**《みそば》よりも**御休息の間**の方へいささかではあったが、重きが置かれていた。

家継は母月光院の肩越しに、小姓のひとりを指差して告げた。

涙声であった。しかし力が込もっていた。

「何をしておる。早く銀次郎を呼べ」

告げられた小姓は一層のことうろたえた。朝まだ暁七ツ半（午前五時）にもなっていない。銀次郎のような大身を直ちに**御休息の間**へ呼べる訳がなかったし、だいいち銀次郎は御役目旅で江戸を発っている。

「これ……いいえ、上様、無理難題を申すものではありませぬ。暫く母が此処にいましょう」

月光院がそう言って可愛くて仕方がない我が息子を抱きすくめると、家継はエッエッと声をあげて泣き出し、「銀次郎に会いたい、銀次郎に会いたい……」としゃくりあげながら繰り返した。このあたりは矢張り、まだ幼君であった。

医師たちは顔を見合わせながら、

「どうも怖い夢でも見られたのではないでしょうかな……」

などと囁き合い、一人また一人と**御休息の間**から足音を忍ばせるようにして出ていった。

我が息《そく》の背を撫でさすってやりながら月光院は、まだ会えていない桜伊銀次郎のことを想った。

大奥の女中たちは噂を発するのも上手《うま》いが、嗅《か》ぎ取るのも素早《すばや》い。

それによれば大目付三千石桜伊銀次郎という男、剣術は歴代柳生の誰よりも遥かに強く、その面立《おもだち》は発止《はっし》として男らしく、その言葉は牛若丸《うしわかまる》の如くやさしく、その肉体は背丈に恵まれしなやかで強健であると言う。

月光院はその噂を脳裏に過《よ》ぎらせつつ「ふう……」と浅い溜息を吐いた。その表情、殊《こと》の外《ほか》妖しく悩まし気《げ》で余りにも見目麗《みめうるわ》しい。

実はこの深夜まで我が豊かな肢体を、美男幕僚で知られた老中格側用人《そばようにん》、侍従間部《まなべ》越前守詮房《あきふさ》に〝烈《はげ》しく〟預けていた月光院であった。

六代将軍徳川家宣《いえのぶ》の美貌の側室於喜世之方《おきよのかた》が落飾《らくしょく》して月光院と号するようになったのは、家宣《いえのぶ》が亡くなった正徳《しょうとく》二年（一七一二）十月十四日以降、十一月に入ってからの事と推量される。

この月光院に対して、舞台役者でさえ驚くと言われる美男幕僚の間部《まなべ》越前守が食指をヌルリと動かし出したのは、いつ頃の事か定かではない。

著者もそれを確《しっか》りと証する史料を、未だ持ち合わせてはいない。

が、それでも物語はするすると、進んでゆく……進んでゆく。

それほど刻《とき》が経たぬ内に、月光院の端整な表情が「あら？……」となった。

母の胸に顔を横向きに押し当てて、幼君家継はスヤスヤと眠っていた。小さな右の手は豊かな母の乳房を着物の上からわし摑みにしている。

「よくお休みでございます」

小姓のひとりが幼君の顔をそっと覗き込むようにして囁いた。

不眠番の小姓たちの年齢は、十三歳から十七歳までと若い。

一応、選《え》りすぐられた者達ではある。

月光院は、家継を夜具の上にそっと横たえると、いとおし気に頰に手を触れてから寝所の外に出た。

身辺警護の滝山が広縁に控えていた。

「上様のご体調に心配なことが生じたのでございましょうか。下がっていった奥医師たちの表情が、もうひとつ冴えてはございませんでしたけれど……」

滝山が小声で言った。控えた口調であった。

「どうやら怖い夢でも見たらしいのじゃ」

月光院も囁き声で返した。辺《あた》りは静まり返っている。

「まあ、怖い夢を……でございますか」

「あの年頃では、よくある事じゃ。心配いらぬ。ただ嫡母《ちゃくぼ》様（てきぼ、とも）が、この生みの母以上に上様を溺愛《できあい》し過ぎなさるゆえ、将軍としての気持《こころ》の強さがなかなか育たぬのじゃ」

滝山はこれには応《こた》えず、聞くだけに止《とど》めた。身辺警護の立場にある者として、月光院母子に注意を注ぎ続けることだけが御役目なのだ。それから外《はず》れたことに接したり口を挟むことには用心しなければならなかった。御役目から外れたことにかかわったことで若し騒動が生じたりすれば、首が飛びかねない。ましてや『嫡母《ちゃくぼ》』と出たからには、二歩も三歩も下がる必要がある。

「のう滝山……」

「はい」

「私《わらわ》は滝山の素姓《すじょう》についてよくは知らぬし、とくに知ろうとも思わぬが、其方《そなた》には子はおるのか」

「私のような立場の者は、素姓について明かさぬのが規則《さだめ》でございます」

「では、忍《しのび》か？」

「何卒《なにとぞ》ご容赦下さりませ」

「では、子がいたりいなかったり、夫がいたりいなかったり、年齢《とし》が若かったり若くなかったりと、その時の御役目とか状況で言うことも行なうことも、くるくると変わるのじゃな」

「………」

「これは、いささか余計な事に触れてしもうたかのう。許してくりゃれ。滝山に対する私《わらわ》の信頼感が大きいゆえ、ついうっかりと立ち入り過ぎてしもうた。すまなかったのう」

「勿体無《もったいな》いお言葉でございまする」

「それにしても、**嫡母**様の上様に対する、度の過ぎた甘やかしは困ったものじゃ」

月光院は、そう言って小さな溜息を吐いた。

二人はほぼ肩を並べ、ゆっくりと**御鈴廊下**へ向かった。ほぼ肩を並べ、と表現する滝山の位置は、月光院からごく僅《わず》かに下がった——殆《ほと》ど下がったと目立たない——位置を指していた。黒鍬たちが密かに『**身代詰**《みがわりづめ》』と呼んでいる位置である。この『**身代詰**』については、物語がもう少し進んだ**修羅《しゅら》の場**で出てくるので、ここでは詳細は省《はぶ》こう。

「私《わらわ》は**嫡母**様から上様を取り戻したい」

再び月光院は漏らした。苦し気であった。

見かねて滝山は囁いた。言葉を慎重に選んでいた。

「上様はその幼《おさな》さに似ず大層聡明《そうめい》な御方《おかた》でいらっしゃいます。生みの母上様に対する強い愛情を確りと持っていらっしゃいます。大丈夫でございます」

滝山は言葉の中に、**嫡母**という表現を用いなかった。用心していた。

「おお、よう言《ゆ》うてくれた滝山。今の言葉で救われた思いじゃ」

歩みを止めてひっそりと囁き返し、今にも消えるような笑みを見せた月光院であった。

『**嫡母**』——ここでは幼君徳川家継の『**後見人**』を意味している。

では、一体誰が幼君家継の嫡母（後見人）であるというのか？

『嫡父』でなく『嫡母』であるのだから、間部詮房《まなべあきふさ》や新井白石《はくせき》であろう筈がない。女性《にょしょう》だ。であるとすれば、生母月光院との間に烈しい**『女の確執《かくしつ》』**を生む危険は充分にある。

若《も》しや……。

六十四

同じ日の朝、六ツ半に少し前（午前七時前）。

今は亡き六代将軍徳川家宣《いえのぶ》の**正室・天英院《てんえいいん》**（名は**熙子《ひろこ》**）は、重い気分で目を覚ました。このところ、不快な目覚めが続いていた。首の後ろや両の肩に、得体の知れぬ重い物がぴったりと張り付いている感じがあった。

幾人もの医師たちに診て貰ったが、どの医師の診立《みた》ても似たり寄ったりだった。人間の体というのは年を重ねると、名状し難い鉛色の頭痛や凝《こ》りが首肩の付近に発症し易《やす》いと言う。

どの医師も穏やかにはっきりとそう言うものであるから、「無礼なことを申すでない」という叱責《しっせき》したい気分を抑えてきた天英院であった。

（私《わらわ》もいつの間にやら五十の年齢《とし》がほんの少し先に見えてきた……淋《さみ》しいのう）

と、朝が訪れたなら、いつも感じてしまう彼女であった。

天英院は気位《きぐらい》も誇りも高いひとであったが、気だての優しい思いやりの深いひととして奥女中たち誰もに慕われていた。年齢《とし》の割には、色めくふっくらとした体に恵まれている。

元禄三年（一六九〇）に**天皇**の政務補佐の重職である**関白**《かんぱく》に就き、宝永六年（一七〇九）に**太政大臣**《だいじょうだいじん》となった公卿《くぎょう》**近衛**《このえ》**基熙**《もとひろ》を父に、そして**後水尾天皇**《ごみずのお》の皇女**品宮**《しなのみや》**常子内親王**を母とする天英院は、その血すじを確かに大事とする人だった。

自分の立場に自信を抱いてはいたが、かと言って傲《おご》るところはない。

「お目覚めでございましょうか、一位様……」

お付きの奥女中から、そっと声が掛かった。遠慮《えんりょ》気味に。

徳川家宣《いえのぶ》が六代将軍に就いたとき、正室**熙子**《ひろこ》は御台所《みだいどころ》（将軍の正室）と称される地位に上がり**従三位**（宝永六年・一七〇九年六月十二日）に叙せられた。

熙子《ひろこ》が天英院と称するようになったのは夫《おっと》である六代様（家宣）が亡くなって、

落飾《らくしょく》（正徳二年・一七一二年十月）したことによる。

また幼い**徳川家継**が七代将軍の座に就いたとき、天英院は亡き夫**家宣の遺言**を守って**家継の嫡母**となり、さらに**従一位**に叙せられたのであった。

いま天英院の目覚めに気付いたお付きの女中が、「一位様……」と言ったのは、右の**従一位**を指してのことだ。

「いま少し、このままでよい」

天英院は寝床の中から、お付きの奥女中にやさしく返した。

「畏まりました」

と、お付きの奥女中は返したが、彼女は内心、不安に駆られていた。若《も》し天英院の体に病が隠れていたなら、それに気付かない者として責任問題になりかねない。

「心配は無用じゃ。どこも悪うはない」

天英院が付け足すかのようにして言った。ちゃんと、お付きの者の気苦労を察することの出来る天英院であった。

六代将軍家宣《いえのぶ》との間に、正室熙子《ひろこ》（天英院）は一男一女に恵まれたが、いずれも夭折《ようせつ》（早死の意）している。そういった不運もあったことから、幼君である七代様（家継）を本気で可愛いと思ってきた。

嫡母としてのその情が嵩《こう》じてきたこともあって天英院は今、胸の内で密かにあることを計画しつつあった。

寛文三年（一六六三）から貞享《じょうきょう》四年（一六八七）まで第百十二代天皇の地位にあった霊元法皇《れいげん》の皇女八十宮《やそのみや》と七代様（家継）との縁組であった。

朝廷相手にこうしたことが出来るのは、品宮常子内親王《しなのみや》を母とする自分だからこそ、というひっそりとした誇りと自信を天英院は抱いていた。その誇りと自信は、年齢《とし》まだ若くして絶世の美女と認めざるを得ない月光院を意識してのこと、と自分でも判っている。

「ふう……」

天英院はお付きの女中《もの》に悟《さと》られぬよう小さな溜息をついて、そっと寝返りを打ち、自分が熙子《ひろこ》として徳川家に輿入《こしいれ》する前後のことを思い出した。

甲府藩主時代の徳川綱豊《つなとよ》（のちの六代将軍家宣《いえのぶ》）との縁組に、父基熙《もとひろ》が反対の立場かなり強かったことを天英院（当時は熙子）はよく知っていた。何事も武家主導（徳川主導）で運ぶ世の中を、口に出さねどくやしがっていた父**基熙**《もとひろ》であった。武家との婚儀などは先祖の『**御遺誡**《ごいかい》』（戒めとする遺言）に背《そむ》く、と頑として自分を金縛りにしていた父である。父が日日之記《にちにちのき》である『**基熙公記**』（『応円満院記』とも。近世公家日記の中で最も秀《すぐ》れているとの評）の中に、娘の縁組について『**無念**』と認《したた》めていたことを、天英院は知っている。

当時の父のことを想うと、今も胸が熱くなる天英院だった。

しかし、縁組は成った。基熙の『**無念**』は及ばなかった。

「余り若い女中《もの》を気遣わせてものう……」

天英院は呟いて、ゆっくりと身を起こした。緋縮緬《ひぢりめん》の芯無《しんな》し帯に白羽二重《しろはぶたえ》の寝間着だった。

若い奥女中たちが、速やかに、が、控えた速さで天英院に寄っていった。

将軍の**正室熙子の時代**は、寝間の左右に**中**《ちゅう》**御年寄**と**御中臈**《ちゅうろう》を侍《はべ》らせ、更にお**不眠番の御中臈四人**を『次の間』で控え（宿直《とのい》）させるという、雁字搦《がんじがら》めの睡眠のかたちだった。のんびりと眠れる筈もない。

そこで正室熙子は、夫（将軍）が亡くなって落飾し、天英院となるや**中**《ちゅう》**御年寄**も

御中臈も排した自由な眠りを強く主張し実現させたのだった。

はっきりと自分の意見を申し述べる人でもあったのだ。

朝が訪れる度に、

「そろそろお目覚《めざ》めなされても宜しゅうございますよ」

などと御中臈に声を掛けられては、それが大奥の定めとはいえ、たまったものではない。

お付きの若い奥女中に、天英院はやさしく語りかけた。

「今朝の天気は、どうであろうかのう」

「雲一つない青空が、すでに御殿の上を覆ってございまする」

「ではこのまま広縁に出てみましょう」

「広縁には中御年寄様や御中臈様たちが控えて御出《おいで》でございます」

お付きの若い奥女中は中御年寄や御中臈たちからやんわりとではあるけれども御小言《おこごと》が出ることを恐れて、（先ずは緋縮緬《ひぢりめん》の**朝お召し**に被布を……）と暗に促していたのであった。

被布とは、**朝お召し**の上から着る軽い羽織状のもの、という想像で大きな誤りはない。公家などは外歩きでも着用したりする。

天英院は、にっこりとして若い奥女中に言った。

「案ずるでない。この御寝間《おねま》（寝間着）とて贅沢《ぜいたく》な御着物じゃ。**御切形の間**よりほんの少し広縁に顔を出して青青とした朝の空を見上げるだけのことじゃ」

天英院の言葉でお付きの奥女中たちは、押し黙った。

天英院が言った**御切形の間**とは、御台所の寝所を指していた。

天英院が日常的に起居する**御切形の間**、**新座敷**、**御休息の間**、**着替・化粧の間**ほか幾つもの部屋は、天守閣跡（天守台）の間近に位置している。天守閣は江戸市中を焼き尽くす大災害となった明暦《めいれき》三年（一六五七）一月の大火（明暦の大火）で全焼し、その後再建されていない。

再建する財力が、このとき幕府には無かったのだ。実は全焼した天守閣の下の穴蔵（秘蔵金蔵）には巨満の金銀が蓄蔵されていて、これが全て大火で熔融し『一《ひと》塊《かたまり》』となってしまったのだ。

その時の様子を、大火の翌年（万治元年）の災害記録書には「……**御天守台**之下御金蔵《おかねぐら》内金銀悉《ことごとく》焼爛《しょうらん》（焼け溶けるの意）塊《かたまり》有之分……」などと記されている（らしい。著者は直接記録書をまだ検《み》ていない)。

天英院は**御切形の間**から広縁に出ると、眩《まぶ》しそうに朝まだ早い光あふれる青青とした空を仰いだ。すらりと立ったその姿は、五十が目の前に迫ってきたとはいえ、まだまだ若若しい。

「心地良い青空じゃな……」

呟いて浅く息を吸う天英院であった。

広縁に控えていた中《ちゅう》御年寄、御中臈たちがしとやかに天英院のまわりに集まってきて座した。

「今朝の御気分はいかがでございましょうか」

なかなかに容姿あでやかな中御年寄の問いに、天英院は微笑みつつ、

「久し振りに、お父様(近衛基熙)の夢を見ました。とてもお元気そうでした」

「それは宜しゅうございました。有職故実《ゆうそくこじつ》に秀《すぐ》れなさいますお父上様(近衛基熙)も、遠い京《みやこ》の空の下でいつも**一位**様(天英院のこと)のことを想うておられましょう」

「私《わらわ》が今は亡き上様(家宣《いえのぶ》)に輿入したときのお父様の悲し気な様子を今もよく覚えております。けれども将軍としての上様の秀れた政治手腕を次第に理解なされ、

お二人はいつの間にやらすっかり仲睦まじくなられました」

「左様でございました。それはそれは、お仲が宜しゅうございました。上様（家《いえ》宣《のぶ》）のお招きで**宝永七年**（一七一〇）**四月**から**正徳二年**（一七一二）**四月**までの**二年間**、幕府が御用意した**神田御殿**にお住まいなされ、上様との交流を積極的に深められました」

「お父様は**新井白石殿**もなかなかにお気に入りなされ、親交を深めておられました。神田御殿へお招きになったり……」

「お三人様は共に『好学の士』でございましたゆえ、気が合われたのでございましょう。とくに一位様（天英院）のお父上様（近衛基熙）は**和歌**に大変秀《すぐ》れ、**絵画**、**書道**にも並はずれて長《ちょう》じた大芸術家でいらっしゃいます。また新井白石様は、大学者**木下順庵**《きのしたじゅんあん》先生門下の**十哲の一人**に数えられた天才……」

「まことにのう……それゆえ上様（家宣《いえのぶ》）も**木下順庵**先生門下で、新井白石殿と並ぶ秀才**室鳩巣**《むろきゅうそう》殿（儒学《じゅがく》者、政治・経済論に卓越《たくえつ》）を、白石殿の推挙《すいきょ》で**侍講**《じこう》に招き、一生懸命に勉強なされておられた」

右の侍講《じこう》とは、貴人《きじん》に講義する先生、の解釈でよいと思う。しかし、諸文献に見られる侍講という表現そのものは、年若い明治天皇の学問教育のため明治二年（一八六九）正月に設けられた官職の筈であるから、**室鳩巣**《むろきゅうそう》の場合は侍講ではなく、**幕府儒官**と表現すべきが正しいのではと考えたい。

「本当に上様（家宣《いえのぶ》）はよく学ぶ御方《おかた》でいらっしゃいました。人というのは生涯にわたって謙虚に学び続けねばならぬ。大奥に勤める者もそれを決して忘れてはならぬ、としばしば申されて……」

「そうであったなあ。学び続けると言う真《まこと》の謙虚さに気付かぬ者は**私はとてもエライのだ**という妄想に陥り易く他人《ひと》様の尊厳を前後の見境《みさか》いもなく傷つけるようになる、と上様（家宣《いえのぶ》）はよう仰《おお》せでありました。また、そのような人物を心の底から嫌《きら》って御出《おいで》でありました」

「はい、左様でございましたねえ……」

「ところで**矢野**《やの》……」

容姿ことの外《ほか》端麗な中《ちゅう》御年寄をはじめて「**矢野**……」と呼んだ天英院は、真顔となって腰を下ろし**矢野**と目を合わせてから、まわりに居た奥女中たちにやわらかく告げた。

「皆、暫くの間、も少し下がっていなさい。矢野と話がありますゆえ」

言われて奥女中たちは速やかに、天英院と矢野との間を下がって広げた。

天英院が真剣な眼差しで、矢野に小声で言った。

「近頃の大奥では、**銀次郎人事**とかで**表**の重要な御役目に就いた桜伊銀次郎と申す青年武士の噂が若い女中たちの間で頻《しき》りじゃが、一体どのような人物なのじゃ」

「なにぶん**表**の人事のことゆえ、私には正しくお答えできませぬけれど、いくつかの噂を寄せ集めますると、幕府の秘命にかかわる重職に就きし、背丈に恵まれた容貌凛凛《りり》しい剣の達者であるとか……」

「なんと、容貌凛凛しい剣の達者であるとな……」

「あくまで噂と思うて下さりませ。噂には尾鰭《おひれ》が付き易いものでござりますゆえ……とりわけ大奥における男の噂などと申しますものは……」

「矢野。そなたは美しくて聡明《そうめい》じゃ。立居振舞《たちいふるまい》も大奥で最も麗《うるわ》しい。其方《そなた》ならば**表**の桜伊銀次郎に訳もなく近付けよう」

「い、一位様（天英院）……何をお考えなのでございまするか」

「その容姿凛凛しい若き剣の達者、桜伊銀次郎に一度会《お》うてみたいのじゃ」

「恐れながら、会《お》うてどうなさるお積もりでございましょうか」

「ただ会《お》うてみたいだけじゃ。生まれて四十数年もの間、私《わらわ》は名門貴族である近衛家の姫、そして徳川将軍の妻として自らを縛り続けて参ったのじゃ。落飾して天英院となりし現在《いま》、ホッと一息吐《つ》きたいのじゃ」

「あの……一位様」

「なんじゃ……」

「あの……この矢野にお約束下さりませ」

「何を約束せよと？」

「決して道を……道を踏み外されることがありませぬように……と」

聞いて天英院の目が妖しく光り表情が凍った。

六十五

幕府の**直轄街道**の一つ、**東海道**は相模国《さがみのくに》の**大磯宿**《おおいそ》（直轄街道以外は勘定奉行や各藩で監理）。

銀次郎は打ち寄せる波の音で目が覚めた。

やや東を向いた**南側**の大きな窓の障子いっぱいに、朝陽《あさひ》が当たっていた。

（そうか……この家の世話になってしまったのだった……）

と昨夜のことを思い出しながら銀次郎は寝床の上に着流し姿で起き上がり、窓に近寄って障子を開けた。

雨戸はあったが、閉じられてはいない。

目に眩しい朝の光が、八畳ほどの板座敷の半ばまでサアッと音立てるようにして差し込んだ。

窓の下には砂浜の広がりに沿うかたちで松並木の小道が続いており、波が白く泡立《あわだ》ちながら海岸に打ち寄せていた。

万葉集にも詠《よ》まれる**小淘綾《こゆるぎ》の浜**（小余綾の浜、とも）である。

銀次郎が一夜の世話になった家はその砂浜を見下ろす位置に在ったが、小高いと言うほどの場所でもなかった。

銀次郎は目を細めて、朝日を浴びて輝く海を眺めた。幾艘《そう》もの船がその眩しく輝く海を往き来する、穏やかな海辺の朝だった。

と、焼き魚の匂いが漂ってきて、銀次郎の表情が思わず緩《ゆる》んだ。

昨夜、銀次郎が旨い酒と肴《さかな》を楽しんだ屋台。その屋台商売の**お網**の家に一夜の世話になる羽目に陥った彼である。

銀次郎がお網を話し相手に升酒を重ねているところへ、女房のことが心配になったのか亭主の平市がひょっこりと顔を出し、たちまち二人は意気投合して酒が進んだのだった。その結果、「今宵は私どもの家にお泊り下さい。なあに部屋は幾つもございます」となったのだ。

平市は実に楽しそうに酒を呑んだが、肩を負傷していることは針の先ほども話の中に出さなかった。豪快に呑んでいたことから負傷は大したことはなさそうだった。

「おはようございます」

北側の板戸の向こうで、お網と判るやや掠《かす》れ気味の声がした。赤児の世話で寝不足なのだろうか。

「やあ、お早う。起きてるよ」

と、銀次郎は返した。

「朝御飯が出来ましたよう。一緒に食べませんかあ」

「判った。直ぐに行く。部屋は？」

「玄関土間の右側の板間《いたのま》。待ってますからねえ」

「有り難うよ、お綱」

北側の板戸の向こうから、廊下の床板を軋《きし》ませながらお綱の気配が、遠ざかっていった。

銀次郎は帯を解くと、ほんの少し寝乱れている着流しを、堅苦しい程きちんと改めた。夕べの屋台の酒食から今朝の食事までよくしてくれているお綱への、また余裕ある大きさの納屋《なや》へ黒兵を泊めてくれた平市への、それが礼儀であると銀次郎は思った。拵屋稼業で宵待草（夜の社交界）で懸命に生きる女たちの苦労を見てきた銀次郎は、社会的弱者の位置に立つ者に対して腰の二刀をひけらかし驕《おご》り高《たか》ぶることは決してない。銀次郎のものの考え方の根底には、常に弱者の原理が息を潜《ひそ》めていた。表立って口角泡《こうかくあわ》を飛ばしその原理を論じる力んだ走り様《よう》はしないが、武士などは**社会的弱者の労苦**によって生かされている遊興人の立場でしかない、とすら思っている。そして誰の面前であろうともこの考え方は揺るがなかった。

八畳大ほどの板座敷を出た銀次郎は、よく調えられた小綺麗《こぎれい》な路地に沿った廊下を、脇差も帯びず無腰のまま玄関の方へと向かった。路地を隔てて建っている大きな納屋には、黒兵がいる。

銀次郎が玄関土間の右側になる板間《いたのま》へ入ってゆくと、古い木桶《きおけ》——一尺高ほどの——を四つ脚代わりとして、その上に矩形《くけい》の大きな杉板——よく磨かれた——をのせただけの食卓（食膳）を前にして、赤児海渡《あかごかいと》を背負ったお網、下働きの老女——と言っても五十そこそこの——お百《ひゃく》、が真面目な顔つきで座っていた。銀次郎は夕べ、お百《ひゃく》ともすでに顔を合わせ、名前も聞いている。

食卓に茶碗は四人分揃っていたが、平市の姿がない。

銀次郎は構わず食卓（食膳）の前に、正座をした。

「胡座《あぐら》で宜しいですよう、お侍さん」

お百《ひゃく》が、にこりともしないで言った。

「し、しかしよ……」

せめて一家の主人《あるじ》平市が揃うまでは、と銀次郎は言葉の途中で口を噤《つぐ》んだ。

「胡座で構いませんよ。平市が肩が凝るって言い出しますから」

お網もそう言って、微笑んだ。

「そうかえ……じゃあ」

と、銀次郎は居住《いず》まいを崩した。

「平市はどうしたい、お網よ」

「いま、鴫立《しぎたつ》の目明し**徳兵親分**《とくべえ》さんが訪ねて来て、別間《べつま》で何やらひそひそと話し合っていますよ」

「こんなに朝の早くからかえ」

「私たちにとっては別に早くもなんともありませんよう。遅いくらい」

「例の**本陣押し込み事件**のことじゃねえのかな」

「さあ……お侍さん、先に朝御飯《ごはん》を済ませちゃいましょうか」

「いや、平市が膳に座るのを待ちてえ。それが泊めて貰った者《もん》の礼儀ってえもんだ」

銀次郎がそう言うと、お百《ひゃく》が目を細めて銀次郎を見、にっこりと微笑んで頷《うなず》いた。それがお百の銀次郎に対するはじめての笑いだった。夕べ初めて銀次郎を見たときから、お百の目つきはうさん臭そうだった。その目色が今、変わった。

銀次郎は食卓をひと撫でして、

「食事のし易い、いい膳だねえ」

と呟くと、お綱が言った。

「亭主が思いついたんです。小料理屋商売をするつもりですから、客が楽に飲み食い出来る色々なことを思いついたりしています」

「大事《でえじ》なことだえ。思いつく努力を続けることで、客商売に便利な物ってえのが生まれてくっからよ。料理の種類だって、そうよな」

銀次郎がそう言ったとき、遠く東の方角から蹄《ひづめ》の音が近づいてきて、たちまち平市の家の前をアッと言う間に西の方へと走り抜けた。どうやら**襲歩《しゅうほ》の速さ**（いわゆる競馬速度で分速一〇〇〇メートル余）と捉えた銀次郎は、「ちょいと……」と断わって座を立ち、玄関から表に出た。

表通りは東海道。

平市の家は街道に面して建っていた。

そして目の前直ぐの所に、簀囲《よしずがこ》いの屋台があった。何の事はない。お網は自宅の前で屋台を出していたのだ。

銀次郎が西の方へ目をやると、まぎれもなく侍の乗った速馬《はやうま》が白塵《はくじん》を散らし、みるみる遠ざかっていくところだった。

（何があったのか……）

と呟きながら、銀次郎は納屋に近寄ってゆき、縄《なわ》で括《くく》り止《と》められているだけの板戸を開けて中へ入った。

奥に格子窓があって、朝陽《あさひ》が射し込む明るい納屋の中に、黒兵はいた。

表通りを速馬《はやうま》が駆け抜けたばかりだが、落ち着いている。

納屋の中には水や飼葉《かいば》が充分に調えられていて、それだけの手配りを見ただけで地元顔役（網元）の息だから出来たこと、と頷けるのだった。

銀次郎が〝朝餉《あさげ》の間《ま》〟へ戻ってみると、平市が食卓を前にして正座をしていた。

「おい、平市よ」

平市の座り方を指差して銀次郎が顔を顰《しか》めると、お網とお百が揃ってクスクスと笑った。

「正座は止《よ》しねえよ。見ているだけで肩が凝《こ》ってくらあな」

「そうですか。じゃあ……」

平市が胡座《あぐら》を組むのを見て、お網とお百が声を揃えてまた笑った。

平市が銀次郎に訊ねた。

「いま速馬が走り抜けたようですね。何か気になることでも？」

「いやなに。この俺も馬に頼っての旅だからよ。ちょいと気になってな。それよりも黒兵にたっぷりの飼葉と水を有り難よ」

「黒兵……納屋の馬、黒兵ってんですか」

「うむ」

「百姓家が附近に数え切れねえくらいありますから、飼葉に不自由はしません」

「それにしても夜の夜中に揃えるってえのは……」

「なあに、母屋に元気な若い者《の》が大勢いますから、すぐに走ってくれます」

「すまねえ」

夕べ屋台で、平市の実家（網元）が一町《ちょう》（一〇九メートル余）と離れていない海岸近くに屋敷を構えていると、聞かされている銀次郎だった。

「さあさあ、朝は忙しいんだ。早く箸《はし》を手にして頂戴《ちょうだい》な」

お百が言った。まるで姑然《しゅうとめ》とした言葉であり態度であったが嫌味がない。

食卓には味噌汁、漬物、干物の焼いたの、玉子焼、などがのっていた。

それが自分の役目らしく、お百が手際良く皆の碗に飯を盛った。

「いただきます」

一番最後に自分の碗に飯を盛ったお百が、両手を合わせて言った。

それに従うかたちで平市とお網が「いただきます」と調子を合わせたので銀次郎も見習った。

「ここはいい構えの家だねえ。幾つも部屋があってよう」

口の中の物を咀嚼《そしゃく》し了《お》えてから、銀次郎は朝食の間《ま》となっている板間《いたのま》を見回しゆっくりと喋《しゃべ》った。

東側と北側（街道側）に大きい格子窓があったから、明るい板間《いたのま》だった。

「元は漁師館《りょうしやかた》だったんですよ」

銀次郎の隣に座っている平市が言った。

「りょうしやかた？……」

「大漁《たいりょう》の日は、大勢の漁師がこの家に集まり、海の神に感謝の祈りを捧《ささ》げたあと、大漁を祝う大宴会が始まるのです。夜の遅くまで……」

「なるほど、漁師館かあ」

「街道から、つまり表通りから眺めるとこの家は平屋《ひらや》に見えますが、実は二階建てなんです。この下には……」

そう言いながら平市は左手に持っていた碗を食卓の上に戻し、指先で銀次郎との間の床をトントンと軽く突ついて見せた。

「御影石《みかげいし》で組まれた一階がありましてね。海側から直接入ってこられるようになっています。鰻《うなぎ》の寝床のように長い家ですから、下の階に六部屋、上の階に七部屋あります。四男坊の私が女房を貰う際に、親爺《おやじ》がこの館《やかた》を譲ってくれまして……」

「夕べ屋台で酒を呑み呑み語ってくれた小料理屋商売の話だがよ。鰻の寝床のように縦に長く幾部屋もあるから、街道に面したこの板間《いたのま》なんぞを小料理屋に改造すりゃあ、繁盛《はんじょう》すっかも知れねえよ。お網は料理上手のようだしよ」

「はい。私もその積もりでいます」

平市はそう言って頷くと、思い出したように味噌汁を一気に飲み干して箸を置いた。

「お侍さん、食事の途中、行儀悪くて申し訳ありませんが、私はこれよりどうしても急ぎの用がありまして……」

と、腰を上げた。

お網が眉を八の字にして、

「お前《まえ》さん……」

と、今にも泣き出しそうな様子で、亭主を見上げる。

「お侍さんの前で心配顔をするな。大丈夫だ」

平市はそう言うと、座っている銀次郎に丁寧に頭を下げ、板間《いたのま》から土間に下り、街道へと出て行った。異様に力《りき》んだ出て行き様《よう》だった。

その平市の姿を目で追うお百も、顔を青ざめ強張らせている。

そのお百に、銀次郎は声を掛けた。

「おい、お百よ」

「は、はい」

「すまねえが、俺の部屋から刀を持ってきておくんない」

「あたしが持ってきます」

銀次郎の言葉が終わるか終わらぬ内に、海渡を背負ったお綱が立ちあがって機敏に動いた。

銀次郎は玄関から表に出て、次第に遠ざかってゆく平市の後ろ姿を見失わぬよう、目で追った。街道は朝発ち、朝着きの旅人たちで、すでにかなり賑《にぎ》わっている。

お綱が息を切らせて銀次郎の傍にやってきた。

差し出された大小刀を銀次郎は帯に通し、お綱の背中でこちらを見ている海渡の頬にそっと手を当てた。

「安心しな。お前《めえ》のお父っつぁんは、このおじさんが確《しっか》りと守ってやるからよ」

言い置いて、銀次郎は後ろ姿がすっかり小さくなっている平市の後を足早に追い始めた。

その背を、お綱が追った。

「お侍さま、まだお名前を伺《うかが》っていません」

銀次郎は立ち止まって振り向いた。

「黒兵だ……」

「え？」

「山桜黒兵……」

銀次郎は両手を懐に、もう歩き出していた。

六十六

平市は十手を左腹《ひだりばら》の前へ、斜めに帯に通していた。

役人から命じられるようにして預かった十手だった。目明しになる積もりはありません、と念を押すように言った上で、預かった十手だ。

が、平市は今、己れの肩が**力んでいる**のを、はっきりと捉えていた。

平市の父親**善四郎**は地場の有力**名主**《なぬし》であり、**網元**であった。地場の有力者、たとえば名主の他に酒造家や味噌・醤油の製造元などが、網元の立場にある例は決して少なくない。

場合もある。
また、こういった有力者が『宿《しゅく》』（宿場の意）全体の運営に、かかわったりする場合もある。

平市の父親善四郎は、**大磯の屋号**を代限りで認められ大磯善四郎として帯刀を許されていた。とは言ってもそれは殆《ほとん》ど表向きのことで、善四郎が刀を腰に帯びて近隣を伸《の》し歩《ある》くなどは、金を積んで頼んでも起こり得ないことだった。

矍鑠《かくしゃく》として賢明なる善四郎は、己が刀を腰に帯びたときの不恰好《ぶかっこう》さを、きちんと心得ている。一度うしろ指を差されて笑われ陰口をたたかれる存在に陥ってしまうと、人の情が伝統的にやさしく品のあるここ大磯と雖《いえど》も容易に復元できない厳しさがあるのだ。

それは兎も角として、網元善四郎が仕切る地引網の総数は一七〇帖を超えると言うから相当なものである。因《ちな》みに、農政《のうせい》学者佐藤信季《さとうのぶすえ》（享保九年・一七二四〜天明四年・一七八四）が著わした『漁村維持法』を参考までに繙《ひもと》いてみると、九十九里浜《くじゅうくりはま》（千葉県房総半島北部）の地引網総数は二〇〇帖余とあるから、網元としての大磯善四郎の力量の程が窺《うかが》えると言うものだ。

地引網には**大網**・**中網**・**小網**とあるらしく、**大網**は長さが三〇〇間《けん》（一間《けん》は約一・

八二メートル）、中網は二〇〇間《けん》、小網は一〇〇間くらいだそうだ。

平市は自宅を出て二町半《ちょう》（二七〇メートル余）ほど行った賑やかな十字路の角、小《こ》間物屋《まものや》の前で歩みを休めると、振り返った。念のための用心なのであろうか。が、銀次郎ほどの者が、相手、それも町人相手の尾行に気付かれるような失敗《へま》はしない。

平市が小間物屋の角を右——山の手方向——へ折れた。

何処へ行こうというのか、歩みが速くなった。しかも左腹の前の帯に通した十手を引き抜いて、滴《しずく》を払い落とすかのように一度強く振り、また帯へ戻した。

間違いなく**力んでいる**かのような、様子だった。

彼がいま歩む緩やかな勾配の通りは、東海道から逸《そ》れた脇道だったが、それでも飯屋、居酒屋、旅籠《はたご》などが建ち並ぶ、朝だというのに繁華《はんか》な通りだった。

が、その繁華な通りを二町ばかりも行くと次第に家はまばらとなり、やがて畑中の緩《ゆる》い上《の》ぼり道になった。この時にはもう、平市の背後に六尺棒を手にした屈強そうな男たち六、七人が付き従っていた。大磯善四郎に使われている気の荒い漁師たちのようだ。

更に道を進むと、小高い山の麓《ふもと》の神社の境内に突き当たる。

平市たちがその境内に入ってゆくと、五、六人の男が木立の中から現われ、双方黙って頷き合った。

木立の中から現われた五、六人の中には、二十歳《はたち》ちょっと過ぎくらいにしか見えない若い侍がひとりいて、平市に近寄り囁いた。

「肩の傷、大丈夫か平市」

「はい、もう充分に動かせます。心配ありません宮島《みやじま》様」

「無理をするんじゃないぞ。奴らが抜刀したなら、お前は私の後ろにいてくれ」

と、年若いに似ず、なかなか頼もしいことを言う侍だった。

この年若い侍の名を、宮島三郎太《さぶろうた》と言った。何者なのであろうか?

平市は硬い表情で、黙って頷いた。父親善四郎を説いて屈強な漁師たちを借りてきた手前、手柄を立てないことには意味がない、と思っている。

十手を手にした四十半ばくらいの、頰に切り傷の痕《あと》がある目つきの鋭い男が年若い侍を押し退《の》けるようにして、平市の耳元で囁いた。

「とにかく無理をするんじゃねえぞ。なんてったってお前《めえ》は赤児《あかご》の父親なんだからよ」

言われて平市は「うん……」と、首を縦に振った。

頬に切り傷がある目つきの鋭い中年の十手持ちは、大磯界隈《かいわい》では『**鴫立《しぎたつ》の親分さん**』で知られている腕利きの目明し**徳兵**だった。

彼らは本陣へ押し入って残虐非道に走った浪人集団の隠《かく》れ家《が》を、この二、三日の懸命な探索《たんさく》によって漸《よう》く突《つ》き止《と》めたのだった。

大磯は風光明媚《めいび》で人人の情が美しい平穏な宿場町だった。強大な司法機関など必要としない……。

大磯の力で不逞《ふてい》の輩《やから》を一網打尽にしよう、そう力強く提案したのは**鴫立《しぎたつ》の親分**であった。頬に受けた古い創痕が、彼にとっての自信の証となっている。

平市も宿場の長老たちも、二つ返事で応じた。

長老たちは宿場の合議機関『**宿寄合**』の長《おさ》たちでもある。

平市のあとを尾行する銀次郎は、そのような事情はむろん知らない。

ただ遠見に認めた**鴫立《しぎたつ》の親分**は相当に出来るな、という印象だった。

自然に身構えるようにして手にしている十手から、そのような印象を受けたのだ。

ところで銀次郎がまだ面識のない凄腕《すごうで》風の**鴫立《しぎたつ》の親分**の**鴫立《しぎたつ》**とは一体何を意味しているのであろうか？

それを知るには、銀次郎の時代からなお**五百年以上も昔**に成立した全二十巻の**『新古今和歌集』**（略して新古今集とも言う）に少し触れねばならない。

当時の**後鳥羽《ごとば》上皇**（治承《じしょう》四年・一一八〇～延応《えんおう》元年・一二三九）が、**天暦《てんりゃく》**（九〇〇年代）以降途絶えていた朝廷の勅撰《ちょくせん》和歌集の編纂役所《へんさんやくしょ》**『和歌所《わかどころ》』**の再興を提起し、十一名の和歌所《わかどころ》役人（寄人《よりうど》という）を任命したのは**建仁《けんにん》元年**（一二〇一）**七月**のことである。

そして、藤原有家《ありいえ》、藤原定家《さだいえ》、源通具《みちとも》、藤原家隆《いえたか》、藤原雅経《まさつね》（飛鳥井《あすかい》雅経とも）および寂蓮《じゃくれん》法師（藤原定長《さだなが》が出家して嵯峨野に遁世《とんせい》。もと朝廷の重役・中務少輔《なかつかさしょう》）ら六名の貴族に対して、**建仁元年**（一二〇一）**十一月三日**に後鳥羽上皇の**和歌集撰進の院宣《いんぜん》**（上皇・法皇の宣旨《せんじ》の意）が発せられたのだった。

ただ、嵯峨野に遁世した寂蓮《じゃくれん》法師は右の院宣が発せられて間《ま》もなく亡くなったため、和歌集撰進の実務を司ったのは五名であることを付け加えておきたい。

こうして全二十巻におよぶ**新古今和歌集**は、**元久《げんきゅう》二年**（一二〇五）**三月二十六日**

に成ったのであった。

歌体《かたい》は（和歌の形態は）すべて短歌《たんか》である（五・七・五・七・七の三十一音）。

この新古今和歌集に、

『心なき身にもあはれは知られけりしぎ立つ沢の秋の夕暮れ』

と詠んだ人がいた。

鳥羽《とば》上皇（康和《こうわ》五年・一一〇三〜保元《ほうげん》元年・一一五六）の**北面の武士**として仕えた左兵衛尉**佐藤義清《のりきよ》**。彼は名家に生まれながら世の諸行無常に流されるが如く二十三歳の若さで妻子を捨てて出家、清爽《せいそう》なる秀歌を詠む**西行《さいぎょう》**として知られるようになる。

右の秀歌『心なき身にもあはれは……』は、その**西行**の歌であって、歌中に出てくる『**しぎ立つ沢**』は、大磯宿の**鴫立沢《しぎたつさわ》**のことで相模湾に注ぐ小さな渓流《けいりゅう》を指していた。

またこの附近には伊勢・松坂の商家に生まれた江戸期（寛永〜宝永）の俳人**大淀《おおよど》三千風《みちかぜ》**（本名・三井友翰《みついゆうかん》）が建てたと伝えられる俳諧《はいかい》修業の庵《いおり》『鴫立庵《しぎたつあん》』も現存する。

凄腕風の目明し**徳兵**の家は鴫立沢《しぎたつさわ》にも鴫立庵《しぎたつあん》にも近い位置に在って、女房のお兼《かね》に饂飩《うどん》・蕎麦《そば》・猪鍋《ししなべ》の店『しぎたつ』をやらせていることから、誰言うともなく鴫立《しぎたつ》の親分となったのだ。

銀次郎は平市たちの姿が神社の境内の奥へと消えてから、辺りに用心しつつ大きな古い木の鳥居を潜った。

境内の左手に朱色の褪《あ》せた社《やしろ》があったが、境内の森は鳥居を潜った正面の奥へと広がっている。

が、さほどこんもりとした森という訳でもない。

銀次郎は平市たちが消えていった方角を追うようにして、森へ踏み入った。

「うわっ」

という悲鳴が聞こえてきたのは、この時だった。森の奥だ。

斬《き》られた時の悲鳴、と感じた銀次郎は、韋駄天《いだてん》走りで地を蹴《け》った。

「ぎゃっ」

という二度目の悲鳴を耳にした銀次郎は、口をへの字に結んで剛弓《ごうきゅう》から射ち放たれた矢の如く、走った。すでに闘争本能に炎《ひ》がついていた。

脳裏にお網や海渡の顔が浮かんでもいた。

森が突然切れた。

蓮華草に似た小花が一面に咲き乱れる朝の光眩しい中に、朽ちた仏堂らしき小造りな建物があって、その前が修羅場と化していた。

森を抜けたとはいえ此処《ここ》はまだ、古い神社境内の地割の筈である。

そこに朽ちた仏堂が見られるということは、神仏習合《しんぶつしゅうごう》を意味している？

その仏堂の前に、斬られた二人が悶絶《もんぜつ》していた。

（なんと……）

銀次郎は修羅場へ飛び出そうとする自分を抑え、木陰に素早く身を潜めて様子を窺《うかが》った。

抜刀して形相凄《すさ》まじい五人の浪人が仏堂を背にし、鴫立《しぎたつ》の親分徳兵らに取り囲まれていた。

悶絶しているのは、浪人の仲間らしい二人ではないか。

そして、銀次郎を驚かせたのは、全身に反撃の激しい怒りを孕《はら》ませた浪人たちに切っ先が触れる程に迫っているのが、あの年若い宮島三郎太だったことだ。

とても剣術を心得ているようには見えない、一見ひ弱そうな年若い彼であったが、構えているその刀は血に染まっていた。

その彼から何歩か下《さ》がるかたちで浪人たちに十手や六尺棒を向けている鴫立《しぎたつ》の親分らであったが、捕えようとする浪人よりも年若い侍の方へ一様《いちよう》に驚きの目を向けている。

と言うことは、親分らはその年若い侍の手練の程を、これまで知らなかったということになる。

（それにしてもあの構え……）

銀次郎はその名をまだ知らぬ宮島三郎太の構えに注目した。

正眼に構えているのではあったが、刃は右横を向いていた。つまり横向きに寝ているのだった。

（あの構えに対し、浪人どもが突っ込んでいけば……）

銀次郎は用心深く木陰から半身を出して、悶絶している二人が体のどこを斬られたのか、確かめようとした。

が、浪人たちを囲む捕縛側の背中が邪魔をして、よく見えなかった。

浪人どもへぐいっと間近《まぢか》く迫っていた宮島三郎太は、視線を正対《せいたい》する相手の足下に注ぎ、唇の端にひっそりとした冷たい笑みを覗《のぞ》かせていた。

宮島のその表情――浪人どもを嘗《な》め切ったような――は、彼から四歩も五歩も下《さ》がって身構え緊張している鴫立《しぎたつ》の親分らには窺えない。

「この若僧がっ……」

若い宮島の薄笑いが癇《かん》にさわったのであろう、正対していた浪人がいきなり飛翔しざま真っ正面から斬り掛かった。

（あぶない……）

見ていた銀次郎は瞬間、ヒヤリとした。正対していた浪人が飛翔する直前、その左右に位置する浪人二人の爪先《つまさき》が立ったのを見逃さなかったのだ。

宮島は正対する浪人の剣を左肩すれすれに躱《かわ》しざま、上体を前倒しして右片手で大刀を相手の左胸に突き立てた。刃を横向きのままに。

いや、次の刹那《せつな》その刃はぐるりと左へ弧《こ》を描いて反転し、心の臓を抉《えぐ》り出すかのようにして引き抜かれたではないか。

銀次郎ほどの者でも、その業《わざ》の殆どを検《み》て取れない、猛烈な早業《はやわざ》だった。

その業《わざ》がなお凄かったのは、左胸に腔《あな》をあけられた浪人が致命的な負傷という その現実に気付かず尚も宮島に斬りかかろうとしていたことだ。

浪人がその恐ろしい現実に気付いて「わあっ」と叫ぶと同時に大きくよろめいたのは、宮島の剣が右方向から矢のように打ち込んできた浪人を、真っ向から袈《け》裟《さ》斬りにした瞬間だった。

鎖骨《さこつ》から胸骨《きょうこつ》を斬る、ガシッという鈍《にぶ》い音。

即死に近い二つの肉体がぶつかり合い、絡まり合って地に沈むや、可憐《かれん》な小花の咲き乱れる地面がザスンッと音立てた。

年若い宮島のその強烈な打撃《だげき》剣法をはじめて見て、平市は、いや、鴫立《しぎたつ》の親分徳兵も、背すじを粟立《あわだ》てて震えあがった。

だが銀次郎の目は、体勢《たいせい》を左手方向へ立て直そうとした宮島の左腰を、左方から烈火の如く斬り込んだ浪人の切っ先が割裂《かつれつ》したのを見逃さなかった。

「ぐうっ」

と喉《のど》から奇妙な呻きを発した宮島が思わず刀を乱《みだ》して、よろよろよろっと下がる。

が、下がりながらも身を立て直し、其奴を圧倒的な逆袈裟で斬り倒した。仰向きに地面に叩きつけられた其奴の肉体が二度弾んで唸《うな》る。

左方位置から新手《あらて》の浪人が、逃《の》がすか、とばかりに剣を突《つ》き構《がま》えとして、宮島に突っ込んだ。

それだけではない。残ったもう一人の新手も右方から加わって、これも刃を上にした突《つ》き構えで腰低く烈しい勢いで宮島に斬り込む。

（あの突き構えは……）

胸の内で呟いた銀次郎の目がギラリと凄みを見せたとき、彼の右手は本能に命じられるよりも遥かに速く小柄《こづか》を投げ放っていた。ヒヨッという短い風切音《かざきりおん》。

まるで寸陰を惜しむかのようにして、続いて銀次郎の脇差が彼の肉体《からだ》を離れ、朝の光を裂《さ》いて飛んでいった。それも矢車のように回転し、唸りながら。

「あうっ」

「ぎゃっ」

二人の浪人は体勢を再び崩した宮島の寸前で、ひとりは耳の下に深深と小柄を浴び、もう一人は唸り回転して飛翔する脇差に喉を裂かれ、横面を殴打されたが如く横転した。

「こ奴め……」

漸《よう》く体勢を戻した宮島が、それでもよろめきながら、地に沈んだ浪人二人に対し狂ったように刀を突き立てた。

尚も突き立てた。

更に突き立てた。

「み、宮島様。もうお止しなさいまし……」

見かねて鴫立《しぎたつ》の親分徳兵が、宮島の後ろからしがみつき、平市もそれを手伝った。

宮島はハアハアと息を荒らげながら、蜂《はち》の巣状に突かれて既に絶命している二人を指差して怒鳴った。

「だ、誰だ。余計な手出しをしたのは……」

金切声《かなきりごえ》を発して宮島は辺りを睨回《ねめまわ》した。

「私が致しました。申し訳ございません」

丁寧な口調で言い言い木陰から出た銀次郎は、宮島の顔に視線を集中させ肩をすぼめて近寄っていった。腰をも低くして。

「誰だ貴様は……」

ひ弱な印象の年若い侍には不似合いな、激高《げっこう》した口調の宮島三郎太であった。

沸騰した感情を抑えられないのか、眦《まなじり》が吊り上がっている。

銀次郎は低姿勢を失わぬようにして、やわらかく言った。

「旅の者で縁あって平市殿の家に一泊の世話になった者でございます。このような朝早い内から、ただならぬ様子で家を出た平市殿のことが心配になって、**つい後ろからそっと**一緒について参りまして……」

「**つい後ろからそっと**一緒についてきた旅の者が、なぜ余計な手出しをしたのかあ」

宮島は自分の言葉で更に激高したのか、銀次郎に両目を充血させて摑《つか》みかかろうとした。

それを鴫立《しぎたつ》の親分徳兵と平市が、「宮島様、宮島様……」と顔色を変え必死に抑えた。

が、銀次郎は彼との間を詰め深深と頭を下げたあと、物静かに言った。

「宮島様の剣さばきは、それはもう離れて見ておりましても、見事すぎる程でございました。お一人の力で充分に相手を倒せると判ってはおりましたが、宮島様の見事すぎる本当に見事すぎる剣さばきに、私はすっかり魅了《みりょう》されてしまいまして、**つい後ろからそっと**お手伝いをしてしまったのでございます」

「また、**つい後ろからそっと**か……」

そう言う宮島の憤激が急に鎮まり出した。表情からすうっと怒りが融《と》けてゆく。

銀次郎の今の言葉が、気に入ったのであろうか。

「つい後ろからそっと……でございます。それもこれも宮島様の剣の実力が、余りにも凄かったたせいでございます」

「おい。私の名を宮島と、なぜ知っているのだ」

「平市殿たちが、宮島様、宮島様と申しておりましたゆえ。それよりも宮島様、この大磯にとって宮島様は大切なお体です。宮島様にとっては何てことのない傷ではありましょうが、どうか先ず傷の手当てを急いで下さい」

銀次郎が精一杯のやさしさを込めて言うと、宮島は漸く傷の痛みを自覚し出したのか、「うん……」と頷いて顔をしかめた。左腰から血が垂れていた。

しかし、幾多の死線《しせん》を掻《か》い潜《くぐ》ってきた銀次郎から見れば、命に全く別条の無い程度と判る。

平市がまわりの者に、大げさすぎる程の大声で自らを奮い立たせるようにして怒鳴った。

「おい、ぼんやりとするな。早《はよ》う戸板を探せ、戸板をだ」

戸板と聞いて安心したのか、宮島は左腰を押さえてその場にしゃがみこんでしまった。

六十七

興奮に包まれた状態の鴫立《しぎたつ》の親分徳兵や平市らが、戸板に宮島三郎太をのせて急ぎ現場を離れるのを見送りながら、銀次郎は自分の脇差と小柄を手元に回収して血の汚れを清めた。

まるで凱旋《がいせん》軍のように騒ぎながら境内の森へと消えていく徳兵、平市らに、銀次郎は思わず苦笑した。

討ち倒した浪人たちを調べようともせず、放置したままだ。

浪人たちはすでに全員、息絶えている。

銀次郎は彼らの着衣、所持品、刀、傷口などを丹念に調べたが、注目したのは彼らが皆それぞれ、五十両の大金を両袂《たもと》に二十五両ずつ分け入れていたこと、宮島三郎太が浪人たちの一部に与えた刀傷が一様に円《まる》い腔《あな》を開けていたこと、の二点だけだった。

五十両が七名分で三百五十両、この殆どは本陣を襲って奪《うば》ったものであろうと銀次郎は想像した。

片方の袂に二十五両を紙でくるんで入れると、その重さはおよそ八十七匁《もんめ》（約三二六グラム）となる。

手練の剣客ならば気にもならぬ袂の重さであろうが、生半可な修行者なら闘いの最中《さなか》に振った袂で己れの顔を直撃しかねない。

それは兎も角、銀次郎はあとで鴫立《しぎたつ》の親分徳兵に手渡すべき三百五十両を息絶えた浪人どもから取り上げ、懐にしまった。

「それにしても……」

呟いて腕組みをし、尚も七つの骸《むくろ》を順に目で追ってゆく銀次郎だった。

宮島三郎太の刃を横に寝かせた正眼の構えが気になっていたし、浪人のうち二人が見せた特異な突き構えもひっかかっていた。

このとき「お侍様……」と平市が息急《いきせ》き切って、森の中から引き返してきた。

「も、申し訳ありません。気が付くと、お侍様の姿が見えないもので、徳兵親分に叱られ、慌てて戻ってきました」

「そうかえ……」

銀次郎は苦笑して頷くと、懐から例の三百五十両を取り出し、平市に差し出しながら言った。

「一泊の世話になりながら、まだ名乗っちゃあいなかったな。私のことは、山桜と呼んでくれ」

「山桜様……でございますか」

「うむ」

「承知いたしました山桜様。この三百五十両は浪人どもが持っていたのでございますね」

「ああ、その通りよ。おそらく大磯の本陣や界隈の物持ちを襲って奪った金《かね》だろうよ。きちんと調べて対処しておくんない」

「畏《かしこ》まりました。大磯のためにお力添え下さり、誠に有り難うございました」

「私が顔を出したこと、宮島様とかは大層気に入らねえようだったが、何者だえ。あの若え凄腕の御人《おひと》はよう」

「**宿役人**《しゅくやくにん》でございます」

「宿役人《しゅくやくにん》？……はあて」

「なにか？」

平市は心配そうに、銀次郎へ日焼けした顔を近付けた。

銀次郎は少しばかり険しい表情を拵《こしら》えて言った。

「東海道、中山道、奥州街道、甲州街道、日光街道の**五街道**は、**幕府の管理下**に置かれた**直轄街道**であるということは、平市はもちろん知っていような」

「はい、そうであると承知しています」

「その街道とか宿場をよ、うまく運営していくためには様様《さまざま》な能力を備えた者《もん》がよ、協力してゆかなくちゃあならねえ。そうだよな」

「はい。旅をする者のためにせっかく設けた街道や宿場を、何の策も打たず放置状態にしたままじゃあ、街道としても宿場としても上手《うま》く働きません（機能しません）」

「その通りよ。そのために宿場に置かれているのが、ときに問屋会所とか人馬会所とか呼ばれることもある問屋場《といやば》だよな」

「仰る通りです。その問屋場《といやば》には様様な能力を備えた者《もん》、つまり宿場の責任者に当たる**問屋**、その問屋の次席（右腕）に相当する**長老年寄**、さらに**書記役**（帳付）、**人馬**（人足や馬）の手配に当たる**人馬指**、雑用に当たる**下役**などが詰めております」

「その**問屋場**に詰めてる者《もん》たちのことを、**宿役人**《しゅくやくにん》と言うんじゃねえのかえ。刀を振り回せば、あっと言う間に三、四人を叩っ切る剣客なんぞが**問屋場**に宿役人として詰めているなんざあ、この俺は聞いたことがねえやな」

「ですがお侍様、いえ、山桜様、宮島三郎太様はきちんとした出向辞令を手に、この大磯宿へ見えられました。暫く宿役人として駐在すると申されて」

「出向辞令だと？……何処の誰が発行した出向辞令なんでい」

「さあ……それは」

「確かめちゃあいねえんだな」

「身形正しいお侍様から、幕府の命令《めいれい》で来た、と言われては、その証《あかし》を見せろなど、とても言えません」

「まあな……よし判った。この話はここ迄としようかえ。しかし、浪人どもの骸《むくろ》をこのままにしておく訳にはいかねえ。どうするんだえ」

「この近くに、問屋場の相談役に就いてくれている臨済宗寺院の住職がおりますんで、ひとっ走り相談に行ってきます」

「臨済宗の寺院へな、うん……ところで大磯宿の治安に関する小田原藩の関心はどうだえ。たまには藩奉行所の役人が、宿場見回りを助けに訪れたりしてくれるかえ」

「は、はあ、それが……何と申しましても東海道は幕府の直轄街道ですから、街道や宿場に関与することはいささか遠慮なさっておられるようで……たまに見えることは見えられますが直ぐに帰られます」

「矢張りな……出張り過ぎて、幕府の機嫌を損ねるのが怖いか」

「何と言いましても富士山の宝永四年（一七〇七）の大爆発で、未曽有《みぞう》の被害を蒙《こうむ》りました相模国《さがみのくに》でございますから、小田原藩庁としてもそれを立て直すことに懸命でありました」

「うむ。ま、そうよな」

「でも、あの大爆発から漸く五、六年が経ちまして、ここ相模国の復興も足元を確りと固めることが出来ております」

「もともと米豊かに実り山海物に恵まれてきた土地ゆえ、藩が総力をあげて復興を組み進めれば、何事と雖も捗《はかど》るわさ。おい、それよりも骸の相談を急いだ方がいいぞ」

「判りました。では……」

平市は銀次郎に対し丁寧に腰を折ると、脱兎《だっと》の如く駆け出した。

銀次郎は宮島三郎太の、宿役人に納得《なっとく》していなかった。

宝永元年（一七〇四）頃には、幕府代官の配下にある文武に秀《すぐ》れた者（手代《てだい》級）が、**宿役人**として宿場に常駐していた**事実**は確かにある。

しかし、その常駐制度は、**正徳二年**（一七一二）に**廃止**になっている筈だった。

父親の不祥事で半ばやけくそに陥り、桜伊家を自発的蟄居《ちっきょ》閉門に追い込んだ銀次郎ではあっても、その程度のことは知っている。ましてや旗本塾時代は、優秀な塾生として知られた銀次郎だ。

「気にいらねえ……」

そう呟いて銀次郎は歩き出した。

境内の森に入って幾らもいかぬ内に、彼の歩みが止まった。すでに左手の親指の腹で、刀の鍔《つば》を押す構えに入っている。

「誰でえ」

警戒する銀次郎の野太い声が、点点と木漏れ日の降る森の中を走った。

「俺は忙しいんでい。姿を見せろ」

「はっ。ただいま……」

澄んだ綺麗な声が、なんと頭上高くからあった。

銀次郎の親指が僅《わず》かに鍔《つば》を押し、鞘《さや》から鎺《はばき》を覗《のぞ》かせた。用心のためであったが、それほど厳しい表情でも目つきでもない。

ザアッと枝葉を鳴らし、木漏れ日を激しく揺らせて、銀次郎の目の先、五、六間《けん》ほどの地に、頭上から黒いものが降ってきた。

全身を黒装束で包んだ何者かであった。目窓だけを開けている。

地に片膝をつき、頭《こうべ》を下げている姿が、慇懃《いんぎん》であった。

「黒鍬か」

と、銀次郎の目が光った。

「はい」

「女だな。名を申せ」

侍言葉に戻っている銀次郎であった。

「小夜《さよ》でございます」

「黒鍬の何組に属しておる」

「お頭様付《かしらつ》きです」

「その頭《かしら》の名は？」

加河黒兵《かがわくろべえ》と申します。男名《おとこな》でありますが、女 頭《おんながしら》でございます」

「判った。訪ねてきた用を申せ」

「はい。将軍家兵法指南**柳生備前守俊方**様が再び襲われましてございます」

「なにっ」

銀次郎の顔色が瞬時に青ざめた。

「襲撃者は白装束に金色《こんじき》の襷掛《たすきがけ》。此度《こたび》は不敵にも多数が柳生家藩邸へ乱入致し、藩士や柳生忍と激戦状態に陥りましてございます」

「なんと大胆な……して、備前守様は？」

「自ら刀を手に戦い刺客を倒すなどなされましたが、かすり傷一つ負うことなく御無事でいらっしゃいます」

「刺客どもの正体だが、倒した者を調べるなどで、少しは判ったか？」

「いいえ。身分素姓の証となるものは何一つ所持しておらず、また負傷して捕えし者も皆、無言のままに舌を嚙み切り自害して果てました」

「凄まじい精神力だのう」

「何が何でも柳生家を倒す、という事でございましょうか」

「いや、違うな。幕府における、あるいは将軍家における柳生家の存在というのは、**戦闘の旗手**とも称すべき大きな存在だ。その**戦闘の旗手**を襲うことで**徳川幕府つまり将軍家**に激しい揺さぶりを掛けているのじゃ」

「では白装束集団の襲撃は、柳生家から他の幕臣や幕府組織へ次次に広がってゆく危険があるとお考えでしょうか」

「大いにある。江戸城本丸の奥の院である**大奥**と雖《いえど》も危ない。急ぎ江戸に引き返し、加河黒兵を通じ首席目付和泉長門守に申言《もうしごと》せよ。大奥の警備に万全を期すようにと」

「畏まりました。尚一つ付け加えねばなりませぬ」

「何じゃ」

「用心のため、もそっと近くへ寄らせて下さりませ」

「構わぬ。寄れ」

女黒鍬の小夜は頷くと、銀次郎の間近《まぢか》に寄って囁いた。

「我《わ》がお頭《かしら》様加河黒兵《かがわくろべえ》は、滝山と名を変え既に大奥の月光院様および若君家継様のお傍《そば》で身辺警護の任に就いておられます」

小夜の囁きを聞いて銀次郎は思わず、あっと叫びかけた。

あの滝山が、と胸の内に痛みが走った。足下に一瞬ふらつきを覚える程であった。

「そうか、滝山の名でなあ……」

「最後にもう一点、上様の秘命をお伝え致します」

小夜は更に、声を抑えていた。

「聞こう。申せ」

「白装束の素姓を暴《あば》き殲滅《せんめつ》せよ、との命《めい》でございます」

「承知した」

どうせ間部《まなべ》越前守、新井筑後守《ちくごのかみ》あたりから出た命《めい》であろうと理解しつつ、銀次郎は頷いた。

「それでは私はこれで江戸へ……」

「うむ。気を付けてな。女頭《おんながしら》（加河黒兵）へも身を大事にして大奥警備に全力を投じよ、と伝えてくれ」

「はい。お言葉そのままに必ずお伝え致します」

「そうしてくれ。女頭《おんながしら》には（加河黒兵には）おそらく亭主も子もいるであろうからな」

「いいえ、女黒鍬は皆、独《ひと》り身《み》を厳しく貫いておりまする。それでは、これで失礼いたします」

小夜は銀次郎の目を見てそう言うや、身を翻して数間《けん》を走り、地を蹴って身軽に密生する枝葉の中へ姿を消した。あっという間《ま》であった。

「独《ひと》り身《み》?……」

呟いた銀次郎は半ば茫然《ぼうぜん》となって、懐《なつ》かしい軟《やわ》らかな温《あたた》かさの残っている我が掌《てのひら》を、じっと見つめた。

六十八

その日の夕方になって、平市《へいいち》の自宅――旧漁師館――は、凶悪な浪人集団を倒したことを祝って、〝静かに〟賑《にぎ》わった。御影石《みかげいし》で組まれた海側から入れる階下の部屋に、問屋場《といやば》の者や、網元で名主《なぬし》の大磯善四郎（平市の父親）の下で使われている気の荒い漁師たちが続続と集まってきた。

が、銀次郎は参加しなかった。平市や鴫立《しぎたつ》の親分徳兵《とくべえ》から強く求められたが「いやいや、俺は余所者《よそもん》だからよ……」と、軽く受け流し遠慮した。

煩《わずら》わしい、という気分も手伝っていた。重大な使命を帯びての旅である。考えねばならぬことが、色色とあった。

階下から伝わってくる〝静かな〟賑わいを耳にしながら、銀次郎は南側の窓辺《まどべ》にもたれて、夕焼け空を映し朱の色に染まっている海を、ぼんやりとした満足な気分で眺めた。そう、確かにぼんやりとした満足な気分が、胸の内にあった。ふわふわとした感じの。

けれども頭の中は決して穏やかという訳ではなかった。黒い小さな塊がうるさく蠢《うごめ》いていた。飛蚊《ひぶん》の如く。

（柳生《やぎゅう》の里に対しては……前にも増して激しい白装束《しろしょうぞく》集団の第二波が襲い掛かるのではないか）

朱の色に染まった美しい大磯の海を眺めながら、彼の頭の片隅は音立てぬその不安に見舞われていた。

とにかく急な幕命での〝柳生旅〟だった。したがって事態の危急さを充分以上に認識できてはいても、柳生領について確《しっか》りと把握できているとは言い難かった。自分なりに一応の調べはしてきているが、大雑把《おおざっぱ》さを否定できない。

ここで銀次郎時代の柳生藩の支配地について、簡単に記しておく必要があるだろう。

柳生藩から徳川幕府に提出された宝永八年（一七一一）の藩政文書によれば、その支配地は大和国**添上郡**《やまとのくにそうのかみごおり》の五か村、**山辺郡**《やまのべ》の十二か村、そして山城国**相楽郡**《そうらく》の七か村、合わせて二十四か村、人口にして約六九〇〇人（男女ほぼ半半）であったと言う。

ただ**柳生という地名**の発祥に関しては、もうひとつ判然としていない。

銀次郎の世より遥かに遡《さかのぼ》る、第三十六代孝徳《こうとく》天皇（在位六四五年〜六五四年）時代に実施された、大きく四条から成る**大化《たいか》の改新《かいしん》**と称される政治改革。

その改革の一つ。それまでの**冠位十二階**制が、**七色《ななしき》十三階より成る新冠位**制に改められた、と言えば読者にも「ああ、あの改革か……」と判り易《やす》いのではないだろうか。

その大化の改新のなかで実は、大和国に高市《たけち》、葛城《かつらぎ》、志貴《しき》、山辺、十市《とおち》、曽布《そふ》の六県が設けられて、その六県は更にそれぞれ上郡と下郡に分けられた。

このうちの**曽布の上郡**がやがて前記した**添上郡**《そうのかみごおり》へと姿を変えるのである。

あと少し進むことを我慢して貰いたい。

右の**添上郡**《そうのかみごおり》には更に手が加えられて、春日《かすが》、大岡、山辺、大宅《おおやけ》、楢中《ならなか》、山村、八島《やしま》、**楊生**《やぎゅう》の八つの郷里《ごうり》に分けられたのであるが、このうちの**楊生**《やぎゅう》が後の**柳生**の地名になったのではと伝えられているらしい。

「柳生の里が、俺の命の終わりとなるかもなあ……」

銀次郎は呟《つぶや》いて、ごろりと仰向《あおむ》けになった。そもそも自由気儘《きまま》に過ごして来た俺が、何でまた急に幕府の大命を次次と背負わねばならぬのだという不満は、胸の片隅に矢張りある。しかし父とも思う伯父の責任重い立場を思うと「仕方がねえか……」と諦《あきら》めざるを得ない銀次郎だった。

それに体を激しく動かして事態に激しく当たる、という仕事は嫌ではないと思っている。

けれども、時として「面倒くせえっ」という気持に絡まれることも少なくない。

「それにしても、大奥で出会った怖い滝山《たきやま》があの黒兵《くろべえ》であったとはなあ……」

銀次郎が己れの掌《てのひら》を眺めながらひっそりとした苦笑を漏らしたとき、海側の窓とは反対側にある板戸の向こうで、「遅くなってすみませえん山桜様……」と、お網《あみ》の声があった。

「構わねえよ。入ってきない」

銀次郎は、そう応じて体を起こし、窓辺に背中を預けた。

海渡《かいと》を背負ったお網が正座をした姿勢で板戸を開け、頭を下げた。いやに改まっている。

海側の窓から入ってきた夕焼け色のそよ風がやさしく部屋を吹き抜けて、大行灯《あんどん》の明りが揺れた。

母親が背を丸めて頭を下げたものだから、おぶさった赤子が首を反《そ》らせるようにして銀次郎を見て笑い、きゃっと声を立てる。銀次郎がはじめて耳にした赤子の笑い声だった。

彼は目を細めて立ち上がるとお網に寄ってゆき、お網は正座した姿勢のまま板戸の陰に隠れていた矩形《くけい》の大きな盆を、部屋の内に滑らせた。

「おお、こいつぁ大変《てえへん》な御馳走だな。有《あ》り難《がて》え」

「お酒は平市の父親からの貰い物です」

「屋台で呑んだ酒と同じかえ」

「いいえ。あれよりは、うんと上物です。幾らでもお代わりが出来るほどありますから」

「と言われても、明日の朝立ちが早いのでな。お網の屋台で呑んだような勢いつけた呑み方は出来ねえわさ」

「じゃあ、もう二、三日、ゆっくりとなさいましよう。平市もそのように言っておりました」

「そうもいかねえんだ。用を背負っているのでな」

「お侍さん……山桜様は、剣術がとても強いのですね」

大行灯が映ってきらきらと輝いている目で、銀次郎を見つめるお網だった。

「べつに強かねえ。ごく普通の侍《さむれえ》だい」

「平市が、アッという間《ま》に悪党二人をお倒しになった、とびっくりしていましたよう」

「あははっ、まあ、そんな話ってえのは、半分くらいに割引いて聞いておきな」

「明日のお昼の弁当は、この私が作ってあげます。美味《おい》しい味噌汁も青竹の大筒にたっぷりと入れて差し上げます」

「そいつぁ楽しみだなあ。お網は料理上手だからよ。言葉に甘えさせて貰おう」

銀次郎がにこやかに言い言い海渡の頰をそろりと撫でてやったとき、階下ではじめて爆笑が起こった。

銀次郎は、もう一度海渡の頰を撫でてやりながら訊ねた。

「階下《した》には宮島三郎太《みやじまさぶろうた》とかの宿役人殿《しゅくやくにん》も顔を見せているのかえ」

「いいえ。見えていらっしゃいません。悪党浪人と闘って腰に少し怪我《けが》をしたとかで……」

「ん、まあ、怪我は大《てえ》したことねえんだが……そうかえ、見えていねえのかい。で、その宿役人殿は、この近くに住んでいるのかえ」

「はい。この家の前の脇道を山手《やまのて》へ向かって二町《ちょう》（約二二〇メートル）ばかり行った左手の無住《むじゅう》寺に住んでいます」

「無住？……廃寺かえ」

「とは少し違います。小さな無住（住職がいない意）の寺ですけど、廃寺と言う訳では……一昨年の十二月に住職が病死して以来、誰も継ぐ人がいなくて」

「無住じゃあ残された檀家《だんか》も困るんじゃねえのか」

「残された檀家は次次と、問屋場の相談役に就いている臨済宗《りんざいしゅう》の寺へ移っていきました。もう全ての檀家が移り終わったと思いますよ」

「そんなに寂しい無住の小寺に、宿役人殿はまたなんで住んでいるんだえ。幕府の命でこの宿へ訪れた役人なら、たとえ小役人と雖《いえど》も、も少しきちんとした宿を選ぶ筈」

「私には、むつかしい事は判りませんよう。身形《みなり》正しいお侍のことに口出しなんぞ出来ませんから」

お網がそう言ったとき彼女の背中で、海渡がぐずり出した。

「あ、ごめん、ごめん。お腹《なか》が空《す》く頃よねえ」

お網は背中の子を軽く二、三度やさし気に揺すると、矩形の盆を両手で持って腰を上げ、「さあ、山桜様、お食事を……」と海側の窓近くまでそれを運んだ。

「面倒かけるね。美味しく馳走になるよ」

銀次郎は山海《やまうみ》の幸《さち》が山盛りの盆の前に腰を下ろすと、先ず徳利の燗酒《かんざけ》を湯呑み盃（碗盃）に注いだ。

銀次郎は碗酒を一気に呑み干した。

五臓六腑に燗酒の香りと味と温かみが染《し》み込《こ》んでゆく。

「旨《うま》い……たまらねえ」

と、迸《ほとばし》らせた銀次郎が、一瞬の燗酒の呪縛《じゅばく》から解き放たれて、ひょいと目の前を見ると、海渡を背中から下ろしたお網が、しなやかな動きで胸前を広げようとしているではないか。すでに、ほんの少しだが白い乳房の膨らみを覗《のぞ》かせている。

「お、おい。何をする気だ、お網」

銀次郎は小慌てとなって、思わず手にした碗盃を盆の上に落としかけた。

「何をって、海渡に乳《ちち》を飲ませるんですよう」

「ば、馬鹿。目の前に俺がいるじゃあねえか」

「だからですよう。お百《ひゃく》も家事手伝いの小女たちも皆、階下を手伝ってて、この上の階には誰もおらず何だか物寂しいし不安だから」

「だからと言ってお網。屋台での授乳では俺に対し、覗き見するな、だの、見張ってろ、などと口うるさかったじゃねえか」

「あの時は山桜様がまだ信用できなかったからですよう」

「じゃあ、今は信用しているって言うのかえ」

「うん……あ……はい」

「にしても、お網の白い乳房を目の前にして酒を呑む訳にはいかねえやな。だいいち亭主の平市に悪い。よし、俺は海の方を眺めてっからよ、その間に海渡にたっぷりと飲ませてやんな」

「弱虫……」

ふん、という顔つきを見せたお網だった。銀次郎は、その言葉に驚かされた。

「なに。もう一度言ってみろ」

「弱虫……」

「この俺のことを弱虫だと言ってんのかえ。弱虫だと……」

「もういいです。台所横の薄暗く心細い板間《いたのま》で飲ませてきます」

海渡を前抱きにしたお網はそう言うと、銀次郎の目を睨みつけて勢いよく立ち上がり、足の運び荒く部屋から出ていった。

「なんだよ一体……まったく、びっくりさせることの多い女房殿だなあ」

呟《つぶや》いて碗盃に酒を満たした銀次郎であったが、その口元には苦笑《にがわら》いが浮かんでいた。

六十九

銀次郎が腹を満たした頃には、大磯の海はすっかり満月色に染まった。波の音は気のせいか控えめとなっていたが、階下の賑わいは大いに盛り上がっていた。

「さてと……」

銀次郎は呟いて腰を上げ、両刀を腰に帯びて部屋を出た。

一体何処へ行こうと言うのか。

お綱は「弱虫……」と銀次郎に突き付けてからは、顔を見せていない。

柱《はしら》柱《はしら》に掛かっている小さな掛け行灯の薄暗い明りのなか、銀次郎は長い廊下を玄関の方へと向かった。

途中のどの部屋の障子も閉まっていて、人の気配はなく真っ暗だ。

階下からまた、野太い笑い声がどっと噴き上がってきた。

銀次郎は台所横の板間《いたのま》を覗いてみたが、掛け行灯が寂し気な明りを点《とも》しているだけでお綱母子の姿はなかった。

階下の賑わいの中へでも下りたのであろうか。

銀次郎は台所の水瓶《みずがめ》の水を杓《しゃく》で掬《すく》い、口に含んで丹念に口腔を清め酒の匂いを落とした。

矢張り何処ぞへ出掛ける積もりなのだ。

彼は街道に面した玄関（土間口）から出ようとしたが、内側の大障子も外側の大戸も閉まっていた上、からくり錠でびくとも動かない。

仕方なく銀次郎は掛け行灯の薄明りのなか台所小路を奥へ抜けて、突き当たりの潜《くぐ》り戸を引いてみた。

動いた。

外へ出た銀次郎に満月の明りが降り注ぐ。

「こいつぁ、気持がいい……」

呟いて銀次郎は夜空を仰いだ。

真っ白に見える月面で、うさぎ模様《もよう》が鮮明だった。今にも動き出しそうな程に。

「江戸で眺める月よりも、なんだか大きいぜ。大磯の月はよ」

目を細めて思い切り空気を吸い、彼は街道を歩き出した。

この刻限に大磯宿を出る旅人の姿はさすがに目に止まらなかったが、「いらっしゃいませ。お疲れ様でございます」の声で迎えられる人馬や駕籠《かご》はまだ途絶えてはいなかった。居酒屋や飯屋は繁盛の真っ盛りだ。

古くは鎌倉武士の遊興で賑わった名宿である。

時代が下って明治期に入ると、

大隈重信《おおくましげのぶ》（明治・大正期の政治家。**爆弾テロ**で右脚を失う。日本最初の政党内閣を組織。**東京専門学校**〈現・早稲田大学〉の創立者）。

伊藤博文《いとうひろぶみ》（明治天皇の信頼非常に厚い明治期屈指の大政治家。初代貴族院議長。初代内閣総理大臣。初代韓国統監府統監。明治四十二年・一九〇九年十月二十六日、**韓国**の運動家**安重根**《あんじゅうこん》 An Jung-gun により無念にも至近距離から射殺される）。

陸奥宗光《むつむねみつ》（明治期の政治家。坂本龍馬**海援隊**の一員。明治政府の元老院議官、駐米公使、農商務大臣、外務大臣に就き、対清国強硬論者として知られる）。

西園寺公望《さいおんじきんもち》（明治・大正・昭和にわたる貴族出身の政治家。右大臣徳大寺公純の次男。**摂家**に次ぐ**清華**の家柄。家塾**立命館**創立および法学者アコラスの影響を受けて**明治法律学校**〈明治大学の前身〉を創立。貴族院副議長、文部大臣、総理大臣などに就き幸田露伴、田山花袋、森鷗外らと文士会『**雨声会**』をつくり親交。

公爵）。

といった錚錚《そうそう》たる人物が大邸宅を構えている（参考・明治記念大磯邸園として二〇二四年に四邸を全面開業の予定）。

銀次郎はお網から聞いた脇道を山手《やまのて》へと向かった。

皓皓《こうこう》たる月明りの下、目つきが厳しさを見せている。

若《も》しや、宿役人宮島三郎太を訪ねる積もりなのか？

「お侍様、寄ってらっしゃいましよ。いいお酒がありますよ。美味しい海の幸もいっぱい」

家並みが尽きる辺《あた》りに小さな旅籠《はたご》があって、その陰に潜《ひそ》むように立っていた女が、銀次郎に澄んだ綺麗な声を掛けた。

が、どこかぎこちない。まだ客引きに馴れていないのか。

銀次郎は聞こえなかった振りをして、その小さな旅籠の前を通り過ぎた。

けれども、四、五歩と行かぬうちに、その歩みが止まった。

視野の端で、チラリと動いた何かを捉えたからだ。

銀次郎は振り向いた。

小さな旅籠には不似合いな、大きな防火用水樽の陰から、女が月明りの中へ出てきた。

まだ若い。

その後ろに〝小さな影〟がしがみ付くようにして張り付いている。

銀次郎は女の前まで足を戻した。やつれた印象の女だった。

「寄ってらっしゃいまし。美味しいお酒がありますす」

「この旅籠の女将《おかみ》かえ」

「いいえ、子連れの奉公人……飯炊《めした》きで、女中で、色色な下働きをさせられて……」

「顔色が悪いな。青白い月明りのせいでもなさそうだぞ」

「平気です。ねえ、寄ってってって下さい。いいお酒がありますから」

銀次郎は聞き流して腰を下ろした。

女の後ろから、三、四歳に見える男の子が、おずおずと銀次郎の前に現われた。

「名前は何《なん》てえんだい？」

「磯松《いそまつ》……」

「磯松か、いい名だなあ。いい名だ」

満面に笑みを浮かべ銀次郎は、男の子の頭を撫でてやった。

「父親は？」

女を見上げて銀次郎が訊ねると、女が首を横に振るより先に、

「死んじゃった」

と、磯松が呟くように答えてうなだれた。

「そうか……じゃあ、磯松がおっ母《か》さんを護《まも》ってやんなきゃあな。強い子にな
れ」

「うん、なる」

「いい子だ……よしよし」

銀次郎は磯松の頰を両手で挟み、幾度も幾度もさすってやった。

左の袂《たもと》に手を引っ込めて銀次郎は立ち上がった。女は目頭《めがしら》をそっと指先で押さ
えていた。

「先ずは明日にでも医者に診て貰いな。顔色が悪過ぎるぜ。それから磯松に何ぞ
旨《うま》いものをたっぷりとな……」

そう言って痩《や》せた女の胸懐に小判二枚を然《さ》り気《げ》なく差し込むと、彼はその場を離れた。

「あ、こんなに……お侍様」

と、小慌てな女の声が後ろから追いかけて来たが、銀次郎は立ち止まらず、既に次の用向きの表情になっていた。

このとき雲が流れて、さながら舞台の緞帳《どんちょう》が下りるように墨色《すみいろ》の影が大地にすうっと広がっていった。

一寸の先も見えぬ闇で、銀次郎の周囲《まわり》は覆《おお》われた。

しかし彼は、皓皓たる月明りの下に広がっていた家並や田畑や畦道《あぜみち》の様子を、確りと記憶していた。

剣客の天分とも言うべきものだ。

彼は窪地《くぼち》や小石に足先を捉われることなく進んだ。

その歩みつつある速さを自覚しているから、どれくらいの所まで来たかの見当がつく。

「お網の話だと、そろそろの筈だが……」

そう呟いて銀次郎が立ち止まったとき、墨色の緞帳が上がり出して、大地に再び目に眩しい月明りが降りだした。

銀次郎は周囲《あたり》を見まわした。

田畑に囲まれた中に来ていた。三町ほど先に竹林があって、それが両手を広げるようにして左右方向へ、次第に高さを低くしながら広がっている。

道は真っ直ぐで平坦だ。田畑で出来た物を運ぶため大八車でも通るのであろうか、地面に轍《わだち》の跡がくっきりと残っている。

「あれだな……」

銀次郎は左手方向、畑の中にお網の言う無住寺らしき建物を捉えた。

明るい月明りの下、くっきりとよく見えている。

竹林の連なりがその建物の脇まで迫っていた。

何の木であろうか。竹林が尽きた辺りに大樹が一本、夜空に向かって屹立している。

銀次郎は目の前で左に折れている小道へ、ゆっくりとした足取りで入っていった。

五、六歩と進まぬ道端に苔《こけ》むした石柱があって、月林寺《げつりんじ》と刻まれている。林《りん》の片側が抉《えぐ》られたように欠けてはいたが、林《りん》と読むことに苦労を要さなかった。
銀次郎は足音を忍ばせるようにして、月林寺に相違ない建物に近付いていった。近付くにつれ、「廃寺という訳では（ない）……」と言ったお綱の言葉には、似ても似付かぬ荒寺が、彼の目の前に迫ってきた。

生垣で囲まれた、さして広くはない敷地は、膝《ひざ》高くらいの雑草で埋め尽くされている。右手方向に墓地が確認できたが、墓石は殆んど倒れていた。その荒れ様《よう》が、檀家たちがこの荒寺、いや、無住の寺・月林寺から離れていった証《あかし》だった。

竹林の連なりは寺の脇まで迫っているように見えていたが、銀次郎は今、その竹林が寺の境内にまで侵蝕していることを知った。

目の前の奥まったところに、その竹林に雁字《がんじ》搦《がら》めにされた本堂らしき建物の大屋根が、少し覗いている。いかにも無念そうに。

「ひどい荒れ様《よう》じゃあねえか……」

銀次郎は誰かに向かって囁《ささや》くようにしつつも、本堂が境内の西方向にちゃんと位置していることを、旅馴れた者の方向感覚と、月星を仰いで確かめた。

（単なる田舎寺《いなかでら》じゃあねえ。真っ当な寺院であったんだな……）

銀次郎は己れに対し、そう言って聞かせた。とくに浄土宗系の寺院では、**西方の極楽浄土**に在《あ》って大勢の人人に救いの手を差しのべる**阿弥陀仏**を祀《まつ》る本堂は、**境内の西**に位置させることを大事としている。

「ん？……」

境内へ足を踏み入れた途端、銀次郎の動きがハッとしたように止まった。

ざぁっという、水の流れるような音が聞こえたような気がしたのだ。

彼は本堂を隠している竹林に目を凝らし、耳を澄ました。

が、竹林の向こうに建物の明りを認めることは出来なかったし、ざぁっという音も聞こえてはこなかった。

（気のせいか……）

と、銀次郎は膝高に密生している雑草の中へ、そろりと入っていった。

雑草は踏み掻きわけて歩くと、かなりの音を立てる。

用心が要《い》った。

銀次郎は竹林を回り込むようにして、本堂に違いない建物へと近付いていった。

竹林が切れた所に一本の銀杏《いちょう》の大樹が満月の夜空に向かって聳《そび》え立っていて、そこまで来ると建物がくっきりと目の前に現われた。

矢張り本堂と判る建物だった。見るからに古く、しかもである、規模は小さく傷《いた》みもひどいが双堂《ならびどう》を付属《ふぞく》させているではないか。双堂《ならびどう》とは、本堂と同じ間口で本堂の前に造られる細長い建造物を指して言う。だが、残念なことにその遺例《いれい》(古い時代には沢山の例が有ったが滅びて残存例が少なくなったもの)は、現代社会では見付け難《にく》い。

(この小さな無住寺……溯《さかのぼ》れば名刹であったかも知れねえ)

声なき呟きを漏らして、銀次郎は双堂へ近付いていった。

と、再びざあっと水の流れるような音が聞こえてきた。

本堂の裏手辺りからだ、と読んだ銀次郎は双堂から下がって本堂の端を回り込んだ。

「あ……」

思わず溜息のような小声を漏らしかけ、彼はそれをぐっと呑み込んだ。

皓皓たる青白い月明りが煌《きら》めき降る中に、不可解な形の建物があった。しかも微かにだが湯の匂いが漂ってくる。

月明りを浴びて銀次郎は足音を忍ばせ、慎重に近寄っていった。そして、いささか驚いた。

「八角屋根か?……」

屋根を見上げて銀次郎は呟いた。その建物の周囲《まわり》をひと回りするまでもなく、屋根の形状を見て宝形型《ほうぎょう》(八角)の屋根をのせている、と判った。宝形型の屋根とは、多角形の屋根を指している。

五百石旗本の武家屋敷に住み、旗本青年塾の俊才であった銀次郎は、屋根には六つの基本型があることくらいは知っていた。

切妻《きりづま》、寄棟《よせむね》、入母屋《いりもや》、方形《ほうぎょう》(四角)、八柱《はっちゅう》(八角・宝形)、半切妻、の六つの型である。

その銀次郎も、**本堂の間近**に八角屋根の建造物(八角堂)を置く寺院の例については、無知だった。

代表的な例が、木材工業や柿の特産地として知られる奈良県五條市《ごじょう》の**栄山寺**《えいさんじ》に見られる。

だが、その好例は決して多くはないらしく、国宝級の八角堂としては法隆寺東院の**夢殿**《ゆめどの》が栄山寺の八角堂に加わる程度であろうか？　この法隆寺東院の夢殿も、鎌倉時代の寛喜《かんぎ》二年（一二三〇）に大改造を受けている。

五條市の栄山寺は、貴重な歴史的遺産である**八角堂**（奈良時代）だけでなく、境内の**鐘楼**にも**大日堂**にも**方形型の屋根**（ピラミッド型に四角な）をのせており必見である。

また宇治・**平等院**の梵鐘《ぼんしょう》（つりがね）、高雄《たかお》・**神護《じんご》寺**の梵鐘と並んで**天下の三名鐘**と称されている、小野道風《おののとうふう》——平安時代・藤原佐理《ふじわらのすけまさ》、藤原行成《ゆきなり》に並ぶ**三蹟**《さんせき》の一人——の銘文が入った**栄山寺梵鐘**（国宝）がこの寺には存在する。但し、栄山寺梵鐘は、山城国深草**道澄寺**のものと伝えられてはいるが。

なお栄山寺は藤原氏（南家）の氏寺《うじでら》であって、開創は養老三年（七一九）、開基は光明皇后の兄、**藤原武智麻呂**《むちまろ》（正一位左大臣）である。また本堂および八角堂は武智麻呂の息《そく》**仲麻呂**（正一位）が、亡き父（武智麻呂）の霊を祀るため七六三年頃——**仲麻呂が反乱**を起こして**敗死**する前年頃——に建立《こんりゅう》したことを付け加えておきたい。

銀次郎は膝高の雑草の中に身を下ろし、目の前に佇《たたず》む宝形屋根（八角屋根）をのせた案外に坪数のありそうな建物をじっと眺めた。とても伽藍《がらん》とは呼べない板張りの質素な建物ではあった。屋根は檜皮葺《ひわだぶき》と月明りではっきりと見てとれる。それも、ささくれだっている部分が目立ち、小雨が降っても雨もりがするのではと思われた。

銀次郎の位置から確認出来る壁面（板張り）は三面で、いずれも小さな格子《こうし》窓を持っていた。

しかし、どの窓も確りと閉じられている。

けれども彼はやや薬くさい湯の匂いを、はっきりと感じていた。それも正面の格子窓から。

（どうやら風呂場だな……こうして用心深く観察していても仕方がねえやな）

風呂場があると確信した銀次郎は、立ち上がってそっと、正面の格子窓に近付いていった。

するとまたしても流れ雲が邪魔をして、月明りが翳《かげ》った。

（お……）

格子窓を半間《はんげん》（九〇センチ余）ほど先に置いて、銀次郎の息を殺した忍び寄りがぴたりと止まった。月明りが翳ったせいで、予期せざる〝幸い〟が銀次郎に齎《もたら》された。

密閉されていたかに見えていた格子窓から、細い一本の光のスジが漏れている。

（ありがてえ……）

と思った銀次郎が動き出そうとしたとき、三度目のざあっという音がその格子窓の向こうから伝わってきた。今度は軽く短い音だった。

銀次郎は宮島三郎太が湯桶で湯を浴びている光景を想像しながら、一本の光のスジを漏らしている格子窓に近寄っていった。その格子窓の向こうに風呂場がある、という確信はもはや揺るがなかった。

彼は呼吸《いき》を止め、〝光のスジ〟へ片目を近付けた。

刀の柄《つか》と黒い鍔《つば》が一、二寸（六、七センチ）と離れていない、目の前にあった。大きめな掛け燭台の明りが、鍔を鈍《にぶ》く光らせている。さすがに剣の使い手、宮島三郎太であった。用心深く風呂場に刀を持ち込んで窓際に立てかけていた。

銀次郎は覗き込む片目の位置をごく僅かに右へ振り、刀の柄の奥へ視線をやった。

いた！

まぎれもなく宮島三郎太が、くすりの匂いを微《かす》かに漂わせている湯の中に、肩までひたって目を閉じていた。斬られた腰に効くのか、湯には薬葉《やくよう》らしきものが何十枚となく浮かんでいる。

銀次郎は殺していた呼吸《いき》を緩め、そしてまた止め、不動の中に自分を置いた。

立ちのぼる白い湯気が風呂場に満ちて宮島三郎太の顔はぼやけてはいたが、銀次郎の目は見間違える筈もなかった。

(腕は立つし、なかなか色白の美男だが、斬り倒した相手を半狂乱となって穴だらけになるまで突き刺すなんざあ……ゾッとしねえな)

銀次郎は、凄腕だが精神の鍛練が足りぬ男、と宮島三郎太を見た。

(それにしても、幕府のどの組織が、宮島三郎太のような若僧を、宿役人として大磯宿へ差し向けたんでえ……どうも判んねえな)

胸の内で呟いて首を傾《かし》げる銀次郎であった。

と、間近な竹林の中で何羽かの夜烏《よがらす》が何に怯《おび》えたのか、たて続けに甲高く鳴いて羽ばたいた。

くすり湯にひたっていた宮島三郎太が閉じていた瞼《まぶた》を見開いた。

浴槽から出るな、と銀次郎は次の光景を予想したが、その場を動かなかった。

その通りであった。

ざあっと湯音を立てて、宮島三郎太は立ち上がった。

（あっ）

思わずあげそうになった叫び声を、銀次郎は呑み込んだ。

喉仏に激痛が走る程の、取り乱した呑み込み様《よう》だった。

受けた大きな衝撃で、それこそ銀次郎の心の臓は、表と裏が入れ替わりそうになって、激しく乱れた。

浴槽から立ち上がった宮島三郎太の白い裸身は、やさし気な両の肩から圧倒的な乳房にかけて湯粒《ゆつぶ》をしたたり落とし、湯気を渦巻いて燻《くゆ》らせた。

それはまさに目が眩《くら》むような女体《にょたい》であった。

見間違いでも目の錯覚でもなかった。

まぎれもなく、白く豊満な女体であった。

その女体があられもない自然過ぎる姿で、銀次郎が潜む格子窓に近付き、刀を摑んで彼の視野から消え去った。

（一体どういうことだ……これは）

銀次郎は声なく呻《うめ》きつつ、江戸で待つ艶《えん》の雪のように白く美しい豊かな裸身を思い出した。

七十

銀次郎は音立てぬよう素早く反対側にまわった。

破れ木戸が一枚、少し斜めに傾いて閉じられ、ここでも明りが漏れていた。

月はまだ雲に隠されている。

銀次郎は破れ木戸に顔を近付け、人の気配が無いのを確かめてから木戸を静かに押した。

小虫が鳴くようなチリッという微かな軋《きし》みが一度だけあったが、支障ないと判断した彼はそろりと土間へ踏み入った。

破れ木戸から明りを漏らしていた大きな燭台——傷みひどいこの八角屋根の建物には不似合いな——が、土間右手の板間《いたのま》で明りを揺らしている。

驚いたことに、その板間には膳が一人分、調《ととの》えられていた。

飯も酒もきちんと揃っているではないか。

そして、土間のすぐ左手には、なんと内井戸《うちいど》があった。これは土間内《どまうち》にしては珍らしい構えだった。それほど大きな拵えの井戸ではなかったが、釣瓶《つるべ》も縄も滑車も見るからに頑丈そうだ。

銀次郎は、飯や酒が調えられている板間《いたのま》の膳へ、視線を戻した。

(ふん。入浴のあとに酒を呑み、そして飯《めし》か……宮島三郎太と男名《おとこな》を名乗るあの妖艶《ようえん》な若い女、やはり只者ではない)

銀次郎の戦闘本能は一気に警戒に入った。しかし彼の五感が感じるのは風呂場があった正面奥方向から伝わってくる、何かが触れ合っているような〝音と言えない程度の音〟だけだった。

湯あがりの、あの美しい男女《おとこおんな》が身繕いをしている〝音〟なのであろうか。浴槽から出ようとして立ち上がった瞬間に、ゆさりと揺れて弾んだ白い乳房が目の前に浮かんで、銀次郎は思わず頭《かぶり》を振った。

改めて気を取り直し、彼は険《けわ》しい目つきで辺りを見まわした。

土間左手の斜め奥にも水屋を備えた板間と台所があって、竈《かまど》も水瓶も揃ってい
る。

銀次郎は漸《ようや》くのこと、仏堂の一つとは思えないこの荒れた質素な造りの八角の建物を「庫裏《くり》に相違ない……」と捉えた。

湯殿の方から、引き戸でも開けたらしいガラッという音が伝わってきた。

「ええい、ままよ……」

と呟いた銀次郎は腰の大刀を取るや音立てぬようにして動き、大きな燭台の炎《ひ》で明るい板間《いたのま》に静かにあがった。

彼は膳との間を空け、板壁を背にするかたちで姿勢正しく正座をし、**斬鬼丸**《ざんきまる》こと天下の**名刀備前長永国友**《びぜんおさながくにとも》を**左脇**に横たえた。この刀には名工**奈良利寿**《としなが》の鍔《つば》が嵌《は》め込まれている。

銀次郎が胡座《あぐら》を組まずに、正座を選んだのは、万が一の事態を考えた場合、胡座よりも正座の方が瞬時に立ち上がれるからだ。鍛え抜かれた彼の大腿部の筋肉

は、膝をくの字に曲げて正座をした場合、異常事態に対し撥条《ばね》のように弾んで上体を持ち上げることが出来る。

斬鬼丸を左脇に置いたのも、撥条《ばね》のように腰を上げた刹那、居合い抜刀を放つためだ。

人の気配が、近付いて来た。

しずしず、といった感じであると銀次郎は捉えた。

が、油断は出来ない。

その〝人の気配〟が、破れ障子が開け放たれた板間《いたのま》の前に現われた。

神妙な面持であり、伏し目がちである。まるで銀次郎の存在を承知したかのように見ようともしない。

そして、作法調った穏やかな動きで膳の手前に座すや、三つ指をついて深深と頭を下げた。

髪のどこを、どのようにして結《ゆ》い改めたというのであろうか。

侍髷《さむらいまげ》は消えていた。

奥ゆかしい印象の瓜実顔《うりざね》に似合った、垂髪《すいはつ》にまとめている。

垂髪《すいはつ》とは、綺麗に梳《す》いた髪を後ろ首のあたりでまとめ、そこから先は細長く一本に編みながす髪型であった。

切れ長な二重瞼《ふたえまぶた》の湯あがりの女に似合う髪型で、円熟の香りを放つその妖しさは夜遊び男にはたまらない魅力があるとか、ないとか。

その男女《おとこおんな》が、いや、湯あがりの香りを漂わせるその女が今、銀次郎の前に三つ指をついて頭を下げ、身じろぎひとつしなかった。

「何の真似《まね》でえ……ま、顔を上げなせえ」

銀次郎はぶっきらぼうな調子で言った。

女は面《おもて》を上げたが、伏し目がちを解こうとはしなかった。

「お前、一体誰《いってえ》なんでえ」

「御出下《おいで》さるものと、思《おも》うておりました」

女は澄んださわやかな声でそう言い再び頭を下げたが、今度は直《す》ぐに姿勢を正して銀次郎と目を合わせた。相変わらず神妙な様子は失ってはいない。しかし、怯《おび》えの色も、たじろぎの雰囲気も見せてはいなかった。

「俺が此処を訪ねて来ると?」

「それほど先を読むに鋭い御方様であると、上より伺《うかが》ってございまする」

「と言うことは、俺の素姓《すじょう》を承知している、と言いたいのだな」

「はい。黒書院様……」

聞いて銀次郎の双眸《そうぼう》が、きつい光を放った。

「もう一度訊く。お前、何者だ」

「いわゆる**柳生忍**《やぎゅうしのび》の一員にございまする」

「なにっ」

と、さすがに驚いて、すぐさま銀次郎は付け加えた。

「柳生の**くノ一**《くのいち》だと言うのか」

「柳生には、くノ一という表現はございませぬ。正しくは**女柳生**《おんなやぎゅう》と申しまして藩中《はんちゅう》においては士分格《しぶんかく》にございます」

「士分格の女柳生《おんなやぎゅう》とは……で、名は？」

「**柳生寂**《やぎゅうせき》でございます」

「ん？……女柳生の身でありながら、柳生の姓を名乗ることを許されておるのか」

「私《わたくし》の父は新陰流居合い抜刀と酒豪で知られた、柳生備前守俊方《びぜんのかみとしかた》です」

「なんと……」

正座していた銀次郎の上体が、思わず前へ傾いた。彼女がわざわざ**新陰流居合い抜刀**と**酒豪**を持ち出したことで、銀次郎は彼女の身状《みじょう》を信じた。まさに備前守俊方は、その通りであったから。

「母は大和国《やまとのくに》柳生の里に在しておりました備前守俊方の女《おんな》、宇根《うね》……一昨年、はやり病で亡くなりましたけれど」

「これはまた……」

銀次郎は話が予期せざる方角へ曲がったことで、さすがに驚いた。目の前の女――**柳生寂**《やぎゅうせき》――が自ら、父備前守俊方の妾腹《しょうふく》の子であると告白したのである。いや、**備前守俊方の女**《おんな》、という言い回しをしていることから、**妾**《めかけ》、と呼ぶ位置よりも、もっと立場の低い女であったのかも知れない。**宇根**《うね》という**寂**《せき》の母親というのは。

あるいはもっと特別な――秘密的な――訳《わけ》有《あ》りの立場であったとも。

が、宇根の立場がどうのこうのなどは銀次郎にとって、どうでもよい事であった。

「で、女柳生《おんなやぎゅう》の柳生寂《せき》が、何故にまた宮島三郎太に身形《みなり》を扮《ふん》してこの大磯へ参ったのだ。その理由《わけ》を有《あ》り体《てい》に申せ」

銀次郎の口調も目つきの鋭さも、我れ気付かぬうちに『**黒書院**』のものに変わっていた。このあたり、いつの間《ま》にやら堂堂たる呼吸になってしまっている。

「はい。申し上げます。私《わたくし》、柳生寂《せき》は**柳生忍**《やぎゅうしのび》（男柳生《おとこやぎゅう》）の後ろに控えております**女柳生**《おんなやぎゅう》五十余名を、未熟なる若さのまま束ねております。それ以前は母宇根《うね》が**女頭**《おんながしら》に就《つ》いてございました」

「ほう。五十余名もいるのか、**女柳生**《おんなやぎゅう》というのは」

寂《せき》が言った**女頭**《おんながしら》という言葉で一瞬、黒鍬《くろくわ》の女頭《おんながしら》である加河《かがわ》黒兵の豊かな乳房のぬくもりを思い出した銀次郎であったが、『**黒書院**』としての鋭い目つきが変わることはなかった。

「すると寂《せき》、其方《そなた》は父親である備前守様の命《めい》によって大磯へ参ったのだな」

「左様にございます。**黒書院様**はおそらく御存知……」

「その**黒書院様**は止《よ》せ」

「なれど、そのように敬《うやま》っての作法を大切に、と父より厳命されてございます。父の指示を無視する訳には参りませぬ。ご容赦下さりませ」

「う、うむ。厳しい父子関係だの。さすが柳生……」

「話を戻させて戴きます。黒書院様はおそらく御存知の事と存じますけれど目下《もっか》、江戸城から大坂城へ幕翁《ばくおう》の手によって横領、密送《みっそう》されし巨万《きょまん》の金・銀・小判が、何隻《なんせき》もの船を用いて江戸へと戻される過程《かてい》にございまする」

「それについては承知いたしておる」

「失礼を承知でお訊ね申し上げまするが、**黒書院様**は柳生一族の**伝統的勘状《かんじょう》**とされて参りました**柳生三怪《やぎゅうさんかい》**について、ご存知でございましょうか」

「**忍三怪《しのびさんかい》**とも伝えられておる、あれだな。名の知られた剣客ならば、大抵は知っていよう」

「その**勘状《かんじょう》**を曽《かつ》てない程に徹底させることを以て、十二班で構成されし柳生忍《やぎゅうしのび》(男柳生《おとこやぎゅう》)の精鋭たちが、**江戸戻し**と称されてございます今回の御役目の中核を担《にな》うてございます」

「おお、そうであったのか。そこまでは知らなんだ。で、**江戸戻し**は順調に進んでおるのか」

「極めて順調に進んでございます。幕府御用船**天地丸**、**天神丸**、**龍王丸**、ほか九隻の御用船団は、三班に分かれ二日間隔で大坂の港を発《た》ち、最初の**天地丸**ほか三隻が不眠不休のなか明日の夕方に、ここ大磯の港に入る予定でございます」

「そうであったか。不眠不休となると、**江戸戻し**の役目に就いて船に乗り込んでいる者たちは皆、疲労困憊《ひろうこんぱい》であろう」

「はい、そこでここ大磯の港で一夜休泊《きゅうはく》いたし、明朝早くに江戸へと発ちまする」

「その一夜休泊が、最も危険であるな」

「仰《おお》せの通りでございまする。したがいまして接岸は致しませぬ。また現在、女柳生《おんなやぎゅう》の手練《てだれ》四十名が大磯の随所に**百人百様に扮して**張り付いてございます」

「そうか。心強いの。それに如何《いか》にも屈強そうな柳生忍（男柳生《おとこやぎゅう》）よりは、うんと目立たぬわ」

「その通りでございまする。大磯宿における我ら女柳生《おんなやぎゅう》の役目は、港付近を徹底的に警戒することと、警察力の弱い大磯周辺に巣《す》くう不良分子を一掃することでございます」

「そういった女柳生の動きは、幕府の中枢部は承知いたしておるのか」

「幕府の最高顧問**新井白石**様より父備前守俊方へ我らを動かすよう要請があった、と父より聞いております」

さすがに手ぬかりの無い御人《おひと》よ、と改めて新井白石の〝人となり〟を思う銀次郎であった。

「ともかく三班に分かれておる密送船団は、接岸はせぬが二日間隔で大磯の港へ入るという予定なのだな」

「まず間違いなくその予定通りに進むかと」

「委細承知した。それにしても寂《せき》よ。宿役人宮島三郎太に扮して大磯入りするなどは、下手な芝居《しばい》以上に下手ぞ。幕府が宿場へ幕府代官の手先を宿役人として常駐させる制度などは既に正徳《しょうとく》二年に廃止されておる。この俺が嘘《うそ》芝居と見抜いたからよかったものの、若《も》し幕翁の残党に先に気付かれていたなら、警備態勢そのものに罅《ひび》が入っていたやも知れぬぞ。宿役人に扮する下手な案、一体誰が考えたのだ」

「申し訳ございませぬ。私《わたくし》が勝手に考えたものでございまする」

「ところで俺のことを、どの辺りで黒書院の桜伊《さくらい》と気付いたのだ？」

「私《わたくし》の父は備前守俊方でございます。黒書院様について聞かされましたことは一度や二度ではございませぬ。また常の日は、私《わたくし》は藩邸の奥付女中に扮して父の身傍《みそば》に控えていることが少なくありませぬ。したがいまして藩邸を訪ねて御出《おいで》になりました黒書院様に、茶菓を御出し申し上げたこともございまする」

「これは参った。いや、すまぬ。まったく気付かなんだ」

「黒書院様はいつも表情お険《けわ》しく、また私などまるで眼中《がんちゅう》にない冷《ひや》やかで鋭い目つきでいらっしゃいましたし、私《わたくし》も恐れ多くて小さくなってございましたゆえ、ご記憶にないのは当然のことと存じまする」

「いずれにしろ女柳生、寂《せき》のことは今宵、確《しっか》りと知ることが出来た。それで大目に見てくれ」

「はい……」

「お前、酒は呑むのか」

「父の相手を、よくさせられます。けれど、目の前の膳は訪ねて参られるに相違ない、と信じておりました黒書院様のためにご用意させて戴いたものでございます」

「私はもう夕餉を済ませた。あとでお前が食すればよい」

「畏まりました」

と、はじめて控えめな笑みを口元に浮かべた寂《せき》であったが、その端整な表情は直ぐに真顔に戻った。

「あのう、黒書院様……」

「ん？」

銀次郎は寂《せき》の次の言葉に備えるようにして、膳の前へ位置を移した。

「江戸の柳生藩邸と大磯の私《わたくし》との間は、藩邸に待機している十六名の女柳生《おんなやぎゅう》が、必要に応じ**指示**とか**情報**などを速馬にて私《わたくし》に伝えてくれるようになってございます」

「うむ、当然であろうな」

「それによりますれば黒書院様。この二、三日の上様、ご様子が少し変とのことでございまする」

「なにっ」

銀次郎の顔色が反射的に変わった。

「これは将軍家のお傍《そば》に詰めまする父からの情報でございますゆえ、単なる噂ではないと申し上げることが出来まする」

「どのように変だというのだ。上様のご様子が……」

「怖い夢を見てのことと思われるようで、頻《しき》りに、銀次郎に会いたい銀次郎に会いたい、と噎《むせ》び泣かれるとか」

まずい、と銀次郎は脇の**斬鬼丸**《ざんきまる》を手に腰を上げた。

「よくぞ打ち明けてくれた寂《せき》。礼を申す」

「この夜更《よふ》けに江戸へ、お戻りでございますか」

「幼君とは申せ、征夷大将軍《せいいたいしょうぐん》がこの銀次郎に会いたいと言っておられるのだ。無視は出来ぬ」

「仰せの通りではございますけれど……」

柳生寂《せき》が思案気な様子に陥ったとき、斬鬼丸を帯へ通した銀次郎の目がきつい光を放った。

ひと呼吸遅れて、ハッとした表情で寂《せき》が表口の方へ視線を振る。

ひたひたと迫り来る音なき気配。

まぎれもなく銀次郎と寂《せき》は、とんでもない数の気配を捉えていた。

七十一

「どうやら狼どもの御出座《おでま》しのようだな、寂《せき》よ。風呂場に用心深く持ち込んでいた刀はどうした」

「御存知だったのでございますね」

「だからこうして、俺が此処に忍び込んでいるのではないか。お前の輝くばかりの豊かな裸身《からだ》も見せて貰《もろ》うた勢いでな」

「恥ずかしく思いまする」

「これ寂《せき》。恥ずかしがっている場合ではない。狼どもが打ち込んでくるぞ。早《はよ》う刀を」

「はい。隣の寝間に置いてございます」

寂はそう言って板間《いたのま》から出ていったが、両刀を帯びて直《す》ぐに戻ってきた。

「腰の帯は緩《ゆる》んでおらぬな。激しい動きになるぞ」

「大丈夫でございます。私《わたくし》は女《おんな》柳生《やぎゅう》でござりますゆえ」

「この八角屋根の建物は、寺の庫裏《くり》と見たが……」

「左様でございます。ご覧の通り土間《どま》内《うち》には水豊かな井戸もございますし。米、麦を除けば干《ほ》し薬草から大小の蠟燭《ろうそく》、食器に至るまで揃っており、生活の不便はございませぬ」

「さすが**女柳生**。よい隠れ家を見つけたものだ。が、その隠れ家も狼どもの嗅《きゅう》覚《かく》には敵《かな》わなんだの」

「けれども私《わたくし》は刺客どもに狙《ねら》われる程の大物ではございませぬ」

「狙いは、恐らくこの俺であろう。お前は表に出ずともよい。狼どもは俺が叩く」

「お言葉ではございますが、黒書院様お一人を危ない目に遭わせる訳には参りませぬ」

「これは依頼ではなく命令と思え。皓皓《こうこう》たる月明りの下《もと》、狼どもは牙《きば》を剝《む》き狂ったように吼《ほ》えまくろう。俺は外に出るが庫裏に飛び込んできた狼は、お前が容赦なく叩っ斬《き》れ」

「はい。必ず……」

銀次郎は板間《いたのま》から土間に下りる際、肩を並べてきた寂《せき》の頬にそっと掌《てのひら》で触れてやった。風呂あがりだと言うのに、冷え切った頬であった。

「土間口から中へは絶対に入れぬ。が、格子《こうし》窓には油断するな」

「畏《かしこ》まりました」

銀次郎は、うん、と頷《うなず》いて見せると、土間口の木戸をキイッと鳴らし、すでに夜空の雲吹き流れて月明り皓皓と降り注ぐ中へと出た。

いた。

右手にも、正面にも、左手にも……白装束《しろしょうぞく》に金色《こんじき》の襷《たすき》を輝かせて。

狼どもの牙が月明りを浴び鋭く光っている。刃だ。

数え切れない。

何としても銀次郎を抹殺するという、煮えくりかえった布陣だった。

狼どもは、銀次郎を斃《たお》したあと、どうしようと言うのか。幕閣諸侯を次次と嚙《か》み殺し、果ては幼君家継《いえつぐ》を切り刻んで新幕府を打ち立てようとでもするのか。

銀次郎は斬鬼丸《ざんきまる》こと備前長永国友《びぜんおさながくにとも》を、鞘《さや》から静かに滑らせた。

が、扇状に布陣の相手は、刀を揃って八双《はっそう》に構え、膝高に密生する雑草の中へ左脚をぐいと踏み出しているものの、動かない。獲物に襲い掛かる寸前の豹虎《ひょうこ》の如く。

皓皓たる月下に息を殺して銀次郎を睨《ね》めつける、無数の目、目、目。

銀次郎も、斬鬼丸をだらりと下げて、動かなかった。

柳生寂《せき》は、格子窓の隙間《すきま》から、眦《まなじり》を吊り上げ下唇を嚙んで外の光景を見守った。呼気《こき》は既《すで》に興奮《こうふん》していた。

(これは……まるで絵だ)

寂《せき》は、そう思った。銀次郎の無外流《むがいりゅう》が修羅《しゅら》の刃と化した時の凄《すご》さについては父（柳生備前守俊方）より〝噂《うわさ》としてだが〟と聞かされたことがある。

その父すら、修羅と化した銀次郎の剣の実際については、まだ見たことがないと言う。

月光《つきあかり》はますます強く降る。

まるで一対無数の、これから扇のかたちの中で始まる激闘を祝うかのように。

「早く……」

寂《せき》は思わず呟《つぶや》いた。早く終ってくれ、という願いだった。

と、扇の布陣が申し合わせたように、ジリッと右へゆっくりと回り出した。

けれども要《かなめ》(扇の元締)の位置にある銀次郎は、斬鬼丸をだらりと下げたまま不動。

回り出したのは、狼どもだけだった。

(何と美しい……)

そう寂《せき》は思った。一糸乱れず、とは正《まさ》にこれだ、と思った。

屹立《きつりつ》する刃が要《かなめ》を中心に凄みを孕《はら》んで右へと回転しているのに、それはまるで修練を極めた上流武家の姫の舞のように美しかった。

寂《せき》には、そう見えた。気品に満ちている、とさえ感じた。

すると狼どもの動きが、微塵《みじん》の乱れを見せることなく止まった。ぴたり、とではなかった。すうっと流れ星の光の尾が消えてゆくかのように止まった。

狼どもの内の、誰が合図したのでもない。

寂《せき》は息を呑み更に興奮を膨らませた。

狼どもは今度は逆に、元の位置を目指して、淡い動きを見せ出した。

銀次郎が（来る……）と読んだのか、漸《ようや》く斬鬼丸の柄《つか》を両の手で持ち、左脚を前方へ出してくの字に折り、腰を低め切っ先を右腰の後方へと流した。

流麗な構えだ。

（綺麗《きれい》なこと……これぞ歌舞伎《かぶき》舞台の役者構え）

寂《せき》は感動し、溜息《ためいき》を吐き、高まっていた興奮を鎮めさせられた。

「間《ま》もなくだ……血の雨が降る」

寂《せき》は、ぶるっと肩をひとつ震わせて、呟《つぶや》いた。

確信の呟きであった。

七十二

ほぼ同じ刻限、夜空に浮かぶ同じ月を遠く離れた江戸で肩を並べ眺めている女性が二人いた。

場所は、表三番町の大番頭《おおばんがしら》六千石旗本**津山近江守**《おうみのかみ》邸の離れの広縁《ひろえん》であった。

少し離れた位置に、久仁《くに》が控えている。

「何と神神《こうごう》しい月であることよのう。こうして眺めていると幾万里の夜空を飛びこえて月へと引き込まれてしまいそうじゃ」

「まことに見事な満月でございまする母上様」

「私を母上と呼ぶことに胸苦しさはありませぬか。無理はいけませぬよ」

「いいえ、少しも胸苦しくはございませぬ」

「左様ですか。ならば私も心の底から嬉《うれ》しく思います」

「この美しい満月を、遠く離れた空の下で銀次郎様も眺めていらっしゃるのでしようか」

「銀次郎殿のことが心配ですか」

「はい。この離れで漸《ようや》くお会い出来ましたものの、お話が出来たのは、ほんの短い間でございます。それだけに長の御役目旅を心配いたしまする」

「艶《えん》が銀次郎殿の言われるままに江戸へ見えられたと知った時は本当に驚きました。若く美しい未修の僧尼に、まあ何と無責任なことを言ったものかと……」

「けれども母上様。告げられた私《わたくし》の方は不思議と冷静でございましたし、そのうえ銀次郎様のお言葉に強い運命のようなものを感じたのでございます」

「まあ……強い運命のようなものを……はじめて打ち明けてくれましたね」

「私《わたくし》だけではなく、大坂・天王寺村の比丘尼《びくに》寺（尼寺）月祥院《げっしょういん》の院主《いんじゅ》様も、私《わたくし》と同じように感じたそうでございます」

「だからこそ、院主様はあなたの江戸行きを、お止めにならなかったのですね」

「はい」

艶《えん》はしとやかに、こっくりと頷《うなず》いた。彼女が今、母上様と呼んで語り合っている相手の女性は、首席目付千五百石旗本**和泉長門守兼行**《いずみながとのかみかねゆき》の妻、夏江《なつえ》であった。**津山近江守の屋敷**へ、養女の扱いに準じて作法見習いに出したとは言え、矢張り心配なのであろう。夏江はこうして頻繁に津山家へ艶《えん》の様子見に訪ねてくる。むろんのこと、津山家も承知の上でだ。

艶《えん》は、和泉家にしても津山家にしても、**黒書院**桜伊《さくらい》銀次郎からの大切な預り人《あずかりびと》である。なにしろ銀次郎は、**黒書院**なのだ。彼の双肩にのっているこの地位的な**敬称**は、強烈という他ない。類例を見ぬ強烈さだ。

こうして頻繁に訪ねてくる夏江を艶《えん》はつい最近、母上様と呼ぶようになり、夏江も目を細めて受け入れている。

「それに致しましても、艶《えん》が持参なされた月祥院の院主様からの鄭重《ていちょう》な手紙を読み、夫（和泉長門守）も私《わたくし》も本当に驚きました」

「申し訳ございませぬ。大坂を発《た》つ寸前までは、私《わたくし》も自身の身の上の真実《まこと》につきましては、本当に何も知らされておらなかったのでございます」

「大坂の**鳴田屋**《なりた》と申せば、江戸にもその名が知れわたっている大手の**廻船問屋**。大坂の西遠くにまで組織を広げていると言われている、その**鳴田屋**の主人《あるじ》**番左右衛門**《ばんざえもん》殿つまりあなたの御祖父様《おじいさま》がまさかの……」

「はい。今は亡き**太閤殿下**《たいこう》（豊臣秀吉）の**五奉行**のひとりとして知られた**長束正家**《なつかまさいえ》の直系であったなど、大坂を発つ際に祖父から聞かされるまで、いささかも私《わたくし》の知らぬことでございました」

「長束正家《なつかまさいえ》殿と申せば、女の私《わたくし》でさえよく存じおる御名前。確か従四位下侍従にして近江国**水口**《みなくち》十二万石を太閤殿下より任されたほどの御方《おかた》でありました。それに経営、理財などに卓越した才能がおありであったと……」

「そのように祖父からも聞かされてございます。豊臣政権ではその能力を、各地における**太閤検地**や**兵粮《ひょうろう》の輸送と確保**、そして**豊臣家蔵入地《くらいりち》**（直轄領）**の財政的管理**の面などで確《しっか》りと発揮なされたらしゅうございます」

「御役目旅を終えた銀次郎殿が江戸へ戻って参り、それらの事を知ればどれほど驚くことでしょう」

「けれども長束正家《なつかまさいえ》は、徳川様をお相手（東軍）と致しました**関ヶ原《せきがはら》の戦《たたかい》**で、石田三成《いしだみつなり》様たちと共に大坂方の軍（西軍）を率いて敗れ、近江国**水口**の城へと逃れて割腹自決いたしましてございます」

「戦《いくさ》というのは、幾万・幾十万もの将兵が尊い命を落とし、悲しい物語が長く残って女の私《わたくし》共には辛《つら》いですね。そうではありませぬか、艶《えん》」

「辛《つろ》うございます、母上様。自害という暗い結果を残しました長束正家《なつかまさいえ》の血を受け継いでおります私《わたくし》が、銀次郎様のお傍《そば》に居《い》て、和泉家の御殿様（長門守）や銀次郎様の幕府内におけるこれからに、支障などはございませぬでしょうか」

「ご安心なさい。その心配はありませぬ。そのような心配があれば、首席目付の夫（長門守）はあなたを学習目的とは言え津山家へ預けなかったでしょうし、大番頭六千石の大身である津山家も引き受けはしなかったでしょう」

「それを伺って少しばかり安心いたしました」

「もう少し明るい表情をなさい。それにあなたの御祖父様《おじいさま》（番左右衛門）は、長束《なつか》正家《まさいえ》殿のすぐれた才能を正しく見事に受け継がれ、この国の東西広くにまで知られた大《だい》廻船問屋を造り上げることに成功なさったのですよ。艶《えん》が負《お》い目《め》に感じる事など、何一つありませぬ。それにしても御祖父様《おじいさま》は若く美しいあなたの一人旅を、よくお許しになりましたね」

「一人旅は私《わたくし》が強く望んだことでございます。これまでとは違った新たな自分に育ってゆきたい、という望みから逃れられなかったのでございます」

「まあ、案外に気丈なのですね。それならきっと銀次郎殿と気が合いましょう」

「左様でございましょうか」

「左様でございますとも、ふふふっ……」

夏江は微笑んだが、すぐに真顔となって言葉をやんわりと続けた。

「ところで艶《えん》。御祖父様である番左右衛門殿のことは、月祥院の院主様の丁寧な手紙《そえじょう》や、あなたの話などでよく判りましたけれど、御祖母様《おばあさま》のことは院主様の手紙《そえじょう》には何も記されておりませんでしたし、あなたからもまだ伺っておりませぬ。

差し支えなければ、少しなりとも聞かせて下され」

「はい、母上様。実は祖母は若くして病で亡くなられたとかで、私《わたくし》も私《わたくし》の母高《こう》も顔は知らないのでございます。けれども江戸へ出立する前夜、私《わたくし》は祖父より一本の簪《かんざし》を手渡されました。祖母の遺品だということで、それがいま私《わたくし》が髪に差し通しているものでございます」

「その立派な簪《かんざし》が……とてもよく似《に》合《お》うておりますよ」

「祖父の話では、祖母は山城国西岡《やましろのくににしのおか》地方、神足《こうたり》の郷士《ごうし》の生まれだと申します。神足《こうたり》の字綴《じつづ》りは……」

「いえ、字綴りは要りませぬ。聞いているだけで、充分に判りますし見当もつきます」

「過ぎし昔、神足界隈《こうたりかいわい》というのは、太閤殿下の蔵入地（直轄領）だったそうで、祖母の生家《せいか》の直ぐ近くには、**青竜寺**《しょうりゅうじ》**城**……青い**竜**の**寺**の**城**……との字綴りですけれども、その青竜寺城が今も在《あ》ると申します。不思議なことにこの御城《おしろ》、時と場合により、また人によりまして**勝竜寺**《しょうりゅうじ》**城**と書かれることがあるそうでございます」

艶《えん》はそう言いつつ、端整な自分の顔の前に白い指先で、ゆっくりと**勝竜寺城**と書いて見せるのだった。

夏江が目を細めてまた微笑んだ。

「それはまた不思議なこと。掘《ほ》り下げればきっと、学ぶ価値のある理由とかが幾つもあるのでしょう」

「祖父がまるで思い出すかのように申しますには、秀吉公の蔵入地は政権の拡充と共に急速に増えてゆき、そのため長束正家《なつかまさいえ》は**竹木奉行**という代官職を任命しては、それらの蔵入地の管理に当たらせたらしゅうございます」

「竹木奉行とはまた心に残る職名でありますこと……」

「あら、母上様。流れ星が……」

そう言って不意に夜空を指差した艶《えん》の表情と静《しず》やかな声は、少し明るさを取り戻していた。

が、しかし……。

七十三

眩《まぶ》しいばかりの満月の下を、青白い尾を引いて星が流れた刹那《せつな》、「**先鋒《せんぽう》っ**」という野太い怒声が、狼どもの中を走った。

それが夜の木霊《こだま》となるのを待たぬ速さで、二本の刃が銀次郎の左右より烈しく斬り込んだ。

銀次郎がまるで斬られるのを望むかのように、肩低くして二歩を踏み出す。無謀だ。

先鋒の暗殺剣二本が、銀次郎の両の肩に打ち下ろされた。

ヒヨッと短く唸《うな》る夜気。

このとき銀次郎の両の手が握っていた斬鬼丸の柄は、すでに左手へと移り、右の手が脇差を抜き取っていた。居合抜刀《いあいばっとう》だ。

暗殺剣二本の切っ先が、銀次郎の両肩に触れる。

皮筋が裂け、ぴっと飛び散る血玉……の光景と同時に、銀次郎の斬鬼丸は左方の狼の腹を下から上へ斜《なな》めに斬り上げ、右手で抜き放った脇差は、右方の狼の膝から下を断ち切っていた。

狼ふたりが、殴《なぐ》り倒されたかのような激しさで、悲鳴もなく雑草の海へドンと音立てて沈む。

さざなみと化して銀次郎にそろりと迫っていた狼どもの輪が、その一戦でさあっと広がった。

(凄い……柳生剣どころではない)

八角屋根の庫裏の格子窓より見守っていた柳生寂《せき》は、思わず生唾《なまつば》を呑み込んだ。はじめて見た、銀次郎の雷鳴を思わせる剣法だった。まさに、雷鳴だと思った。

地を這《は》うような姿勢であった銀次郎が、ゆっくりと腰をあげた。

皓皓たる月明りを浴びた銀次郎の両の肩から、糸のような鮮血が流れ出て背中を伝い落ちる。

(肉を斬らせて骨を断つ……)

黒書院様の剣法は、まさにそれ、と柳生寂《せき》は思った。

いや、実際はそうではなかった。

銀次郎は自分でも気付かぬ内に、斬られることをそれほど恐れぬ精神の太さを身に付けてしまっていた。あるいは、暗殺者の切っ先が自分の肉体に達する寸前、自分の刃が相手を断ち斬っているという確信を得るに至っているのか。つまり揺るがぬ不動の確信を。

だとすれば、襲い掛かる側にとって、これほどの恐怖はない。

銀次郎が、さざなみ立つ雑草の中を、静かに歩んだ。

斬鬼丸は右片手下げ……いわゆる無構えだ。不気味この上ない。

八角屋根をのせた庫裏の格子窓に潜《ひそ》む柳生寂《せき》の目には、少しずつ離れてゆく銀次郎の背を伝う二本の血すじが、朱色の襷《たすき》に見えた。

狼どもが、円陣の中に銀次郎を置いた。

小さな流れ雲が一瞬満月をかすめて、月明りが揺れる。

とたん、「**次鋒**《じほう》**っ**」と狼どもの中から鋭い声が飛んだ。

今度は甲高《かんだか》く黄色い声だ。女か？

銀次郎の真正面から、卒然と大地を蹴《け》った三名が、放たれた矢玉の如く無言で斬り掛かる。銀次郎が左の肩を盾《たて》に突っ込み、夜風が軋《きし》んだ。

斬鬼丸が真《ま》っ向《こう》からくる餓狼剣《がろうけん》を巻き込みざま弾《はじ》き、はじめて鋼《はがね》と鋼の打ち合う音が鳴り響いた。

刃を弾き落とされた餓狼《がろう》が跳び退《さ》がろうとするのを、鎌首《かまくび》と化して伸び切った斬鬼丸の切っ先が其奴《そやつ》の膝を砕いた。ガシャッという鈍《にぶ》い音。

満月の夜空に轟《とどろ》きわたる、狼の最初の悲鳴。

この瞬間、まさにこの瞬間、残った二本の暗殺剣が銀次郎の左右の腰を抉《えぐ》っていた。

同時にそれは二頭の狼が「勝った……」と錯覚した瞬間でもあった。

その錯覚の代償は大きかった。余りにも大きかった。

「むん」

銀次郎の声なき気合が腹の内で吼《ほ》えた。

が、吼えたのは、二本の暗殺剣がその剣先を銀次郎の左右の腰に触れる刹那だった。

斬鬼丸が月下に煌《きら》めいて下から掬《すく》い上げ、そして激烈に反転。

庫裏の内で、柳生寂《せき》は目を見張った。そして驚愕《きょうがく》した。

大きな満月の真《ま》っ只中《ただなか》に狼の片脚が血玉を撒《ま》いてくっきりと浮かび、もう一方は右肩から先腕を斬り離され、それが水車のように回転して飛翔し、庫裏の板塀に激突。

大音響を発したので、寂《せき》は思わず首を竦《すく》めた。

竦めながら寂《せき》は、火玉《ひだま》となって狼どもの真っ只中へたった一頭で突入してゆく獅子《しし》を見た。荒れ狂う獅子を。

柳生寂《せき》ほどの女《もの》が、恐る恐る庫裏から外へと出た。

銀次郎の斬鬼丸が**先鋒**の狼の腹へ痛烈な第一撃を放ってから、四半刻《しはんとき》と経っていなかった。

寂《せき》は、まばゆく降り注ぐ月明りに覆《おお》われた、草っ原を見回した。

息を呑み、言葉を見失う他ない、寂《せき》だった。脚が僅《わず》かにだが震えさえした。

それは信じられぬ光景だった。

雑草の海に累累《るいるい》と沈む、数え切れぬ程の狼ども。

ある者は悶絶《もんぜつ》し、ある者はぴくりとも動かない。

それらは、まばたきする間《ま》に吹き抜けた爆風《ばくふう》のあとの光景だった。

「なんと凄い……」

と呟いたつもりの寂《せき》であったが、唇がわなないて言葉になっていなかった。

彼女は獅子の姿を求めた。

銀次郎はかなり離れた位置で、斬鬼丸を鞘《さや》に納め、視線をこちらへ向けたところだった。

寂《せき》は目の前に転がっている刀の柄を握ったままの片腕をまたいで、五、六歩進んだ所で動きを休め、こちらを見ている銀次郎に対し深深と腰を折った。

そうしなければならぬ熱い感情に、寂はいま襲われていた。

けれども、こちらへゆっくりと近付いて来る激闘のあとの銀次郎の余りの姿に、寂は思わず視線を落とした。

着ているものは幾か所も切り裂かれ、全身これ血まみれであった。

それに両の肩を大きく波打たせ、殊《こと》のほか呼吸《いき》荒荒しい。

寂《せき》は訴えるような口調で言った。足許《あしもと》近くでぴくりとも動かぬ狼を指差していた。

「白装束に金色《こんじき》の襷掛《たすきがけ》のこ奴ら。素姓《すじょう》を確かめねばなりませぬ。まだ息のある奴らをこの寂《せき》に調べさせて下さりませ」

「無駄だ。こ奴らは素姓を明かすものは何一つ所持していない。それに問い詰めようとしただけで舌を嚙み切ろう」

「でも、一応やってみませぬと」

「ならば、やってみい。俺は喉《のど》がかわいた……」

寂《せき》をその場に残して、銀次郎は庫裏へ足を運んだ。

土間に備わる瓶《かめ》の水を飲んだ彼は、そのまま風呂場を求めて板間《いたのま》の前の薄暗い廊下を奥へ進んだ。

くすり湯の匂いが漂ってきた。

大小刀を浴槽の傍に立て掛け、銀次郎は薬葉《やくよう》浮かぶ湯に体を沈めた。

「つ……」

と銀次郎の唇が少し歪《ゆが》む。くすり湯は傷に鋭くしみた。蟷螂《かまきり》に嚙みつかれたみたいに。

寂《せき》が意外に早く風呂場に現われた。

「どうやら無駄であったようだな」

「問い詰めようと近付いただけで、舌を嚙み切られてしまいました。申し訳ございませぬ。頑《かたく》なに主張いたしましたること、お詫《わ》び申し上げます」

「大袈裟《おおげさ》に言わぬでもよい」

「恐れながら両の肩の傷を見せて下さりませ。深さが気になりまする」

「いま……この場でか」

「はい」

寂《せき》は微笑み見せぬ真顔で頷くと、帯をさらさらと解き出した。

「おい寂《せき》、何をする」

「このくすり湯は、傷によい成分《おり》が浴槽の底に沈んでございます。それを搔《か》き混ぜて浮き上がらせ、幾度も幾度もそっと肩の傷口へかけねばなりませぬ」

「それは私がする。おい、この場で脱ぐと着ていたものが濡《ぬ》れるではないか」

「傷のお手当の方が大事でございますから」

寂《せき》は全裸となり、銀次郎は気押《けお》されて思わず目を閉じてしまった。

寂《せき》が湯に入った。ちゃぷという優しい音。湯の中でふわっと揺れ泳いだ圧倒的な乳房が、浴槽の端に両手でしがみ付く銀次郎の肘《ひじ》に触れた。

銀次郎が眉間《みけん》に木刀の一撃を浴びたかの如く、背すじを僅かに「うっ……」とのけ反らせる。

溶《と》けぬ程に硬くなった銀次郎の鍛え抜かれた肉体《からだ》の芯に、稲妻が走っていた。

背後から寂《せき》が、もたれかかるようにして銀次郎の表情を確かめる。

「くすり湯が傷にしみているのではありませぬか？」

「い、いや……なぜだ」

「なぜって……いま、ウッという様子をお見せになりました」

「だ、大丈夫。肩の傷口にはやく湯をかけてくれ」

「畏まりました」

寂は胸深くにまで体を沈めると、底湯を掬《すく》い上げるようにして両手でゆっくりと掻き混ぜた。

銀次郎は、自分の背中に迫り来る寂《せき》の乳房の気配を捉え、堪《たま》らず身震いを覚えた。

七十四

次の日の夜――江戸。

前夜の大磯《おおいそ》に降り注いだ眩しいばかりの月明りが、この夜、江戸市中をも明るく覆っていた。

歓楽街は遅くまで、下《さ》げ提灯《ちょうちん》の明りが消えない。

しかし、このところ打ち続く何者かによる幕臣襲撃事件により、江戸城諸門は厳しい警戒の中にあった。

とくに幕府中枢部を震撼《しんかん》たらしめたのは、矢張り柳生藩邸が不意打的《ふいうちてき》に襲われたことだった。

この事件は幕閣で秘扱いとされ、箝口令《かんこうれい》が敷かれている。

この夜、江戸城諸門の中で特段に警備を厳重としていたのは、『**大門六門**』であったが、なかでも厳戒態勢を極めていたのは、大手門より本丸表・玄関に通じる迄の『**大門五門**』であった。

『大門五門』とは、大手門、大手三之門、中之門、中雀門（本丸玄関前の門）および内桜田門の五門を指している。これに西ノ丸大手門を加えて**『大門六門』**と呼ばれていた。

とくに江戸城の**総玄関**とも称すべき桝形《ますがた》**高麗門**《こうらいもん》の大手門は、十万石以上の譜代大名の登下城門として別格の権威を有し、したがってその警備任務も譜代十万石大名二家が、交替で担《にな》っているのが常であった。

が、今宵は更にその警備陣が強化され、譜代大名家の他に、若年寄配下にある**鉄砲百人組**（平時は大手三之門詰）の手練《てだれ》与力・同心合わせて五十名が加わり、万全の態勢を敷いていた。

平時の**鉄砲百人組**は『戦時の実戦部隊』として訓練され、伊賀組、甲賀組、二十五騎組、根来《ねごろ》組の四組から成り、**各組に**与力（現米八十石高）二十騎または二十五騎、同心（十五俵二人扶持〜三十俵三人扶持）百人、合わせて五百名を配する大組織であった。

目付の下にある隠密組織**黒鍬**《くろくわ》との情報の往き来は、必要に応じて緊密であることと老中・若年寄会議で決められている。

いま、伊賀組と根来組から警備の加勢として大手門に遣わされた与力の柴野与《しばのよ》兵衛《へえ》三十五歳と貝鳥又三郎《かいとりまたさぶろう》三十二歳は、堀に架かった大手御門橋の中程に立って、思わず顔を見合わせた。

「聞こえませんでしたか柴野殿」

貝鳥又三郎はそう小声で言って、月明り燦燦《さんさん》と降り注ぐ彼方《かなた》、南東の方角を指差してみせた。

「確かに聞こえました。いや、聞こえておりますぞ、ほら」

と、柴野与兵衛は耳を澄ませ、硬い表情を拵《こしら》えて返した。

「こ、これはいかぬ」

貝鳥又三郎はその場に柴野与力を残し、篝火《かがりび》が赤赤と炎《も》え盛る大手門（高麗門）の内に向かって走り出した。

柴野の近くに控えていた幾人かの同心が、「柴野様……」と詰め寄り、不安気な様子で手にした銃を胸の高さに引きつけた。彼ら同心たちの耳にも〝その音〟はむろん届いていた。

「慌てるでない。落ち着け」

と柴野は言ったが、月明りの中を伝わってくるその音——全力疾走と思われる蹄《ひづめ》の音——は、ぐんぐん迫ってくる。

一頭が駆ける蹄の音だ。それも地面を打ち叩くが如く力強い。

大手門（高麗門）の内側より、弓矢、鉄砲で武装した三十名程の武士が、ばらばらと飛び出してきた。

譜代大名家の、大手門警備の詰衆である。

彼らは、伊賀・根来の鉄砲組を押《お》し退《の》けるようにして、大手御門橋の上に陣取った。

この時、その力強い蹄の音は、ついにその姿を現わした。

大手御門橋の袂《たもと》に立つ**下馬札**。

その下馬札前広場の左手方向間近の閣僚特別区に、目を見張るような巨邸がある。

今は亡き四代様（徳川家綱）の時代、**老中・大老**の地位にあって権力の頂点を極めた**酒井雅楽頭忠清**《さかいうたのかみただきよ》の、もと上屋敷であった。

四代様の後継として京《みやこ》より有栖川宮幸仁親王《ありすがわのみやゆきひと》を迎えんとした策に失敗した忠

清はこの巨邸を追われ（延宝九年〈一六八一〉一月十二日）て失脚。そのあとに忠清とは政敵の間柄だった老中にして従五位下・備中守**堀田正俊**《ほったまさとし》が直ぐさま入邸した。入邸するや否やの早さで堀田備中守は**筑前守**と改まり**従四位下・大老**の地位に昇りつめた。

その『因縁の権力屋敷』の見るだけで息切れがしそうな長大な長屋塀《ながやべい》の東端《とうたん》より、その蹄の音は姿を現わしたのだった。

眩しいばかりの月明りを浴びたそれは、遠目にも隆 隆《りゅうりゅう》たる体軀《たいく》と判る黒光り美しい黒馬であった。

そしてその黒馬は、弓矢、鉄砲まさに身構えんとする大手御門橋の侍たちに対して、矢庭に後ろ脚で高高と立ち上がり、前脚で空《くう》を叩きながら満月に向かって嘶《いなな》いた。それは圧巻と称する他ない〝戦馬《せんば》（いくさうま）〟の嘶きだった。

大手御門橋に、緊張が走る。

が、橋の袂《たもと》、下馬札の傍《そば》まで進み出て前方を睨《にら》みつけていた侍――名を愛知三《えちさぶ》郎助古信《ろうすけひさのぶ》という――の表情が何を感じたのかハッとなった。

彼は振り返って大手御門橋の上で緊張する侍たちに、低い〝怒声〟を放った。

命令するかの如く。

「皆、構えを解け。構えを解いて橋の両側に控えよ」

愛知《えち》三郎助古信《ひさのぶ》は言い終えるや、嘶《いなな》きを休めて右前脚の蹄で地面を打っている黒馬に向かって駆け出した。

騎乗の人が「よしよし……」と言わんばかりに、黒馬の首すじを撫《な》でてやっている。

どうやら長距離を全力疾走してきたらしく、黒馬の感情はまだ鎮まっていないかのようだった。

大手御門橋の両端へ寄って控えている弓矢、鉄砲の警備の侍たちは、これから何が起こるのかと、黒馬に向かって駆け寄る月下の愛知《えち》三郎助古信《ひさのぶ》の後ろ姿を心配そうに見守った。

その愛知《えち》三郎助古信《ひさのぶ》は黒馬の前に辿《たど》り着くや、両手両膝をがばっと地について、騎上の人を見上げた。

「こ、これは矢張り黒書院監察官様。隆隆たる馬体のこの黒馬に見覚えがあり、駆け参じて参りましてござりまする」

「いかにも黒書院監察官だが、そなたは？……いや、何処ぞで会うたような」

「はい。謀叛《むほん》の者でござりました幕翁《ばくおう》こと**大津河安芸守忠助**《おおつがわあきのかみただすけ》の湖東《ことう》城にて、我が主君《あるじ》伊勢**桑名藩**十一万石の藩主**松平定重**様と共に、お目に掛かりましてございまする」

「おお、思い出した。確か松平定重様の左手後ろに控えておられた御人《ごじん》だな」

「ご記憶を戴《いただ》きまして誠に嬉しく思いまする。私《わたくし》、桑名藩江戸藩邸におきまして中老の立場にあり、平時は主君《あるじ》の御護役《おまもりやく》（身辺警護）を束《たば》ねる地位に就いており ます愛知《えち》三郎助古信《ひさのぶ》と申しまする」

中老は大方《おおかた》の藩においては、家老などと同じく**世襲**の**重職**である。藩の大小規模によって格式は違ってくるが禄高《ろくだか》は、二百五十石程度から二千五百石前後までという判断でいいだろう。

「伊勢桑名藩十一万石松平家の中老、愛知《えち》三郎助古信《ひさのぶ》殿でござるな。真《まこと》に良き御《お》名《な》。確《しっか》りと覚え申した」

「有り難く光栄に存じまする。黒書院様、いま私《わたくし》に手伝えることあらばどうぞ御命《おめい》じ下さりませ。現下《げんか》の大手御門は譜代家である我が桑名松平家が警備を担ってございまする」

　さすが桑名松平家十一万石で主君《あるじ》の御護役《おまもりやく》に就く中老であった。銀次郎の身《み》形《なり》・身体から只事でないものを感じ取ってはいたが、口には出さなかった。

「桑名松平家が大手御門の警備とは重畳。この刻限なれど桜伊銀次郎、これより火急の用あってこのまま馬にて本丸表へ駆け参じねばならぬ」

「ならば是非、私《わたくし》めに先導させて下さりませ。どうかお手綱《たづな》を……」

「左様か、ならば頼もう。但し忍び駆けで参りたい」

「はい、心得てござりまする」

「うむ」

　頷いて銀次郎は、腰を上げ敬い姿勢で近寄ってきた愛知《えち》三郎助古信《ひさのぶ》に手綱を預けた。

「では黒書院様、駆けまする」

「頼む」

　応じて銀次郎は、黒兵《くろべえ》の首すじを二度撫でさすってから、軽く馬腹を蹴った。愛知《えち》三郎助古信《ひさのぶ》に手綱を引かれて、黒兵は駆け出した。見事に黒兵と呼吸を合わせている愛知《えち》三郎助古信《ひさのぶ》を、さすが名門桑名松平家の武人と銀次郎は感心した。

大手御門橋がたちまちの内に、人馬の目前に迫ってきた。

ここで、ほんの少し横道に逸《そ》れたい。

徳川将軍家を中心とした**親藩**、**譜代**、**外様**の分類について記されたものに、『**藩翰譜**《はんかんふ》』と称する秀《すぐ》れた文献が存在する。

大学者**木下順庵**《きのしたじゅんあん》門下で**十哲**の**一人**に数えられた天才、**新井筑後守白石**による作である。正編十巻、付録二巻、凡例・目録一巻、の全十三巻二十冊より成り、徳川の『一門』、『松平姓』、『外戚《がいせき》』、『譜代』、そして『外様』および『廃絶家』をも含む**三百三十七家**の系譜と家史などが詳述されている。

この『藩翰譜《はんかんふ》』は、甲府宰相**徳川綱豊**《つなとよ》（のちの六代将軍・徳川家宣《いえのぶ》。幼君家継の父）の指示を受けた新井白石が、元禄十四年（一七〇一）七月に起筆、奮励《ふんれい》して十月に脱稿したと伝えられている労作だ。

『藩翰譜《はんかんふ》』という書名は、徳川綱豊《つなとよ》が命名した。

この『藩翰譜』を繙《ひもと》いてみると、桑名松平家に関して次のように判ってくる。

夫**松平広忠**《おっとまつだいらひろただ》との間に**徳川家康**をもうけた**於大の方**《おだいのかた》（伝通院。水野忠政の娘）は、政争により離縁され、のち尾張・阿久居《あぐい》城主**久松俊勝**《ひさまつとしかつ》と再婚。康元、康俊、**定勝**の三人を生み、徳川家康は異父弟に当たるこの三人を、非常に重く見て大事とし松平姓を授けた。

これにより家康の異父弟三人つまり康元、康俊、**定勝**に始まる大名家（松平姓の）がやがて**久松松平**と称されるようになるのである。

この久松松平の大名家として表看板の位置に立つのが、右三兄弟の内の**定勝**の流れとなる**伊予松山十五万石**および**伊勢桑名十一万石**の両藩であることを付け加えておきたい。

新井白石は右に述べた**久松松平**を『藩翰譜』において、**家門（一門）大名家**（越前、尾張、紀伊、水戸、保科《ほしな》、甲府、館林《たてばやし》などの諸家）と**譜代大名家**との中間的位置に張り付け**『徳川の外戚《がいせき》大名家』**として論じている。

七十五

幼君家継は、またしても怖い夢を見ていた。

月明り眩しい荒野で銀次郎が無数の刃に囲まれている夢だった。

その身にジリジリと刃が迫りつつあるというのに、銀次郎は満月をじっと見上げたまま身動きひとつしない。

それどころか、腰の刀さえも抜く様子がない。

家継は「危ない、危ない」と必死になって声を掛けるのだが、もう一人の自分が横合いから「うるさい、黙れ」と口を塞《ふさ》ぐのだった。

口を塞がれた息苦しさの中で家継は、敵の第一撃が銀次郎の背中を斬り下げ、第二撃が腹部を刺し貫くのを見た。

家継は泣き叫んだ。

わんわんと泣き叫ぶ自分を、もう一人の自分が笑いながら見ていた。

すると血まみれとなった銀次郎がこちらを見て、凄まじい形相《ぎょうそう》で「目ざわりだ、去れ」と怒鳴った。雷鳴かと思うような野太い大声だった。その大声で、家継は目を醒《さ》ました。

すると背中を斬られ腹を刺し貫かれた銀次郎が、誰かと肩を組みながらこちらを見て指差し笑った。笑われて家継は、ああまだ眠っているのだ、と判った。銀次郎銀次郎と名を呼びながら寄って行こうとすると、誰かと肩を組み合っている銀次郎は、どんどん遠ざかっていった。

家継は息苦しさに襲われた。懸命に息を吸おうとしてもがくのだが、肺の内へ一粒の空気も入ってこなかった。

そして家継は、ハアハアと息を乱しながら、ようやく本当に目覚めた。

暫《しばら》くの間、家継は目を見開かず、掛布団の下で体を硬直させ動かなかった。また夢の世界へ落ち込むのでは、という恐怖があった。

気分が鎮まってきたところで、家継は目をひと擦《こす》りして寝床に小さな上体を起こした。

「あっ……」

思わず家継は悲鳴に近い叫びを発した。いや、発した積もりではあったが、殆《ほとん》ど声になっていなかった。

〝薄暗い〟小行灯《あんどん》の明りを背にするかたちで、枕元の直ぐ傍に大きな黒い影が座っていた。目醒めたほぼ直後の、家継の幼い視力には、捉え切れない真黒な相手の表情だった。

「だ、誰じゃ」

「銀次郎にございまする」

「えっ」

聞いて家継の胸の内に即座に炎《あつ》いものが走り、彼は反射的な速さで幼い片膝を立て、黒い影に顔を近付けていた。

「おお、銀次郎……真《まこと》に銀次郎ぞ」

「も少し声を抑えなされませ。不眠番の小姓たちは、遠ざけてあります」

「銀次郎じゃ、銀次郎じゃ。いつ江戸へ戻って参った」

と、たちまちにして幼君の声は弾んだ。

「お静かに。明りを強めましょうかな」

銀次郎は静かに立ち上がると、『御休息の間』の上段二隅に備わっている小行灯の一つに近寄り、炎《ひ》を消して並び立っている大きな燭台《しょくだい》に小行灯の炎《ひ》を用心深く移した。こういう時に火災になり易いのだ。

それまでとは比較にならぬ程に、『御休息の間』に明りが広がった。

銀次郎は大きな燭台の明りを手に、家継の枕元の位置へ戻った。

その瞬間であった。幼君の表情がみるみる強張っていったのは。

「ど、どうしたのじゃ銀次郎。着ているものが継《つ》ぎ接《は》ぎだらけではないか」

「はい」

「それに血汚れがあちらこちらに……か、顔に新しい傷があるぞ銀次郎」

「はい」

「闘ったのじゃな。また狙われたのじゃな」

そう言う幼君家継の声は、今にも泣き声に変わりそうであった。

「はい。十六名の集団に、大磯の宿《しゅく》にて襲われましてございます」

「なんと、十六名……」

片膝立てていた家継が、囁《ささや》くように言ってぺたんと座り込んでしまった。

「そう驚かれまするな上様。幕臣たる者、御役目の中にあっていつ何処でどのような目に遭《あ》うやも知れませぬ。いま目の前にある現実を、**征夷大将軍**《せいいたいしょうぐん》たる眼《まなこ》で確りと見つめなされ」

「うん……刺客の十六名、倒したのか銀次郎」

「倒しました。なれど今のところ、その素姓は全く摑《つか》めておりませぬ」

「矢張り銀次郎は強いな。で、顔の他にも傷を受けておるのか」

「はい。全身の七か所に……」

「痛いか……」

「痛《いと》うございます」

「手当は……」

「私《わたくし》のことなど、心配なさいまするな。それよりも、全身に傷を負《お》うた見苦しい姿の私《わたくし》めが、何故にまた大磯から引き返して参ったか、お考え下され」

「………」

「江戸日本橋より十六里以上も離れてございます大磯の宿の私《わたくし》にまで、上様が夜分に怖い夢に襲われたかの如く、銀次郎に会いたい銀次郎に会いたいと啜《すす》り泣いておられる、との報が届いたのでございます」

「それを心配して駆けつけて来てくれたのか」

「年齢《とし》幼くして**征夷大将軍**《せいいたいしょうぐん》の地位にお就きになられた上様の精神《こころ》の苦しみ、重圧感、生半《なまなか》のものではないとこの銀次郎お察し申し上げてはおりまする」

「余《よ》は（私は・自分は）近頃、恐ろしくてならぬのじゃ。征夷大将軍という自分の立場が……何者かに狙われているような気がして」

「このところ次次と幕僚が何者かに狙われておりますゆえ、上様のご心痛よく判りまする。だが上様、その心の痛みや辛さに打ち勝つには、ご自身で精神《こころ》を正しく保ちつつ鍛えるほかございませぬ。耐えて耐えてご自身で努力なされませ。上様にはそれが出来る知恵と力がおありじゃ。上様のご身辺には必ずこの銀次郎が万全の気構えで控えていると信じなされ」

「真《まこと》に控えてくれているのじゃな」

「はい」

「いかなる危難が恐ろしい力で迫って来ても、この赤児《あかご》の如き幼い征夷大将軍を護《まも》ってくれるか」

「必ず……」

「判った。余《よ》は強くなる。征夷大将軍にふさわしい強い人間になる。怖い夢を見ても、もう泣かぬ」

「上様は征夷大将軍という地位について、深く掘り下げて考えたことはございまするか」

「どういう意味じゃ」

「と、仰《おっしゃ》るところを見ると、ありませぬな。**まなちい**（侍従越前守・間部詮房《まなべあきふさ》）や**白《しろ》爺《じい》**（従五位下筑後守・新井白石）は教えては下さいませなんだか」

「この家継に対しては、**まなちい**も**白爺**も優しい。慌てずゆっくりと育ちなされ、が余《よ》に対する二人の口癖《くちぐせ》じゃ」

「なるほど。その方が**まなちい**や**白爺**の権力執行《しっこう》の領域も時間も、増えましょうからな」

「え？」

「いや、銀次郎のひとり言でございまするよ。征夷大将軍と申すのは**武門《ぶもん》の象徴的立場**であると自覚しなされ。これを決して忘れてはなりませぬ」

「**武門の象徴的立場**？」

「左様でございまする。我が国の侍たちの目が征夷大将軍である上様に一心に注がれている現実を、疎《おろそ》かに捉《とら》えてはなりませぬ」

「将軍だからと言って、威張るな、という意味か？」

「威張るとか威張らないとか、そのように小さなことではありませぬ。ようく聞きなされよ上様。徳川一門が覇権《はけん》を掌握して征夷大将軍という**武門の象徴的立場**に就く迄には、数え切れぬ程の大勢の将兵が血を流したことを忘れてはなりませぬ。犠牲《ぎせい》となった事実に目を背《そむ》けてはなりませぬ」

「それは徳川幕府が出来る迄に、来る日も来る日も続いていた、合戦《かっせん》に次ぐ合戦《かっせん》で生じた将兵の犠牲のことを指しておるのか」

「ようお気付きなされましたな、さすが上様じゃ。亡くなったのは将兵だけではありませぬぞ。やはり数え切れぬ程の民百姓《たみひゃくしょう》たちも兵馬によって田畑を踏み荒らされ、住む家を焼かれ、あるいは女性《おなご》を拉致《らち》されるなどで、たくさんの尊い命が消えているのです。お判りか？」

「うん、判る……よう判る」

「それらの痛《いた》ましい犠牲者を合わせれば、それこそ何十万、いや、何百万という数になりましょう。上様の**征夷大将軍という象徴的立場**は、いや、徳川第一代将軍から第七代将軍に至るまでの**象徴的立場**は全て、**それらの気が遠くなるような大勢の痛《いた》ましい犠牲者によって支えられているという歴史的事実**を、決して見失ってはなりませぬ」

「合戦で犠牲となった大勢の将兵や民百姓の子、孫、曽孫《ひまご》と続いてきた者の中には、貧しくてその日の食事も満足に摂《と》れぬ者、まともに住む家すら無い者、などが現在《いま》となっても存在しておるのか銀次郎」

「真《まこと》にいい事を申されましたな。さすが英邁《えいまい》な上様でございまする。**征夷大将軍という象徴**の下《もと》、幕府も徳川一門も繁栄を続けて参りました。しかし、その繁栄と言う薄皮をひと皮めくれば、荒れはてた飢饉田《ききんでん》、幾日も幾日も食事が摂《と》れぬ痩《や》せ細った母と子、住む家がなく放浪を続ける人人《ひとびと》、寺の境内に捨てられた病身の年寄や赤ん坊、など見るに耐えない寒寒とした現実の蠢《うごめ》きがございまする」

「そうか……**武門の象徴**である征夷大将軍は我《わ》が儘《まま》を言ってはおれぬな。我《が》に走《はし》るようなことがあってはならぬな」

「我《わ》が儘《まま》も我《が》に走《はし》ることも、自分の身の内にある精神《こころ》の貧しさが形を変えたもの、と気付きなされ。**武門の象徴**たる者、あるいは**武門の象徴一族**たる者は、その持てる力と知力を、労《いたわ》りの心に置き替えて、か弱い民百姓たちに捧《ささ》げねばなりませぬ。体の不自由な人人に向けねばなりませぬ。病《やまい》重き人人に寄り添わねばなりませぬ。ご自身のことなど**二の次**、**三の次**となされよ。よろしいな、ご自身のことなど**二の次**、**三の次**じゃ。か弱い民百姓たちをはじめとする人人は貧しいにもかかわらず武門に税を毟《むし》り取られ、その**血税**《けつぜい》によって武門は栄華《えいが》を味わっておりまするのじゃ。貧しい者たちの**血税**によって、**武門の象徴たる**上様は何一つ困ることのない恵《めぐ》まれた生活が出来ておりまするのじゃ。それを決して忘れてはなりませぬ。世の中に対し傲慢《ごうまん》であってはなりませぬ。己《おの》れの生き方に思い違いがあってはなりませぬ。よろしいな」

「銀次郎の申すこと、よう判る。よう判るぞ」

「**武門の象徴**たる征夷大将軍の地位は、この国の**民**《たみ》**の総意に基**《もと》**いて成り立っている**……それくらいの謙虚な気持で、か弱い民百姓たちをはじめとする下下《しもじも》の人人に確りと寄り添《そ》うてあげなされ。重ねて申しまするぞ。上様の**象徴的立場**は、この国の**民の総意に基いて成り立っている**ということを、きちんと深く理解して胸に納めておきなされ。お判りになりましたかな」

「うん、銀次郎の言葉、忘れぬと約束する」

「有り難き幸せ。では銀次郎、再び御役目旅へと戻らせて戴きまする」

「その傷だらけの体でか……」

「なあに……」

銀次郎は目を細めて頷いて見せると、正座を崩さぬ姿勢のまま一間《けん》半ばかりを、すうっと下がって額が畳に触れる程に平伏した。心を込めた、美しい平状であった。

そして立ち上がると、再び家継に近寄って両手でその幼い頬をそっと挟んでやり、「決して貧しき人人の結束した力を侮《あなど》ってはなりませぬ……」という言葉を残し、『御休息の間《ま》』から出ていった。

なんと、出ていった銀次郎の背中に向かって家継が両手をつき、深深と頭を下げた。深深と……。

七十六

銀次郎を乗せた賢馬黒兵が、桜伊家の正門前に着いたのは、夜八ツ頃（午前二時頃）である。

門前に備えられた私設の辻灯籠は点《とも》っていない。

不覚にも銀次郎は、馬上にて浅い眠りに陥っていた。さすがに疲労困憊《こんぱい》だった。大磯の無住寺において、柳生寂《やぎゅうせき》に傷の手当を受けたとは言え、である。全身七か所に受けた刀傷に深手はなかったが、体内より失われた血の量は決して微少ではない。

うつらうつらする銀次郎の手綱《たづな》で、目的地に着いた黒兵だった。しかし、馬上の人から次の指示がないため黒兵はブルルッと鼻を低く鳴らし、馬体の浅いところを走る筋肉を震わせた。

競馬場で疾走の準備段階に入った競走馬が武者震いに見舞われ、背、腹、脚などの筋肉を軽く痙攣《けいれん》させる、あれだ。

銀次郎が馬上で目を醒《さ》ました。

「ははっ……すまぬ」

小声で言い、銀次郎は黒兵の首を二度、三度と撫《な》でてやってから、気《け》だるそうな動きで地に下り、再び黒兵の首すじを撫でてやった。自分などよりも黒兵の方が余程に疲れている、と承知している銀次郎だった。

夜空には薄い雲が広く張っていて、月明りは霞《かす》んでいた。

と、黒兵の脇を、〝黒い影〟が低い姿勢で正門に向かって走り過ぎた。一瞬のことだった。

が、銀次郎の反応は殆《ほとん》どない。大手門を出て暫《しば》く行った辺《あた》りで彼は気付いていた。十名前後かと読める黒装束の集団が、黒兵の動きに合わせて移動しつつあったことに。

殺気は皆無であったから、「黒鍬《くろくわ》の護衛だな……」と確信的に推量した銀次郎であった。負傷しているだけに有り難かった。だから馬上での浅い眠りに甘えたのだ。

表門の大扉を左右に開いた〝黒い影〟が、門柱の脇に無言のまま片膝をついて頭《こうべ》を下げた。見るからに硬い姿勢で。

黒兵の手綱を手に表門を潜《くぐ》る際、その者に対し銀次郎は「有り難うよ」と崩した言葉で声を掛けたが、片膝つく者からの反応は無かった。

馬体の臀部《でんぶ》が表門を潜り終えるのを待って直《す》ぐ様《さま》、大扉は閉じられ、その者は月明り霞む中へ姿を消した。

黒兵を厩《うまや》に入れると、飼葉《かいば》も水も調《ととの》っていた。が、しかし屋敷は深閑と静まり返り、人の気配などは全く伝わってこない。

「今宵《こよい》はゆっくりと休め。明日はまた江戸を離れねばならぬ……すまぬな」

霞んだ月明りが射し込む薄暗い厩で、銀次郎は黒兵の首を抱いてやった。馬は人間に愛されることを、この上もなく喜ぶ。そしてその人間を信頼し、その人のために全力で貢献しようとする。

競馬で優勝した直後の馬の表情、とくに目を見ればそれがよく判《わか》る。

銀次郎は黒兵の頬をひと撫でして厩を出ると、石畳を踏んで玄関へ向かった。

夜空の雲に切れ目が出来たのか、皓皓《こうこう》たる月明りが降り注いで十七、八間《けん》先の唐破風《からはふ》の屋根をのせた玄関が、浮き上がるようにして見えた。

けれども月明りはひと呼吸かふた呼吸もせぬ内に、再び薄雲に隠され霞んでしまった。

銀次郎は式台で雪駄《せった》を脱ぎ、玄関へ上がった。

引き戸を静かに開けてその内へ入ったが真っ暗だ。物音ひとつしない。

銀次郎の脳裏に、かつてこの屋敷の下働きの者たちを束《たば》ねていた飛市の言葉が甦《よみがえ》った。銀次郎の胸を突いた言葉であった。

「……大勢いた家臣も下働きの者たちも今、どのような生活をしているのか考えたことが、おありですか。若様が自らこのお屋敷を閉じ無収入の道を選んだことで、皆このお屋敷を出て**棘《いばら》の道**へと陥らざるを得なくなったのでございますよ……」

上上《うえうえ》の地位・立場にある者は、常に下下《しもじも》の力《ちから》無き者たちの事を最優先で考えよ、

老爺《ろうや》飛市の言葉を心底からそう理解して、己れを引き締めている近頃の銀次郎だった。

その飛市と女房のイヨは今、亀島川河口の自宅に戻っている筈であった。銀次郎不在のこの屋敷に、老夫婦二人が残っていると危険だからだ。

銀次郎は廊下伝いに、自分の居間へ向かった。雨戸は閉じられているから廊下は漆黒の闇の中にあった。

けれども住み慣れた我が屋敷である。しかも銀次郎ほどの剣の使い手ともなると〝剣客としての嗅覚《きゅうかく》〟にも極めて秀《すぐ》れる。

廊下の最初の角を左へ折れたとき、銀次郎の歩みがぴたりと止まった。

銀次郎の居間は、次の角を右へ折れて直ぐの所だ。

「はて……」

と呟《つぶや》いた銀次郎が、腰の斬鬼丸《ざんきまる》を帯の上から押さえた。
四、五間先で右へ折れている廊下の、その角が気のせいか薄ぼんやりと明るく見える。漆黒の闇に殆ど同化した、薄ぼんやりとした明るさだ。だから気のせいかと疑って、彼は目を細めたり見開いたりを二、三度繰り返した。
が、これでは埒《らち》が明かない、と銀次郎はわざと足音を立てて進んだ。

廊下の角まで来てみると、案の定であった。

自分の居間から障子を通して、弱弱しい明りが漏れていた。

その明りの余りの弱さから、自分が愛用している有明行灯（常夜灯）が点されているな、と彼には判った。

障子を通して漏れているのはその心細い薄明りだけで、不穏な気配はなかった。

飛市やイヨが屋敷に戻っていてのこと、とは思えない銀次郎だった。老夫婦二人が戻ってきているなら、表門なり玄関で出迎えてくれた筈だ。

（面倒な装いを凝《こ》らしてやがる……）

胸の内で小さく舌を打ち鳴らした銀次郎が、足を踏み出そうとした時であった。

障子が音もなく穏やかに開いて、有明行灯に相違ない弱い明りが、廊下に漏れ出た。

「姿を見せい……」

野太い小声を放った銀次郎は、少しばかり苛立っていた。さすがに疲労濃いうえ、斬られた傷が体のあちらこちらで騒ぎ出したのだ。針で刺されたような痛みや、重い疼《うず》きであった。

と、室内より正座したまま滑るように現われた黒い影、いや、黒装束が銀次郎に向かって平伏した。

「矢張り黒鍬であったか……」

「ようこそお戻りなされませ」

そう応じた声は、澄んだ美しい響きの中に、なんとも名状し難《がた》い円熟の妖《あや》しさを漂わせていた……そう、女黒鍬の声だ。男黒鍬ではない。

その澄んだ声で銀次郎の表情がたちまち、あっとなる。

「黒兵……」

呟くように言うや否《いな》や、銀次郎は五、六歩をそれこそ飛ぶが如く進んで片膝をつき、凜凜《りり》しい平伏を解かぬ黒装束の両の肩を、強引に起こしざま我が胸に抱き込んだ。

間違いなかった。黒兵のふくよかな体であった。

「お止しなされませ。雨戸の向こう庭先に、多くの配下が潜《ひそ》んでございます」

黒兵が囁《ささや》いて、銀次郎の逞《たくま》しい腕の中で、やわらかく踠《もが》いた。庭先とは、縁側に立って言う場合は庭の向こう端あたりを差し、庭に立っての場合は縁側のあたりを言うのが普通だが、ま、そう堅苦しく考えずに、庭のそこいら辺りに黒兵の配下が潜んでいる、と楽しめばよいだろう。

「いやだ。今宵はこの腕を絶対に解かぬ」

黒兵の耳元で銀次郎は声低く告げた。

黒兵は尚も銀次郎の腕から逃れようと、やわらかく苦し気に踠いた。だが、殆ど形だけになりかけている。

「お願いでございます。黒書院様らしくなされませ」

黒兵のこの囁きは、銀次郎にかなり効いたようだった。

彼は腕の力を用心深く緩《ゆる》めると、黒覆面の目窓から覗《のぞ》いている黒兵の切れ長な二重《ふたえ》の目を見つめた。

「判った。ならばこの近さで、素顔をようく見せてくれ」

「見せるだけで宜《よろ》しいのでございますね」

「見るだけでよい。何もせぬ。約束しよう」

「畏《かしこ》まりました。では腕をもう少し解いて下さりませ」

「うん……」

銀次郎が腕の力を緩める中で、黒兵は自分の手でゆっくりと黒覆面を取った。

目付の指揮下にある、いま少し正しく言えば、首席目付の総指揮下にある黒鍬組は、時と場合によっては目付の指示で、伊賀、甲賀、根来《ねごろ》などの忍び組織よりも、恐ろしい非情の組織となり得る。

構成員四百名を超えるその大《だい》黒鍬の頂点に立つ——男《おとこ》黒鍬をも含めた——女頭《とう》領《りょう》の加河《かがわ》黒兵だった。

銀次郎は暫くの間、唇が触れそうなほど間近にある黒兵の目を見つめていたが、ひとり微かな頷きを見せて腕を解いた。

次に何が生じるかと、不安と期待に胸の内を乱していたのであろうか、黒兵の切れ長な二重《ふたえ》の目が余りの呆気《あっけ》無さに、「え？……」と瞬《まばた》いた。

銀次郎は黙って居間に入り、大小刀を床の間に預けると、その床の間を背にして胡座《あぐら》を組んだ。

黒兵がそのあとに続き、障子を閉じて有明行灯の小さな炎を、大燭台《しょくだい》の蠟燭《ろうそく》に移した。

たちまち室内に明りが広がって、銀次郎の前にしとやかに座した黒兵は、改めて平伏した。

「堅苦しい所作を致すな。この部屋で俺を待っていた目的は何だ」

「老中会議より銀次郎様宛て緊急に出されましたる追加の秘命を、首席目付様のご指示でお伝えするためでございます」

「緊急に出された追加の秘命？」

「大磯宿にて銀次郎様が多数の刺客に襲われ、これを全て倒したものの全身の数か所に浅手とは言えぬ傷を受けましたること、既に幕僚の中枢部には届いてございます」

「さては……大磯にいた柳生藩の女柳生が江戸に対して動いたな」

「大磯にいたのは柳生藩の女柳生だけではございませぬ。黒鍬の手練《てだれ》共も多数、大磯に潜ませてございましたから、これも素早く動きましてございます」

「なるほど。大坂より江戸へ、金貨、銀貨、財宝などを積んだ幾隻もの御用船が途中、大磯の港で休息するのであった。黒鍬が大磯の警備に乗り出さぬ訳にはいかぬな」

「はい。それはともかくと致しまして、先ず老中会議の緊急秘命をお伝え致します」

「うむ。聞こう」

「これは柳生藩主、備前守俊方《びぜんのかみとしかた》様もご承知なされておられることですが、老中会議は銀次郎様の此度《こたび》の御役目旅、つまり柳生旅を中止と決定なされました」

「なにっ」

「体に受けた傷を先ず治し、改めて反幕組織の**掃討旅**《そうとうたび》を考えるように、との事でございまする」

「その**掃討旅**とは?」

「柳生旅を復活させる、という意味ではありませぬ。最も早く反幕的刺客集団の殲滅《せんめつ》に結びつく御役目旅を、自分で考えるように、との結論でございます」

「老中会議というのは、好き勝手なことを申すのう。俺の肉体《からだ》は猛獣のように出来ている訳ではないぞ黒兵」

「銀次郎様らしくない弱音など、私《わたくし》の耳には届きませぬ」

「ふん……黒鍬の手練を多数、大磯に潜ませているとのことだが、するとこの俺の大磯における動きは逐一《ちくいち》、黒兵の耳に届いていたと言うのか」

「はい。我が手で捉えるかの如くに……」

「たとえば？……」

「女柳生の寂《せき》殿に、浴槽にて傷の手当を受けなされたことなど」

聞いて銀次郎は、チッと舌を打ち鳴らして苦笑した。

「ともかく、その傷を私《わたくし》に検《み》せて下さりませ。刀傷の手当は休ませる訳には参りませぬゆえ」

「それよりも、影の年寄**滝山**《たきやま》が、月光院様や上様のお傍《そば》からこのように離れていてよいのか。そちらの方を大事とすることこそが、お前の役目であろう」

「大丈夫でございます。滝山は一歩たりとも大奥から離れてはおりませぬ」

「ん？」

「黒鍬がその気になれば何でも出来まする」

「影武者……ならぬ、**もう一人の滝山**を拵《こしら》えて置いてきたのだな」

「肯定《こうてい》も否定も、今の私《わたくし》には出来ませぬ」

「黒鍬がその気になれば何でも出来る、と申したな」

「はい。申しました」

「ならば浴槽にて俺の傷を検《み》てくれ……おっと、風呂の湯が沸《わ》いておらなんだか」

「いいえ、湯は間もなく沸きましょう……浴槽でのお手当、畏まりました」

「なにっ」

「いかがなされました。冗談やお戯《たわむ》れで申されたのでございましょうか」

「いや、そうではない。そうではないが……黒兵には御駕籠之者《おかごのもの》・茶山三之助とかが夫としているのではなかったのか。幼い子もいるのではなかったのか」

「女黒鍬は夫を持ちませぬ。時として理不尽な男に出会《でお》うた時、そのように申して逃げることもありましょう」

「理不尽な男だと」

「浴槽を見て参りましょう。そろそろ沸いているかも知れませぬ」

黒兵はすうっと立ち上がると、部屋から出ていった。

銀次郎は天井を見上げ、女性《おなご》には勝てぬ、と呟いて短い溜息《ためいき》を吐いた。目もとに微かだが、苦笑《にがわら》いの漂いがあった。

七十七

やや経って黒兵が部屋に戻ってきた。ひっそりとした雰囲気で。

黒装束を浴衣《ゆかた》かと見紛う質素な着物に着替え、なんとそれまでの髪を、美豆良《みずら》に束ねている。戻ってくる迄に、やや刻《とき》を要していたとはいえ、とても一人では結えない髪型だ。

がらりと変わった黒兵の余りの妖しく美しい様子に、銀次郎は思わず目を逸《そ》らせた。

「お湯は沸いてございました」

「風呂場に配下の者がいたのか。その縞縮緬地《しまちりめんじ》の質素な単衣《ひとえ》にしろ、美豆良《みずら》の髪型にしろ、とても一人では調えられぬ神業《かみわざ》ぞ」

「神業《かみわざ》とはまた……女性《おなご》と申しますす者は、いざとなれば先手先手で何事も、してのける生《い》き物《もの》でございまする。さ、湯殿《ゆどの》へ参りましょう」

「待て、黒兵」

「はい？」

「もう一度訊《き》く。御駕籠之者・茶山三之助とか申す者は、お前の夫ではないのだな」

「はじめて我が乳房を掌《てのひら》に触れさせたる御方様《おかたさま》に対し、私は偽《いつわ》りを申しませぬ」

「わかった……湯屋《ゆや》へ行こう」

「お腰の物（大小刀）はお持ちに？」

「いらぬ」

銀次郎はぶっきらぼうな調子で応じて、風呂場へと足を運んだ。

桜伊家の風呂場は『脱衣のための板間《いたのま》』と『浴槽・洗い場』の二つに区切られ、その間はかなり重い木戸で仕切られていた。

『脱衣のための板間《いたのま》』には、手槍（短槍）掛けや刀掛けが備わっており、内側からしか開けられない。これも重い木戸が、緊急時の庭への飛び出し用として設けられている。

銀次郎が黒兵を従えるかたちで『脱衣のための板間《いたのま》』に入ってみると見馴《みな》れない真四角な竹編《たけあ》み籠《かご》――小さくはない――が置いてあった。蓋《ふた》に持ち手《もて》（握り）が付いている。

「薬箱でございます」

銀次郎に訊《き》かれるよりも先に、黒兵が言った。

黙って頷いた銀次郎が、帯を解きにかかった。

黒兵は手伝うことなく、彼の背後に立って、じっと見守っていた。

血で汚れた継《つ》ぎ接《は》ぎの着物が、ふわりと銀次郎の足元に滑り落ちる。

彼の両の肩、左右の腰に負った傷を認めて、黒兵の表情が曇った。

「左の頰の傷と合わせて五か所の傷をいま認めました。あとは、体の前に負った傷でございますね」

「うむ」

「どこを斬られなさいました」

「黒兵。お前が俺の前に回って、自分の目で確かめてくれ」

「お教え下さりませ。あとは、どこを？」

「ふん……右の胸と左の脇腹だ。いずれも浅い」

「承《うけたまわ》りました」

銀次郎は重い木戸を開けて『浴槽・洗い場』へと入っていった。そこは畳三枚分ほどの広さで、楕円形《だえん》の浴槽を囲むようにして厚手の檜《ひのき》材を用いた、簀子板《すのこいた》状の拵えとなっていた。

薬湯なのであろう、微かに甘い香りが銀次郎の嗅覚に触れ、彼はやや勢いをつけて湯に体を沈めた。

途端、傷に激しく湯が染《し》みて、彼の肉体が反射的に硬直した。

「そのように勢いよく入られましては、傷にひどく染みましたでしょう」

黒兵はそう言いながら、薄い織りの質素な縞縮緬《しまちりめん》のまま湯に入った。

「配下の者はまだ、この屋敷の随所に潜んでおるのか」

「気になりましょうか？」

「べつに……」

「私が悲鳴をあげぬ限り、この湯殿へ乗り込んで来ることはありませぬ。安心なされませ」

「どういう意味だ」

「いま申し上げた通りの意味でございます」

「チッ……それにしても、この湯は染《し》みるなあ。ふわりと甘い香りがしている湯だが、それには不似合いな強い刺激ではないか」

「辛棒なされませ。黒鍬秘伝の刀創によく効く薬湯でございます。両の肩、腰の左右の傷は、発赤《はっせき》がかなり酷《ひど》うございます」

「化膿《かのう》いたしておるのか」

「その一歩手前かと……でも、きちんと手当をして差し上げますゆえ」

「すまぬ。世話になる」

「ま、珍しく素直におなりでございますこと」

「おい、茶化《ちゃか》すのは止せ。真面目に申しておるのだ。それよりも、お前の目と耳で摑《つか》んだ大奥のことを聞かせてくれ」

「すでにお前は承知している筈だ。俺が密かに上様にお目にかかったあと、こうしてこの屋敷へ戻ってきたことをな」

「はい。むろん承知致しておりましたからこそ、このお屋敷へお戻りになるまでのご身辺を、目立たぬよう警護させて戴《いただ》いたのでございます」

「うむ。それについては有り難いと思っている。なにしろ深夜のことゆえ、上様には密かにお目にかかれたものの、間部詮房《まなべあきふさ》様（侍従越前守）や新井白石様（従五位下筑後守）にはお目にかかっていない。また伯父上（和泉長門守、首席目付）に会うことも叶《かな》わなんだ。それだけにどうも、大奥のことが気になってならぬのだ」

黒兵は聞きながら、銀次郎の両の肩の発赤した刀創に、両手ですくった薬湯をそろりとかけて言った。

「大奥について申し上げることは、いささか心苦しく思いまする」

「心苦しい？……何故だ」

「私《わたくし》は首席目付様の秘命により、月光院様と上様の身辺警護の目的で、大奥に上がってございます。それゆえ、私《わたくし》が大奥で見たこと耳にしたことは秘中の秘と心がけねばなりませぬ」

「こういう言い方は好まぬのだが、俺は黒書院直属監察官大目付ぞ。それでも話せぬと言い張るか」

「私《わたくし》の直属上司は、首席目付様でございます。報告する義務が生じたとすれば、それは首席目付様に対してでございまする」

「ふむ……道理ではあるな……」

「けれども、過ぎたるある日、突如として重要な幕命を命ぜられて私《わたくし》ども黒鍬の面前にお姿をお見せなされ、全身傷だらけとなって御役目を成し遂げられた若き御旗本桜伊銀次郎様。その銀次郎様にお休みを与えることなく尚も酷い幕命を次次と放ちなさる老中、若年寄の皆様。私《わたくし》は銀次郎様がお可哀相《かわいそう》でなりませぬ。

銀次郎人事とかでたとえ異例の御出世を遂げられようとも……」

「そう思うてくれるか……」

「それゆえ、組織のお定め、御役目の筋道《すじみち》を外れるのを覚悟で、私《わたくし》が知り得た大奥のことをお話し申し上げましょう」

「そうか……話してくれるか」

「ただ、お話し申し上げる中に、私《わたくし》の推量がところどころに入《い》り混《ま》じることは、已《や》むを得《え》ぬことと承知下さりませ」

「わかった」

「秘中の秘に触れる大奥のことをお話し致しますには、当《とう》お屋敷内に信頼できる配下の者を潜ませているとは申せ、壁に耳あり障子に目あり、を忘れてはなりませぬ。非礼なれど、お耳近くで囁《ささや》かせて下さりませ」

「うん。構わぬよ」

「実は……」

黒兵はその言葉のあとに、銀次郎の背にもたれかかるようにして、彼の耳元へかたちの良い唇を近付けた。

銀次郎は背中を彼女の圧倒的に豊かでやわらかな胸に圧《お》されて、思わず荒いひと息を呑み込んだ。

「黒兵……」

「はい?」

「も少し離れよ。傷が疼《うず》く」

「では、こちらを、お向き下されませ」

「いや……このままでよい。すまなかった。話してくれ」

「**月光院**様お付きの大奥御年寄《おとしより》筆頭で絶大な力をお持ちの**絵島**《えじま》様の御名《おな》を銀次郎様はご存知でございましょうか」

「むろんだ」

低い声で言葉短かく応じた銀次郎の脳裏を、**忍び料亭**「帆亭《はんてい》」で絵島と交わした言葉が一瞬かすめた。

その料亭はすでに幕府の力によって〝消滅〟してしまっているのだが。

黒兵の小声が続いた。

「その絵島様を軸《じく》と致しまして、大奥に容易ならざる一騒動《ひとそうどう》が生じるやも知れませぬ」

「一騒動?……詳しく聞かせてくれ。推量を加えても構わぬ」

「絵島様は近頃、町中へ出る公《おおやけ》の仕事をわざわざお作りなされて、役者遊びに興《きょう》じていること甚《はなは》だしくなりつつございます」

「なに。大奥女中筆頭の立場にある絵島殿が役者遊びだと?……それは黒兵が、いや、黒鍬がきちんと調べ尽くした上で、申しておるのか」

「いいえ。今のところ黒鍬は、それについて調べるようなことは致しておりませぬ。また上からも、そのような指示命令をされてはおりませぬ」

「ならば、黒兵は何故そのような絵島殿の役者遊びを知っておるのだ。月光院様お付きの絵島殿と申せば、老中・若年寄と雖《いえど》もいささか遠慮する大奥の権力者ぞ。若《も》し憶測による情報を広めるようなことになると、首が飛ぶ」

「よく弁《わきま》えてございまする。ならばこそ、私《わたくし》がこの件について言葉と致しますのは、銀次郎様がはじめてでございます。本来ならば先ず、首席目付様（和泉長門守、銀次郎の伯父）に耳打ち致さねばなりませぬけれど……」

「大奥筆頭、絵島殿付きの女中の数というのは、多いのか」

「正確にはまだ把握しきれてはおりませぬが、五十人は下らぬと存じまする」

「なんと……この黒書院直属監察官大目付が、たった一人で辛《つら》い役目を担《かつ》いでいるというのにか」

銀次郎は黯然《あんぜん》たる気分となって危うく体の向きを変えかけたが、背に圧《お》し加えられている黒兵のふくよかな乳房に遮《さえぎ》られて、断念した。

「銀次郎様、お可哀相《かわいそう》。私《わたくし》はそのように思っております」

「う、うむ……ま、よいわ。話の先を聞かせてくれ」

「生島新五郎《いくしましんごろう》……この名を銀次郎様はご存知でいらっしゃいましょうか」

「知っておる。山村長太夫《やまむらちょうだゆう》一座の看板役者であろう。江戸中の男どもが憎んで憎んで悪口雑言《あっこうぞうごん》を言《い》い触《ふ》らしておるとかの、凄《すご》い美男役者と言うではないか。本当なのか黒兵」

「私《わたくし》は会《お》うたこともありませぬし、関心もございませぬから、本当かどうかは判りませぬ。この美男役者の生島新五郎とかが絵島様の遊興《ゆうきょう》相手らしゅうございます」

「ふうむ。絵島殿が、江戸中の男が憎んで憎んで悪口雑言《あっこうぞうごん》を言《い》い触《ふ》らすほどの美男役者を遊興相手としているなら、五十名はいると言う絵島殿お付きの女中たちの口に、戸は立てられぬな。絵島殿のぬれ遊びの情報は、どうやらその辺りであろう、違うか？」

「仰せの通りでございます。月光院様と上様の身辺警護では、私《わたくし》の配下数名が女中に扮して大奥へ上がっておりますことから、若い女中たちの口から漏れる情報は極めて把握しやすいのでございます」

「江戸中の男が憎《にく》み嫌うほどの美男役者を相手とするぬれ遊びには、湯水の如く金《かね》を使うことになろう。お付きの女中たちへも『内緒ですよ……』として配る金《かね》も当然要《い》る。そのような浪費は目立たぬ筈がないゆえ、先ず月光院様や**天英院**《てんえいいん》様（六代様正室）から絵島殿に対し、お小言《こごと》が出よう」

「今のところ、その様子はありませぬ。私は月光院様も天英院様もお小言が出し難いのでは、と思うてございます。なにしろ、ご両人様とてその日常のご生活は質素倹約からは程遠くございますゆえ」

「この問題に対して、最初に動き出さねばならぬ組織は、矢張り目付、つまり伯父上（和泉長門守）であろうな」

「私《わたくし》もそのように思うてございますけれど、お相手がお相手だけに首席目付様の動き方は、とても難《むつか》しゅうございます。下手をすれば幕閣《ばっかく》中枢部をお相手とすることにもなりかねませぬ」

「となれば伯父上、腹を切らされる恐れも出てくるかな」

「はい」

「絵島ほどの大奥の権力者が美男役者に狂うならば、その後に続こうとする大物女中が次次と出てこよう」

「その通りでございます。大奥の御重役である宮路《みやじ》様、および梅山《うめやま》様なども役者遊びを始めたとかの噂《うわさ》が、大奥女中たちの間で囁かれ始めております」

「まさか皆が皆、生島新五郎を相手としているのではあるまいな」

「山村長太夫一座には、生島新五郎の他に、中村源太郎《なかむらげんたろう》、村山平右衛門《むらやまへいえもん》、廣池紋三郎《ひろいけもんざぶろう》など、女心をくすぐるのが上手な人気役者が多いようでございます」

「困ったものだ。そのうち女同士の争いにならねばよいが……役者を奪い合う争いにのう」

「私《わたくし》はそれを心配してございます。男を間に挟んでの女同士の争いと申しますのは、それはそれは凄《すさ》まじいものでございますから」

「黒兵も経験があるのか」

「ございませぬ。私《わたくし》は一人の男様《おとこさま》を決めれば、ひっそりと胸深くにしまい込んでおきまする」

「なに。そのような相手が出来たと言うのか。申せ、誰だ……」

「さ、湯から、もうお上がり下さい。薬湯で温められた傷口は開いていましょうから、黒鍬秘伝の軟膏《なんこう》を傷口に埋め込んで参ります」

「埋め込むとは、過激なことを言うのう。痛いのか」

「幕府一の豪の者が、赤児《あかご》のようなことを申されませぬよう。さ、湯からお上がり下さい」

「うむ」

「肩と腰の傷から始めますゆえ、先ずは俯《うつぶ》せに」

「判った」

銀次郎はざあっと湯音を立てて勢いよく上がると、言われるまま簀子板《すのこいた》の洗い場に俯せとなった。

続いて黒兵が湯音を殆ど立てることなく、銀次郎の足元あたりへ、上がった。

銀次郎の視線を避けるためであったのか？

濡《ぬ》れた浴衣様《ようよう》の薄織《うすお》りの着物は透《す》けて、目が眩《くら》むような乳房がその透《す》けた着物の下で、ゆさりと弾《はず》んだ。気品を失うことのない、不思議な弾み様《よう》であった。

柳生寂《せき》と比べても更に豊かな乳房であるというのに、そのひと揺れの弾み様《よう》に品を失わぬのは、おそらく黒鍬の女頭《おんながしら》として激しい鍛錬を欠かさぬからであろう。やわらかく優しいふくらみの豊満な肉体《からだ》を思わせるのに、全身の至る所に鋼《はがね》のような筋肉《すじ》が走っているのだ。

黒兵の指先が迷いを見せることなく、てきぱきと銀次郎の傷口へ軟膏を塗り込んでゆく。

「痛みまするか？」

「大丈夫だ」

「それに致しましても御見事な」

「御見事？」

「肩から背中全体にかけて、それこそ小山の連なりのように鍛えに鍛えぬかれた硬い筋肉《すじ》が幾本も走ってございます。ここからはこのように、また脇から腰にかけては斜めにこのように……」

黒兵の指先が、硬い幾筋もの筋肉《すじ》を撫でるようにして走った。

「おい、治療を急いでくれ。俺は昼餉《ひるげ》も陸《ろく》に食しておらぬし、夕餉もまだなのだ。腹が空《す》いてきたわえ」

「では、次は仰向けにおなり下さい」

「このまま仰向けにか？」

「お隠《かく》し致します」

黒兵はそう言うと、袂《たもと》から取り出した白い手拭《てぬぐい》を固く絞って広げた。

銀次郎は不機嫌そうな顔つきで仰向けとなり、黒兵はにっこりと銀次郎と視線を合わせ、そこへ目を移すこともなく、ふわりと手拭をかけた。

銀次郎のそこが、隠れた。

「器用なやつ……」

と、殆ど声なく呟いた銀次郎であったが、次の瞬間、何か怖い物でも見つけたかの如く、「うっ」という表情を拵え、息を止めていた。

「黒兵……」

「はい」

「触れてもよいか。いや、触れさせてくれ」

銀次郎の手が、目の前の妖しい膨らみに触れようとした。

「なりませぬ。お止しなされませ」

「では……もう少し俺に顔を近付けよ」

「顔？……こうでございますか」

黒兵は、銀次郎の顔の真上《まうえ》へ、切れ長な二重瞼《ふたえまぶた》の端整な顔をすうっと近付けていった。

「お前の乳房は何とも妖しく優し気だが、面《おもて》も、真《まこと》にいい顔しているなあ。きらきらとした二重の切れ長な目がなんとも美しい。黒鍬の女頭《おんながしら》であると言うのに、肉体《からだ》も気立ても実《まこと》にふくよかだ」

「心の臓は何ともございませぬか」

黒兵が話を自然な調子で逸《そ》らせて、姿勢を改めた。

彼女の顔が目の前から遠ざかったため、銀次郎の目つきが少し不満そうになった。

「心の臓？……どういう意味だ」

「いま両の肩と腰の左右の傷口に塗り込んだ軟膏《なんこう》は、化膿や炎症には大変効くのですけれど、人によっては心の臓の音、つまり鼓動《こどう》を乱すことがございます」

「怖い薬だと言うことなのか」

「そこまで深刻になることはございませぬが、一応は用心いたしましょう。少し胸の音を聞かせて下さりませ」

「うむ」

「失礼いたします……」

黒兵は正座していた上体を、倒れ込むように静かに前へ深く沈めると自分の左の耳と両の掌《て》を銀次郎の胸――心の臓の位置あたり――へ、そっと押し当てた。

「どうだ……乱れておるか」

「暫《しば》しお静かに」

黒兵は囁くと、目を閉じた。

それはまるで息絶えた傷だらけの荒武者の厚い胸に、愛する妻が泣き崩れているかのような光景であった。

刻《とき》が小さな音を立てることもなく、過ぎてゆく。

すると……なんと黒兵の閉じられた目から、一粒の涙がこぼれ落ちたではないか。

「あなた……」という悲しみの囁きを添えているかのような、一粒の涙が……。

「どうだ黒兵……鼓動は乱れておるのか」

「はい……ほんの少し」

「心配ないのであろうな」

「私が塗って差し上げた薬でございますもの……」

「うん……そうよな」

湯殿の湯けむりの中で天井を眺めて頷く銀次郎の左の掌《てのひら》が、いつの間にやら黒兵の背中に回《まわ》って、まるで労《いたわ》るように軽く……本当に軽く撫でさすっていた。

七十八

翌翌日、大奥に絡む、ひやりとする事件が起こった。

青青とした空の下、警護の侍、大奥侍女、随伴の侍など総勢四十人余を従えて**三挺《ちょう》の女駕籠《おんなかご》**が江戸城をあとにしたのは、朝の五ツ半頃（午前九時頃）であった。

女駕籠の中に座すのは、大奥二番位権力者の**宮路**、三番位実力者の**梅山**、そして表使**芳川《よしかわ》**（宮路に並ぶ権力者。『大奥官房』的存在）の三人だった。

もう少し正確に述べれば、今日の**梅山**と表使**芳川**は、**宮路**の随伴者である。**宮路**に命じられて一行に加わっている訳だ。

その**宮路**もまた筆頭御年寄（大御年寄）の**絵島**に命じられて、これから**雄泉寺**と**行光寺**へ参ろうとしているところだった。

徳川幕府と特に関係が深い歴史的な寺院としては、天台宗大本山としての**寛永寺**《かんえいじ》（東京・台東区上野）と浄土宗大本山としての**増上寺**《ぞうじょうじ》（東京・港区芝公園）が格式の整《ととの》った大寺院として先ず上げられる。

寛永寺については少し付け加えておきたい。

西の比叡山（延暦寺）に比するかたちで**東**に存在する**寛永寺**は**東叡山**《とうえいざん》と称され、日光山輪王寺《りんのうじ》蔵の『**東叡山本末帳**』を繙《ひもと》いてみると、直末寺**四三三**か寺、律院系直末寺**九**か寺、孫末寺**六〇七**か寺、曽孫末寺**三三五**か寺、玄孫末寺**二**か寺、遠国系**二八九**か寺、御支配寺**一七六**か寺、あわせて**一八五一**か寺となる屈指《くっし》の寺院構成であって、これに更に日光山満願寺系と金龍山浅草寺系の**百数十**か寺を傘下《さんか》寺として加えてよい筈であるから、江戸期においては東叡山寛永寺こそが、まぎれもなく天台宗の事実上の**総本山**であったと言える。

なお寛永寺の**開山**は慈眼大師天海《じげんだいしてんかい》（大僧正）、**開基**は三代将軍**徳川家光**である。

右の大師《だいし》とは、徳の高い僧侶に対する**敬いの言葉**であって、その徳の高い名僧として朝廷から**天海大僧正**に対し与えられた位《くらい》（号）が、**慈眼大師**であるという訳なのだ。

また**開山**とは、寺院の建立者。**開基**とは、寺院の建立（者）、創立（者）と同義と捉えても問題ないが、征夷大将軍のような大権力者を**開基**とした場合は、『当該寺院に対して寺院たる大事な**機能**を付与した（支援した）人物』と解釈すべきだろう。

それはともかく、大奥ご重役である**宮路**、および**梅山**、そして表使**芳川**たちを乗せた三挺の女駕籠は、大勢の供を従え、雄泉寺と行光寺を目指し、粛《しゅく》粛《しゅく》と進んでいた。

牛込神社からさほど離れていない『鎮守の森』と称されている緑濃い雑木林を背後に置くかたちで、この両寺は掘割《ほりわり》を挟んで並び立っている。

両寺の目の前にはその掘割から水を引いている広大な田畑が広がっていた。

両寺の前に立って右手、田畑の彼方《かなた》――関口町方向――へ視線を向けると「えい、やあ……」と気合が聞こえてくる。

そこには牛込小日向の周辺の人人にはよく知られている、**関口新陰流**道場があった。

道場主は関口生まれで関口育ちの関口俊久《としひさ》三十四歳。

生まれた家は足軽——柳生家に仕える——である。

大方の藩における身分序列は、大雑把に言って、

藩主↓家老↓中老（番頭）↓物頭↓組士（平士）……（以上が上士層でいわゆる御目見《おめみえ》以上）、そして↓徒士《かち》↓足軽↓中間《ちゅうげん》・小者などと御目見以下の下士層へと続いてゆく。

つまり**関口新陰流**道場の主人《あるじ》である関口俊久の生家は、下位から二番目という低い『身分秩序』の中にあった。

その低い身分の足軽が、〝合戦出世〟の機会が無くなった現在《いま》、なぜ**関口新陰流**道場とかの主人《あるじ》になれたのか？

しかも関口新陰流の〝新陰流〟は、徳川幕政下においては好むと好まざるとにかかわらず柳生家に関係してくる。柳生家に関係してくる、ということは『御止《おとめ》流《りゅう》』と称されている『将軍家の剣法』にも触れかねない、ということになる。

ま、これについては暫くの間、横へ置いておき、物語を進めよう。

三挺の女駕籠は、寺院が目立つ日差しあふれる静かな通りを、『鎮守の森』へと近付きつつあった。

この界隈《かいわい》は大名の巨邸や幾つもの寺院、そして中小の武家屋敷が目立つのだが、通りの右手前方に牛込神社が見え始めると、その直ぐ先が『鎮守の森』だった。

三挺の女駕籠は先頭が**梅山**、二挺目に**宮路**、そして最後尾の駕籠には表使の**芳川**が乗っていた。

が、行列にはひとつ異様な点があった。

身形《みなり》や屈強そうな体つきから、明らかに警護役と判る侍たちが、先頭の梅山の駕籠の前後左右に集中していたことだった。

二挺目と最後尾の駕籠にはそれぞれ、前後に一人ずつが張り付いているだけだった。

これは大奥の女中たちが複数の女駕籠に乗って行列を拵え出かける時の、慣例である。

女駕籠に乗っている最も位の高い大奥女中を守るための、警護上の陽動作戦なのだ。多数の警護の侍が張り付いている女駕籠に最も高位の大奥女中が乗っていると思わせるための……。

今回の絵島が加わっていない行列は、それほど重い御役目を負っている訳ではなかった。いま目指している雄泉寺と行光寺は、大奥が色色と御世話になっている大切な寺院であった。

もう少し具体的に言えば、右の雄泉寺と行光寺には大奥女中二千五百人が、慶弔や茶道、教育のための講話、書道ほかで御世話になっているのである。

そのため年に三度は、天英院と月光院の感謝の書状を携えて、この両寺へ御礼に出向くのだった。

むろん、大奥の予算から御礼の金子《きんす》も用意される。

行列の先頭が『鎮守の森』の入口へ次第に近付いてゆく。

『大奥道《おおおくみち》』と近在の百姓たちに囁かれている森の中の道は実によく手入れされており、道幅はゆったりと広く日が燦燦《さんさん》と降り注いで陰気で湿った雰囲気は皆無だった。

行列を先導する三人の侍が『鎮守の森』の入口へ先ず入った。

『大奥道《おおおくみち》』の出口には、事前の連絡を受けている雄泉寺と行光寺の僧侶たちが、迎えのために待機しているのが常だった。

『鎮守の森』は、野鳥が多いことで知られている。

いろいろな囀《さえず》りが満ちた日差し降る森の中を、行列は厳《おごそ》かに進んだ。

厳かに、ではあったが侍たちや侍女たちの表情には、どことなく生気が漲《みなぎ》り、明るかった。控えめにだが。

それは、この御役目を済ませたあとに控えている、ある楽しみのせいだった。

行列の最後尾が『鎮守の森』に吸い込まれた。

このとき二挺目の女駕籠に座している**宮路**は、紫の袱紗《ふくさ》で包まれた膝前に置かれている小型の手文庫の蓋を開けた。

中に入っていたのは、幾つかの切餅《きりもち》(封入小判)だった。

宮路はその切餅の数に間違いがないことを確認すると、落ち着いた手指の動きで、袱紗を閉じた。

手文庫の中にあった幾つもの切餅は、雄泉寺と行光寺へ御報謝として御手渡しすることを目的としているもののほか、大御年寄の**絵島**に命じられた御人《おひと》に手渡す『心付け』が含まれていた。

その〝絵島に命じられた御人《おひと》〟とは、木挽町六丁目（現在《いま》の銀座七丁目十四番地あたり）に歌舞伎狂言の一座を張る『山村座』の座元**山村長太夫**、座の看板美男役者**生島新五郎**ほか人気役者たちを指している。

このような場合の手文庫は守秘の観点から必ず、御年寄の身傍《みそば》に置くこととなっており、また目的地に着く迄の間に二度から三度、手文庫の中身に変化がないか、確認するのが慣例となっていた。

厳《おごそ》かに進む、三挺の女駕籠を中心とした行列であったが、その行列にどことなく生気と明るさが控え目に漲っているのは、雄泉寺と行光寺への御役目を済ませたあと、木挽町へ移動して『山村座』の座元料亭『**山長**』にて、人気役者たちを囲んで昼餉の宴が待っているからだった。

が、**宮路**はまだ知らなかった。行列の者たちもまだ気付いていない。

大奥の実質的な最高権力者である**絵島**と美男役者**生島新五郎**との度重なる烈しい密通が、やがて大奥創設以来の激震となって江戸城全体を揺るがし、死罪、遠島、改易《かいえき》、追放など**千五百余名**という罪人を出す一大事件となることを。

女駕籠が左右に小さく揺れたので、宮路は手文庫を大事そうに膝の上に移した。

ここで判り易く女駕籠と表現してきた駕籠について、正しく付け加えておく必要があろうか。

大奥女中が乗る駕籠（正しくは乗り物）には、上位者用から順に述べると、『網代《あじろ》朱漆棒黒』（主として御年寄や御手付中臈など）、『青漆黒銅貝鋲棒黒』（表使や中臈および御服之間詰の奥女中など）、以上が御目見以上の者の乗り物である。御目見以下の乗り物としては、『蓙打黒銅鋲打棒黒』（御三之間詰の女中頭、御末頭など）などとやや大括りだが、身分別に三種の乗り物に分かれている。

大奥で最も軽い身分の女中は、御末頭の差配下で雑用の一切《いっさい》を担う御末である。彼女たちが上に命じられた用でどうしても乗り物を必要とする場合、『あんだ駕籠』と称する駕籠を利用する。その名の通り、これは乗り物ではなく、駕籠だ。江戸市中には金持ち町人が使用するものとして『あんぽつ』と称されている駕籠があるのだが、御末が御役目次第では用いることを許されている『あんだ駕籠』は、この『あんぽつ』に当たる。

三挺の女駕籠と行列は、『鎮守の森』の明るい道を、穏やかに進んでいた。

が……。

宮路が、思わず眉をひそめた。

いきなり二度目の揺れに見舞われたからだ。

最初の微かな揺れとは比較にならぬ大きな揺れで、**宮路**の膝の上の手文庫が滑り落ちかけた。

宮路は小慌てに手文庫を両の手で押さえ、

「これ……何事です」

と陸尺《ろくしゃく》（駕籠舁《かごか》き）に声を掛けようとした。

だが、それをさせぬ「何者か、無礼者っ」という怒声が、行列の前の方で生じるや否や、寸陰を置かずしてギン、チャリンと刀と刀が打ち合う甲高い音が**宮路**の耳に届いた。

彼女の表情がみるみる青ざめていく。

次に、「ぎゃっ」という悲鳴が聞こえてきて、**宮路**は突然の恐怖の余り左の胸に激痛を覚えた。

その彼女の体が女駕籠と共に、激しい勢いで向きを真逆に変え、膝の上の手文庫が膝から滑り落ちた。

宮路の女駕籠が走り出し、彼女の体が上下に弾んだ。

しかし、女駕籠は二、三間《げん》を走らぬ内に止まって左右に大きく揺れ、ドスンと地面に落とされた。

そう。下ろされたのではなく、落とされたのだった。

宮路は舌の先を嚙み、小さな悲鳴を上げた。

が、またしてもそれを打ち消さんばかりの怒声、「下がれ、無礼者っ」が行列の後ろの方から伝わってきた。

そして余りにも激し過ぎる剣戟《けんげき》の響き。続いて聞こえてくる奥女中たちの黄色い悲鳴。逃げまわるような、多数の乱れた足音。

漸《よう》くのこと一行が「集団に襲われている……」と理解できた**宮路**は、唇をわなわなと震わせた。頭の中が真っ白となっていた。

名状し難い恐怖だった。

「天誅《てんちゅう》」

野太い声が『鎮守の森』に響きわたり、その声の余韻が真っ直ぐに自分に突っ込んでくると感じて、**宮路**は気を失いかけた。

（三巻に続く）

「門田泰明時代劇場」刊行リスト

ひぐらし武士道
『大江戸剣花帳』（上・下）
徳間文庫　平成十六年十月
光文社文庫　平成二十四年十一月
新装版　徳間文庫　令和二年一月

ぜえろく武士道覚書
『斬りて候』（上・下）
光文社文庫　平成十七年十二月
徳間文庫　令和二年十一月

ぜえろく武士道覚書
『一閃なり』（上）
光文社文庫　平成十九年五月

ぜえろく武士道覚書
『一閃なり』（下）
光文社文庫　平成二十年五月

浮世絵宗次日月抄
『命賭け候』
徳間書店　平成二十年二月
徳間文庫　平成二十一年三月
祥伝社文庫　平成二十七年十一月
（加筆修正等を施し、特別書下ろし作品を収録して『特別改訂版』として刊行）

ぜえろく武士道覚書
『討ちて候』（上・下）
祥伝社文庫　平成二十二年五月

浮世絵宗次日月抄『冗談じゃねえや』　徳間文庫　平成二十二年十一月
光文社文庫　平成二十六年十二月
（加筆修正等を施し、特別書下ろし作品を収録して『特別改訂版』として刊行）
浮世絵宗次日月抄『任せなせえ』　光文社文庫　平成二十三年六月
浮世絵宗次日月抄『秘剣　双ツ竜』　祥伝社文庫　平成二十四年四月
浮世絵宗次日月抄『奥傳　夢千鳥』　光文社文庫　平成二十四年六月
浮世絵宗次日月抄『半斬ノ蝶』（上）　祥伝社文庫　平成二十五年三月
浮世絵宗次日月抄『半斬ノ蝶』（下）　祥伝社文庫　平成二十五年十月
浮世絵宗次日月抄『夢剣　霞ざくら』　光文社文庫　平成二十五年九月
拵屋銀次郎半畳記『無外流　雷がえし』（上）　徳間文庫　平成二十五年十一月

拵屋銀次郎半畳記
『無外流 雷がえし』（下）　徳間文庫　平成二十六年三月

浮世絵宗次日月抄
『汝 薫るが如し』　光文社文庫（特別書下ろし作品を収録）　平成二十六年十二月

浮世絵宗次日月抄
『皇帝の剣』（上・下）　祥伝社文庫（特別書下ろし作品を収録）　平成二十七年十一月

拵屋銀次郎半畳記
『俠客』（一）　徳間文庫　平成二十九年一月

浮世絵宗次日月抄
『天華の剣』（上・下）　光文社文庫　平成二十九年二月

拵屋銀次郎半畳記
『俠客』（二）　徳間文庫　平成二十九年六月

拵屋銀次郎半畳記
『俠客』（三）　徳間文庫　平成三十年一月

浮世絵宗次日月抄
『汝よさらば』（一）　祥伝社文庫　平成三十年三月

拵屋銀次郎半畳記
『俠客』（四）　徳間文庫　平成三十年八月

浮世絵宗次日月抄
『汝よさらば』（二）　祥伝社文庫　平成三十一年三月

拵屋銀次郎半畳記
『俠客』（五）　徳間文庫　令和元年五月

浮世絵宗次日月抄
『汝よさらば』（三）　祥伝社文庫　令和元年十月

『黄昏坂《たそがれざか》　七人《ななにん》斬《ぎ》り』　徳間文庫（特別書下ろし作品を収録）　令和二年五月

拵屋銀次郎半畳記
『汝《きみ》　想《おも》いて斬《ざん》』（一）　徳間文庫　令和二年七月

浮世絵宗次日月抄
『汝よさらば』（四）　祥伝社文庫　令和二年九月

拵屋銀次郎半畳記
『汝《きみ》　想《おも》いて斬《ざん》』（二）　徳間文庫　令和三年三月

この作品は二〇二〇年八月号から二一年二月号まで「読楽」に連載された「絵島妖乱」を改題し、大幅に加筆・修正したオリジナル文庫です。

徳間文庫

拵屋《こしらえや》銀次郎半畳記

汝《きみ》想《おも》いて斬《ざん》㈡

2021年3月15日 初刷

著者 門《かど》田《た》泰《やす》明《あき》

発行者 小宮英行

発行所 株式会社 徳間書店

東京都品川区上大崎三―一―一
目黒セントラルスクエア 〒141―8202

電話 編集〇三(五四〇三)四三四九
販売〇四九(二九三)五五二一

振替 〇〇一四〇―〇―四四三九二

印刷
製本 大日本印刷株式会社

ISBN978-4-19-894632-6 (乱丁、落丁本はお取りかえいたします)

徳間文庫の好評既刊

門田泰明

命賭け候

浮世絵宗次日月抄

　気品あふれる妖し絵を描かせれば江戸一番、後家たちが先を争ってその裸身を描いてほしいと願い出る。女たちの秋波をよそに着流し姿で江戸市中を闊歩する浮世絵師宗次、実はさる貴顕の御曹司。世の不条理には容赦せぬ。今宵も怒りの揚真流が悪を討つ！

門田泰明

冗談じゃねえや

浮世絵宗次日月抄

文庫オリジナル

　江戸一番と評判の高い浮世絵師宗次の剣は、江戸に渦巻く邪な欲望を斬り捨てると同時に人を励まし生かす剣でもあった。旧知の奉行所同心が正体不明の剣の遣い手に襲われて、対峙する宗次。しかし、敵もまた、憎しみと悲しみにわが身を裂かれていた……。

徳間文庫の好評既刊

門田泰明
拵屋《こしらえや》銀次郎半畳記
無外流　雷《いなずま》がえし 上

銀次郎は大店の内儀や粋筋の姐さんらの化粧や着付けなど拵事で江戸一番の男。だが仔細あって時の将軍さえ手出しできない存在だ。その裏事情を知る者は少ない。そんな銀次郎のもとに幼い女の子がひとりで訪ねてきた。母の仇討ちを助けてほしいという。

門田泰明
拵屋《こしらえや》銀次郎半畳記
無外流　雷《いなずま》がえし 下

銀次郎の全身から音を立てて炎を噴き上げていくかのような凄まじい殺気が放たれつつあった。双方まったく動かない。敵の「雷がえし」は殺意を隠し激情を抑え黙々として暗く澄んでいる。闇の中空で鋼の激突しあう音が聞こえ無数の火花が闇の中を走る。

徳間文庫の好評既刊

門田泰明

拵屋銀次郎半畳記
こしらえや ぎん じ ろう はん じょう き

侠客五
きょう かく

　伯父和泉長門守の命により新幕府創設の陰謀渦巻く大坂に入った銀次郎のもとに、大坂城代ら五名の抹殺指令が届いた。その夜、大坂城の火薬庫が大爆発し市中は混乱の極みに！　箱根杉街道で炸裂させた銀次郎の剣と激しい気性は妖怪床滑に通じるのか？

門田泰明

拵屋銀次郎半畳記
こしらえや ぎん じ ろう はん じょう き

汝 想いて斬一
きみ おも ざん

　床滑との死闘で負った深手が癒え江戸帰還を目指す銀次郎。途次、大坂暴動の黒幕幕翁が立て籠もる城に黒書院直属監察官として乗り込んだ。江戸では首席目付らが白装束に金色の襷掛けの集団に襲われ落命。その凶刃は将軍家兵法指南役の柳生俊方にも迫る。